Veronika Peters
An Paris hat niemand gedacht

Veronika Peters

An Paris hat niemand gedacht

ROMAN

Goldmann Verlag

Originalausgabe

Mix
Produktgruppe aus vorbildlich
bewirtschafteten Wäldern und
anderen kontrollierten Herkünften
Zert.-Nr. SGS-COC-1940
www.fsc.org
© 1996 Forest Stewardship Council

Verlagsgruppe Random House FSC-DEU-0100
Das für dieses Buch verwendete
FSC-zertifizierte Papier *Munken Premium*
liefert Arctic Paper Munkedals AB, Schweden.

1. Auflage
Copyright © 2009 by Wilhelm Goldmann Verlag, München,
in der Verlagsgruppe Random House GmbH
Satz: Buch-Werkstatt GmbH, Bad Aibling
Druck und Einband: GGP Media GmbH, Pößneck
ISBN 978-3-442-31167-5
Printed in Germany

www.goldmann-verlag.de

Ilona Volk gewidmet,
in Dankbarkeit
für eine ganz andere Geschichte.

*»Vielleicht ist es zu früh.
Morgen aber wird es bestimmt zu spät sein.«*
Simone de Beauvoir

I

Liederhaus

Im Hinterland der Elfenbeinküste, dort, zwischen den Strömen Nzi und Bandama, wo die Savanne von Norden her wie ein breiter Keil in den südlichen Urwald stößt, liegt das Land der schwarzen Königin Aura Poku – das Land der Baule. Es ist ein offenes Grasland mit Flecken und Strichen von Wald an den zahlreichen Wasserläufen, mit Palmen auf den weiten grasigen Flächen, ein Land von großer Lieblichkeit.

Das Geräusch einer zirpenden Grille übertönt beinahe die Stimme der Frau, deren Gesicht vom Schein der Nachttischlampe beleuchtet wird.

Aura Poku war die Älteste der Königskinder von Kumassi. Doch ihr Bruder und die meisten Männer des Stammes wollten keiner Frau untertan sein und jagten sie aus dem Land.

Da floh die Königstochter mit ihren Getreuen nach Sonnenuntergang durch die Savanne bis tief in den Wald hinein, wo sie vom Fluss Comoe aufgehalten wurden.

Komie Nassi, der Hofzauberer, sollte einen Weg finden, wie der reißende Strom überschritten werden könne, und er befragte die heiligen Mäuse. Von diesen brachte er die Botschaft:

»Einer unter euch muss seinen einzigen Sohn dem Fluss zum Opfer bringen, dann wird er euch hinüberlassen, so dass ihr in Sicherheit seid.«

Da aber niemand sein Kind hergeben wollte, nahm Aura Poku ihr eigenes, schmückte seinen Körper mit Gold und warf es in die Fluten. Sofort erhob sich ein riesiger Fels aus dem Wasser, auf dem die Flüchtlinge in das jenseitige Land ziehen konnten.

Weil aber das Volk einem Kind sein Leben verdankte, gab die Königin ihm den Namen »Ba Ule«, das heißt »Volk des Kindes«.

Die Mutter klappt das Buch zu, streift beim Aufstehen das Moskitonetz und verlässt das Zimmer. Durch den Spalt unter der Tür sehen sie das Licht im Flur verlöschen, hören das klackende Geräusch der sich schließenden Flügeltür, die ihr Schlafzimmer im hinteren Teil des Hauses von den anderen Räumen trennt.

Das ist ihr Zeichen.

Zwei kleine Mädchen im Dunkeln. Eins zieht die Decke bis an die Nasenspitze, ruft: »Fang an!«

Das andere saugt hörbar die Luft ein, beginnt zu singen.

Merkwürdige kleine Melodiebögen, wie Wellen, die einer rätselhaften Choreographie folgend ihre Linien in den Sand malen. Ein langsamer Tanz, nicht viel mehr als ein leichtes Hin- und Herschwingen, aus dem allmählich eine Geschichte aufsteigt.

Jeden Abend das gleiche Thema in allen erdenklichen Variationen.

Zunächst müssen die Eltern zum Verschwinden gebracht werden, das Repertoire der Todesarten wird beständig erweitert: Zugunglücke, Autounfälle, Flugzeugkatastrophen, Bisse des Skorpions, Löwenpranken, Entführung. Letzteres findet nur selten Verwendung. Entführte können zurückkommen. Man muss sie mindestens in eine dunkle, unzugängliche Höhle verschleppen lassen, die auf keiner Landkarte verzeichnet ist. Oder nach

Paraguay. Paraguay hört sich sehr weit entfernt an. Aber tot ist am besten; tot bedeutet richtig weg.

Dann können die Mädchen Waisen sein und gemeinsam losziehen: mit den Hunden, mit wilden Pferden, die sich nur von ihnen reiten lassen, manchmal mit dem Zug oder mit dem Auto des Vaters. Beine, die zu kurz sind, um das Gaspedal zu erreichen, gibt es nicht.

Sie wohnen monatelang auf einem Floß, das den Bandama hinuntertreibt, ernähren sich von selbst gefangenen Fischen, erschlagen Krokodile, deren Häute sie später auf dem Markt zu Geld machen.

Sie durchqueren die Wüste auf schwarzen Araberhengsten, lernen die Sprache der Tiere, finden Aufnahme in Hyänenrudeln und Gepardenfamilien. In Abidjan geraten sie zwischen kämpfende Gangsterbanden, nutzen den Tumult, um die Beute an sich zu bringen und reich zu sein. Viehhüter werden sie, Rennfahrerinnen, Baumwollpflücker, Baoulé-Kriegerinnen. Sie rauben eine Bank aus, versenken ein Polizeischiff im Golf von Guinea, wandern mit Wildhunden und Gnus durch die Serengeti.

Kein Mensch kann sie einfangen, kein Feind holt sie ein.

Und niemand wagt es, in keiner einzigen Geschichte: sie werden nie geschlagen.

Das Ende ist immer gleich, eine helle Sommermelodie: Die Mädchen wohnen in einem großen Haus mit Veranda, von der aus man das Meer sehen kann. Es hat blaue Fensterläden, die im Wind klappern, und rundum wachsen dichte Hecken von Wildrosen: weiße, rote, gelbe. Da ist kein Durchkommen, wenn man den Geheimgang nicht kennt. Viel Platz haben sie für sich und die Tiere, und lustig ist es und friedlich, und niemand schreit sie an.

Königin Aura Poku kommt zu Besuch, trinkt Tee, erzählt von Spinnen und Leoparden.

Die Mädchen haben ihren Sohn aus den Fluten gerettet und das Gold, das er am Leib trug, zum Lohn erhalten. Kein Kind muss geopfert werden, für nichts, erklärten sie der dankbaren Königin. Jetzt spielt das Königskind friedlich vor den Augen seiner Mutter, die das schöne Haus bewundert: »Hätte ich solch ein Wunderhaus besessen, nie mehr hätte ich vor meinen Feinden fliehen müssen, mein Kind wäre für immer in Sicherheit gewesen!«

»Sing ich dir ein Lied,
denk ich dir ein Haus,
bau ich dir ein Heim aus Liedern draus!«

Einmal erwischt sie Mamadou auf seinem abendlichen Kontrollgang. Aber er ist kein Verräter, und ein im Dunkeln singendes Kind gehört nicht zu den Dingen, die er für ungewöhnlich hält.

Er sagt nur: »Leise, morgen ist Zeit für eine neue Geschichte«, lächelt und hebt einen Finger an die Lippen, der im langsam schmaler werdenden Lichtschein des Türspalts für einen Moment zur winkenden Hand wird.

II

Eine Tochter

Dieses Gesicht, als wäre es in Eiche geschlagen. Oder aus einem Material, das eigens dafür geschaffen wurde. Kreuzung aus Frost und Granit: eiskalt, steinhart und schmilzt nicht.

Scharfe Kanten, tief eingeschnittene Linien rechts und links des Mundes, in denen sich bei winterlichem Gegenwind der Schnee sammeln könnte.

Marta hätte sie nicht erkannt, wenn sie zufällig in der Stadt an ihr vorbeigegangen wäre.

Die Frau schaut nach unten, auf einen Punkt zwischen ihren Füßen, der mehr Aufmerksamkeit zu verlangen scheint als die Kamera.

Kann man die Augenfarbe der eigenen Mutter vergessen?

Grau, hätte sie geschworen, aber Kati sagt, sie sind grün-blau, Martas nicht unähnlich, nur dass ihre da, wo Gretas blau sind, ins Bräunliche driften.

Mit leicht drehender Bewegung segelt das Bild dem marmorierten Steinboden entgegen. Marta zögert, widersteht dem Reflex, mit dem Fuß draufzutreten, es unter die Bank zu schieben, der hochglänzenden bunten Fläche Kratzer zuzufügen, bückt sich dann doch, um mit spitzen Fingern danach zu greifen, als hielte sie den Schwanz einer toten Maus. Im Aufrichten begegnen ihr Pauls Augen, forschend, dann amüsiert, als er merkt, dass sie ihn abzuschütteln versucht. Für den Bruchteil einer Sekunde sieht sie sich im Spiegel seines Blicks und denkt: es macht die Sache nicht leichter, um die eigene Lächerlichkeit hinter der Fassade aus mühsam inszenierter Souveränität zu wissen.

Sie schiebt das Foto über den Tisch zurück, während Kati keine Anstalten macht, danach zu greifen.

»Hatten wir nicht eine Abmachung?«

»Sie hat nach dir gefragt.«

»Habe ich nach ihr gefragt?«

»Nein, aber …«

»Steck das wieder ein.«

Pauls Hand legt sich unter dem Tisch auf Martas Schenkel, bleibt mit leichtem Druck dort liegen wie etwas Verlässliches.

»Kann ich mal sehen?«

Bevor Marta protestieren kann, reicht Kati ihm Gretas Foto und verschwindet unsicher lächelnd in Richtung Toilette.

Paul betrachtet fast schon aufreizend lange das Bild, streicht eine abgeknickte Ecke mit dem Fingernagel glatt.

»Sie hat ein interessantes Gesicht: unzugänglich, aber auf eigenwillig-herbe Weise attraktiv. Ein Portrait von ihr wäre eine Herausforderung; würde ich gerne mal machen.«

»Lass das bitte, das ist nicht lustig.«

»Hast du immer noch Angst vor ihr?«

»Blödsinn! Ich will nichts mit ihr zu tun haben, das ist alles.«

Angst? Es gibt keine Stelle, an der diese Frau sie berühren kann. Sie will diesem Gesicht keinen Raum im Speicher der Erinnerung geben, will nicht nervös werden angesichts der Frage, welchen Farbton ihre Augen haben, welchen Klang ihre Stimme, was sie sagen würde, wenn … Siebzehn Jahre Schweigen zwischen Greta und ihr sind noch lange nicht genug.

Marta starrt auf die halbleere Zigarettenschachtel, räuspert sich, schüttelt wortlos den Kopf. Unnötig, Paul darauf hinzuweisen, dass er ihr mit der Mutternummer nicht zu kommen braucht. Es schien ihn bisher nicht gestört zu haben, dass sie Fragen zu ihrer Vergangenheit oder ihrer Familie weitgehend unbeantwortet ließ. Einer der vielen Gründe, weshalb es leicht war, ihn zu lieben.

»Findest du, dass sie mir ähnlich sieht?«

»Nein.«

»Gut. Ich habe keine Mutter mehr. Wenn mich jemand fragt, erzähle ich, sie sei gestorben.«

»Ist sie aber nicht.«

»Nein, ist sie nicht. Lass uns von etwas anderem reden.«

»Solltest du nicht wenigstens mit Kati darüber sprechen?«

Wieder schüttelt sie den Kopf, bittet ihn, nicht den Vermittler zu spielen. Als sie ihn plötzlich anherrscht, er solle nicht die unerträglich innige Verbundenheit, die in seiner Familie beschworen wird, zum Maß aller Dinge machen und sie mit solchem Zeug in Ruhe lassen, zuckt er mit den Schultern. Seine Hand bewegt sich in ihre Richtung, weicht kurz vor ihrem Gesicht zurück mit einer Geste, die ebenso hilflos wie verletzt sein könnte.

Sie hatte ihn am Anfang ihrer Beziehung gewarnt, dass sie ihn enttäuschen würde, wie alle anderen vor ihm. Er hatte geantwortet, darauf würde er es ankommen lassen, und seit beinahe schon fünf Jahren erinnerte sie ihn mit steter Regelmäßigkeit daran, dass er noch immer auf die angekündigte Enttäuschung warte und ob Marta es nicht als gegeben hinnehmen könnte, dass er sie liebe. Bedingungslos. Ein Zauberwort, aber das konnte er nicht wissen.

Eines Tages würde sie ihm alles erzählen, die ganze Geschichte. Irgendwann, wenn sie sich seiner sicher sein würde, wenn sie genau wüsste, dass sie gemeint war.

Gretas Foto liegt zwischen ihnen. Die Zeit hat Spuren auf diesem Gesicht hinterlassen. Sie, Marta, sicher auch.

War da eine Narbe auf dem linken Wangenknochen? Hatte Greta die früher schon gehabt? Was ist mit ihren Haaren passiert?

Es geht mir gut ohne dich. Auch dir geht es besser ohne mich, glaub mir.

Wegbleiben soll sie, nicht wieder in ihr Leben eindringen, nicht das mühsam errichtete Gebäude aus Überleben und Vergessen ins Wanken bringen, weder mit einem Bild noch mit Fragen nach ihr.

Kati nimmt wieder Platz, kramt umständlich in ihrer Handtasche, ohne jemanden anzusehen. Paul reicht ihr das Foto, fragt, ob sie ihm auch eines von Sophia zeigen könne. Kati bedauert, keines dabei zu haben, aber sie würde gerne eines schicken, wenn er möchte oder … Sie bricht den Satz ab, schaut ängstlich auf Marta, die kurz zögert, dann entschieden ablehnt, obwohl es ihr im selben Moment leidtut.

Sophia. Meine arme kluge schöne große Schwester.

Sie hätte gerne gewusst, wie sie jetzt aussieht, weiter nichts, aber Kati könnte daraus die falschen Schlüsse ziehen, womöglich versuchen, ihr mit einem weiteren Puzzleteil den ganzen familiären Scherbenhaufen anzutragen. Sophia war die Einzige, die Marta gerne behalten hätte, nur sie fehlte ihr, nicht dringend, hin und wieder, kurz vor dem Morgengrauen nach einer schlaflosen Nacht, wenn sie durch die Straßen lief, um Paul mit warmen Brötchen zu überraschen. Dann konnte es geschehen, dass ihr Sophia einfiel, wie sie ihr Haar zu einem dicken Zopf flocht oder wie sie ihr Fahrrad anschob, um dann mit Schwung aufzuspringen, während es bereits den Abhang herunterraste. Sophia, die nach Minze roch, der Marta ein Haus aus Liedern gebaut hatte, jeden Abend, bis Sophia keines mehr brauchte.

Warum machte Sophia sich nicht auf die Suche nach ihr? Weil sie Marta verraten hatte? Hatte sie das?

Kati richtet sich auf, legt beide Handflächen fest auf den Tisch, als müsse sie sich im Gleichgewicht halten.
»Ich muss dir noch etwas sagen. Von Papa.«
»Du hältst dich wieder nicht an die Regeln.«
»Marta, er ist unser Vater. Du musst das wissen, er ist schwer krank, er wird …«
»Lass mich in Ruhe, Kati, ich will nichts über Richard wissen!«
Auf Katis Wangen bilden sich rötliche Flecken, ihre Stimme wird rau, kippt zwischen zwei Tonlagen. »Ich weiß nicht genau, was damals passiert ist, ich war zu klein, um es zu verstehen, niemand hat versucht, es mir zu erklären. Mama sagte nur, du seist fort, und Papa meinte, ich sollte eine bessere Tochter werden, eine, die ihre Eltern nicht in den Dreck zieht und im Stich lässt. Sobald dein Name genannt wurde, rasteten sie jeder auf seine Art aus. Mama gefror; Papa fing an zu fluchen, verbot mir den Mund. Schließlich habe ich es aufgegeben, nach dir zu fragen, bis ich alt genug war, mich selbst auf die Suche nach dir zu machen. Irgendwann hat Mama rausbekommen, dass wir uns treffen, lange nachdem sie sich von Papa getrennt hatte. Da wollte sie dann über dich sprechen, doch ich musste dir ja zusichern, nichts zu sagen. Sie hat mich gebeten, auf jeden Fall Vater unseren Kontakt zu verschweigen, aber nachdem er seine Diagnose erhalten hatte, fragte er mich, ob ich dich verständigen könne. Was sollte ich da sagen? Was auch immer sie getan haben, sie zahlen einen hohen Preis, jeder auf seine Weise. Menschen können sich ändern, Marta. Sie haben sich alle geändert.«
»Lass das!«

Kati schaut erschrocken zu Marta, seufzt, schüttelt traurig den Kopf und beginnt mit dem Zuckerbeutel zu spielen, der neben ihrer Tasse liegt, bis er knisternd in ihrer Faust verschwindet.

»Schon gut, entschuldige. Ich dachte, du solltest es erfahren, aber du willst keinem eine Chance geben, oder?«

Marta starrt sie an, bis Kati den Kopf senkt, nochmals eine Entschuldigung murmelt, zu ihrem Taschentuch greift und sich geräuschvoll die Nase schnäuzt. Einen Moment lang fürchtet Marta, ihre Schwester könnte in Tränen ausbrechen, aber sie fängt sich wieder. Dankbar ringt Marta sich ein Lächeln ab, zündet die vierte Zigarette innerhalb einer Stunde an, schaut auf die Uhr und ruft eine Spur zu laut, dass sie einen wichtigen Termin habe, den sie beinahe vergessen hätte, leider müsse sie sofort gehen. Paul, auf den in solchen Situationen Verlass ist, nickt ohne jedes Zeichen der Verwunderung und bittet den Kellner, die Rechnung zu bringen.

Katis Enttäuschung ist offensichtlich, sie ist nur diesen einen Tag in der Stadt und hat noch kaum etwas von sich erzählt. Obwohl ihre seltenen Begegnungen meist durch Martas Aufbruch beendet werden, hält sie in der Regel eine Zeit lang Katis Redebedürfnis stand, hört sich Geschichten über schlechtgelaunte Patienten, arrogante Oberärzte und den stressigen Krankenhausalltag an, bemüht sich, an den richtigen Stellen zu nicken, so interessiert wie möglich zu erscheinen. Marta kann nicht sagen, ob sie Kati gernhat. Gretas Lieblingskind ist eine magere, unscheinbare Person, die mit vierundzwanzig noch so unreif aussieht, dass sie beim Betreten eines Clubs nach ihrem Ausweis gefragt würde. Schwer vorstellbar, dass sie überhaupt auf die Idee käme, in einen zu gehen. Sie ist freundlich, seltsam zutraulich, beklagt sich nicht darüber, dass sie von Marta grundsätzlich in einem Café oder Restaurant empfangen wird, nie in ihrer Wohnung. Als sie Marta einmal einlädt, sie bei sich zuhause in Frankfurt zu besuchen, nimmt sie die Ablehnung zur Kenntnis, ohne Anzeichen einer Verstimmung zu zeigen. Kati fragt kein zweites Mal.

Man sollte seine kleine Schwester wahrscheinlich besser behandeln, als ich es tue, denkt Marta, was weiß sie schon. Kati war sieben, als sie ging. Vor drei Jahren hat sie bei Nachforschungen über die verschollene ältere Schwester, an die sie sich dunkel erinnern konnte, Martas Adresse herausbekommen. Mit »reine Neugierde« begründete sie ihren Wunsch, sie zu sehen. Sie klang locker am Telefon, sagte, sie wolle nichts Bestimmtes, »nur mal wissen, wie du so bist«. – »Die große Schwester kann ich dir nicht machen.« – »Ich will mit dir einen Kaffee trinken, nicht bei dir einziehen.«

Da sie versprach, den Rest der Familie nicht ins Spiel zu bringen und Marta einen Menschen nicht danach beurteilen wollte, wie er als Kind war, fand sie keinen Grund, ihre Bitte auszuschlagen. Vielleicht war das ein Fehler.

»Bist du mir jetzt böse?«
»Nein.«
»Sehen wir uns wieder?«
»Sicher. Ruf an, wenn du mal wieder in der Stadt bist.«

Beim Ausgang schreibt Kati etwas in ihren Kalender, flüstert »ich habe es versprochen«, reißt die Seite heraus und hält sie mit einer Bewegung hin, die auf halber Strecke stehen bleibt, so dass Marta sich zu ihr beugen muss, bevor sie wieselflink durch die Tür gehuscht ist. Eine Telefonnummer, Sophias Name daneben. Was soll das? Versprochen? Wem?

Ist es möglich, dass Sophia damals von alldem nichts wusste? Sie war mit Hans Mersburger befreundet, sie hätte sie warnen können, Raphaelas Nummer stand im Telefonbuch, und Sophia wusste, dass Marta bei ihr war. Von der Straße gezerrt, eingefangen wie ein Tier, verprügelt, gewürgt, ins Auto gestoßen, hatte Sophia das hingenommen? Und alles, was vorher war? Was zählte das?

Sinnlos, ein zerbrochenes Gefäß kitten zu wollen. Allein die Suche nach den Bruchstücken würde zu viel Zeit in Anspruch nehmen. All das ist lange her.

»Mir geht es gut«, sagt sie im Hinausgehen, was Paul nicht kommentieren zu müssen glaubt. Von Kati ist nichts mehr zu sehen.

In der Abenddämmerung durch die Stadt fahren, Lichter, Häuser, Menschen im blauen Halbdunkel vorbeiziehen lassen, nur Gas, Kupplung und Bremse denken, nichts ist besser, um das Hirn zu beruhigen. Als wäre sie, solange das Auto bedient werden muss, von allem anderen befreit.

An der Ampel steht eine alte, mit zahllosen Plastiktüten beladene Frau. Sie redet auf einen struppigen lehmfarbenen Köter ein, der heftig mit dem Schwanz wedelnd vor ihr sitzt. Während Marta das Fenster herunterlässt, um die Worte der Alten zu verstehen, hupt es hinter ihnen. »Grün«, sagt Paul. Marta hätte gerne noch gewusst, ob der Hund bestraft oder belohnt wurde, was er gemacht hat und ob die beiden zusammengehören. Vielleicht war er ausgerissen und hat nun, nachdem er zwei Tage und Nächte die Stadt durchstreift hatte, endlich die Frau wieder gefunden, bei der schon ein halbes Hundeleben lang gutes Futter zu bekommen war? Die schimpft zwar zunächst aus erzieherischen Gründen ein paar Sätze lang, wird aber gleich voll Freude den Ausreißer in die Arme schließen. Er wird ihr dabei Fleisch aus einer der Tüten stehlen.

Paul zuckt neben ihr zusammen. Rot. Diese Ampel war rot.
»Soll ich fahren?«
»Nein, geht schon.«

Warum trägt eine erwachsene Frau das Foto ihrer Mutter mit sich herum? Oder hatte Kati es mit der Absicht eingesteckt, es ihr zu zeigen? Warum? Es ist das erste Mal, dass die kleine Schwester zwischen den Mitgliedern der Familie zu vermitteln versucht.

Marta denkt erneut, sie hätte sich nicht auf diese Zusammenkünfte einlassen sollen, hätte nicht zulassen dürfen, dass sich der Abstand an irgendeiner Stelle verringert. Was erzählt Kati Greta von ihr? Wieso hat sie nicht bedacht, dass die beiden selbstverständlich von ihr sprechen könnten, sobald Kati Kontakt zu ihr aufgenommen hat? Welchen Grund hatte sie zu glauben, dass die Schwester sich an die von ihr verhängte Nachrichtensperre halten würde?

Vom ersten Tag an hatte Kati es vermocht, diese Frau zu einer aufmerksamen und liebevollen Mutter zu machen. Bereits zwischen dem Neugeborenen und Greta herrschte ein Einverständnis, das Marta merkwürdig fremd vorkam. Sie hatte die ersten Jahre ihres Lebens mit dem vergeblichen Versuch zugebracht, sich Gretas Liebe und Achtung zu verdienen. Wahrscheinlich war das der Fehler. Oder Marta war der Fehler. Kati besaß etwas, das ihr fehlte, was auch immer es war. Aber in ihrem Alter sollte Marta ohnehin über derartige Überlegungen hinaus sein.

Eva hatte sie ursprünglich heißen sollen. Eine zweite zarte blonde Tochter habe sie sich gewünscht, erzählte Greta, während Richard auf einen kräftigen gesunden Jungen hoffte. Leider kam ein dickes haarloses Mädchen zur Welt, eines, das so gar nicht zu dem schönen Namen passen wollte, den Greta sich ausgesucht hatte. Richard, dessen Enttäuschung über den erneut ausgebliebenen Stammhalter zu groß war, um sich auch nur an der Namensgebung zu beteiligen, gab Greta freie Hand. So kam sie zu ihrem Namen, Marta, der ihr nie gefallen hatte. Ein kleines dunkles Geschöpf sei sie gewesen, ein Kind, das angeblich wenig Arbeit machte, nicht nach seiner Mutter weinte, nicht liebkost werden wollte, stundenlang allein im Laufstall saß, mit sich selber spielte und nur dann unruhig zu werden begann, wenn es Hunger hatte oder die Windeln voll. Kein Traumkind, aber pflegeleicht. Dass Marta von Anfang an eigenartig gewesen sei, soll Greta einmal gesagt haben, so anders als die immer fröhliche Sophia, dass sie überlegte, einen Arzt zu befragen. Richard lehnte ab. Kinder, die er gezeugt hatte, waren nicht merkwürdig, Greta solle nur richtig mit ihr umgehen und froh sein, dass sie mit ihr wenig Arbeit hatte. Dabei blieb es, bis Marta zwölf war und das zu werden begann, was Richard »schwierig« nannte, aber zu diesem Zeitpunkt redete keiner mehr viel in dieser Familie.

Wahrscheinlich waren wir beide miteinander überfordert, Greta als meine Mutter, ich als ihre Tochter, denkt Marta. Falsche Paarung, eine Zumutung jede für die andere, so etwas kann vorkommen. Gut für Greta, dass die liebenswerte Sophia noch da war. Und später Kati, die zart und kränklich war, was in Greta all die Liebe und Fürsorge wachrief, die ihr zur Verfügung stand. Nach ihrer Rückkehr nach Deutschland schien dieses Baby das Einzige zu sein, das Greta Freude bereiten konnte.

Vielleicht war aber auch alles ganz anders. Egal. Zu spät.

Greta kann froh sein, zwei »gelungene« Töchter zu haben, wie Richard es ausgedrückt hätte. Für ihn waren Häuser und Nachkommen im besten Fall »gelungen«, als hätte man beides nach eigenen Plänen konstruiert. Was sollte man mit einer wie ihr, der Mittleren, die weder ein Sohn noch wohlgeraten war, die den Namen der Familie beschmutzt hatte, die seltsam und spröde von Anfang an war? Man konnte sie vergessen. Anscheinend hat Greta genau das nicht getan, denkt Marta, während sie ein Gefühl abzuschütteln versucht, dem sie nicht einmal einen Namen geben will.

Nachdem sie Paul vor dem Atelier abgesetzt hat, lenkt Marta den Wagen in Richtung Autobahn. Kurz vor dem Dreieck Pankow fällt ihr auf, dass sie viel zu schnell fährt. Während sie nach der nächsten Abfahrt Ausschau hält, dreht sie das Radio lauter und merkt erst an den ausweichenden Autos vor ihr, dass sich von hinten ein Krankenwagen nähert, der knapp rechts vorbeirast. Höchste Zeit, umzukehren.

Obwohl Marta sicher ist, bereits genug getrunken zu haben, um bei einer Kontrolle Ärger zu bekommen, genehmigt sie sich auf dem Rückweg ein großes Bier und denkt, dass sie irgendwann bei einer ihrer ziellosen Touren sich selbst und den Wagen, für den sie zu viel von Pauls Geld ausgegeben hat, zu Schrott fahren wird.

Der Parkplatz direkt vor dem Haus ist ein Glücksfall um diese Uhrzeit. Oben brennt kein Licht. Wo hat sie ihren iPod gelassen? Ohne Musik durchs stille Treppenhaus steigen und die verlassenen Räume der Wohnung betreten, mag sie heute nicht. Wo ist Paul? Er wollte nur schnell den Hund bei Valentin abholen; die zwei Häuserblocks Fußweg bis hierher hätte er inzwischen fünf Mal zurückgelegt haben können, selbst wenn Yannis trödelt und von sämtlichen vorbeikommenden Kindern gestreichelt werden muss.

Noch immer leichte Übelkeit. Marta beschließt, weitere fünf Minuten zu warten, bevor sie raufgeht.

Es klopft an die Scheibe. Der Kopf eines älteren Mannes,

schwach beleuchtet vom Licht der Straßenlaterne, erscheint im Seitenfenster. Hektisch schlägt Marta nach der Zentralverriegelung, erwischt den falschen Hebel, fährt panisch die Scheibe wieder hoch, greift nach dem Klappmesser, das sie immer bei sich trägt.

»Sie brauchen keine Angst zu haben! Können Sie mir sagen, wie ich zur Hufelandstraße komme?«

Sie schüttelt den Kopf, beobachtet den Rücken des Mannes, der sich einem Passanten zuwendet, während sie versucht, ihre Atmung wieder in Gang zu setzen. Kalter Schweiß rinnt zwischen ihren Schulterblättern hinunter.

Keine Angst. Ich will keine Angst mehr haben.

Richard kann ihr nichts mehr tun.

Schon lange vor dem Überfall konnte er ihr allenfalls körperlichen Schmerz zufügen. Es genügte, einen möglichst großen räumlichen Abstand zu wahren und die Furcht vor seinem Auftauchen in Schach zu halten, um die Trauer über den Verlust eines Vaters zu vergessen.

Und jetzt sieht es so aus, als würden seine Kräfte endgültig schwinden. Irgendeine Krankheit, die ihn vernichtet, die Stärke aus seinen Fäusten saugt. Gut. Mehr muss sie nicht darüber wissen.

»Dich erwische ich noch, ich mache dich fertig!« Wie lange ist es her, dass er diese Worte ins Telefon geschrien hatte? So laut, dass sie noch beim Weglegen des Hörers nachhallten. Er hatte sie erwischt. Einmal richtig, nachdem er es vorher oft vergeblich versucht hatte. Eine Menge Zeit hatte er damit verbracht, ihr aufzulauern, erschien plötzlich vor dem Schultor, an der Bushaltestelle, im Pausenhof. Marta war wachsam und schneller, sie wich ihm aus, hängte ihn ab, lernte Orte zu meiden, an denen Richard sie vermuten konnte, gab es auf, zur Schule zu gehen.

Bis er sie dann doch zu fassen bekam. Ein kurzer Moment der Unaufmerksamkeit, für den sie teuer bezahlen musste. Trotzdem hatte er sich verrechnet, denn am Ende hatte es genügt, um ihr ein Leben in Freiheit vor ihm zu ermöglichen, ohne sie fertigzumachen, jedenfalls nicht vollkommen und nicht so, wie er sich das gewünscht hatte.

Freiheit? Kommt darauf an, wie man das definiert, dachte sie.

Irgendwann hatte er auch seine Anrufe eingestellt.

Marta weiß nicht mehr, wann sie aufgehört hat, Richard als »meinen Vater« zu bezeichnen, das hatte sich bereits erledigt, als sie noch in seinem Haus wohnte.

Mit Greta war das etwas anderes.

Das Ende von Martas Dasein als Gretas Tochter lässt sich präzise bestimmen. Es gibt einen Ort, einen Zeitpunkt.

»Mama, hilf mir!«

Zum Schweigen gebracht von einer Männerhand, die sich um ihren Hals legt. Marta hat sich geschworen, dass dies die letzten Worte waren, die sie an ihre Mutter gerichtet hat.

Es war einer der heißen Spätsommertage, als sie den Dorfplatz von Winnerod überquerte. Ihre nackten Füße steckten in dunklen Ledersandalen, eine weite Leinenhose flatterte ihr um die Knöchel, von denen noch keiner die Zeichen einer Verletzung trug.

Bis heute weiß sie nicht, wie Richard neben Erika und Walter zwei seiner Nachbarn dazu gebracht hatte, sich an der Aktion zu beteiligen. Wahrscheinlich hat er ihnen erzählt, dass seine Tochter vor Monaten abgehauen sei, mit asozialem Pack in besetzten Häusern rumhänge, sich für Drogenlohn ficken lasse und jetzt von einer dubiosen älteren Frau mittels Gehirnwäsche ihren Eltern vorenthalten wurde. Zurück in den Schoß der Familie, den sicheren Hafen für ein labiles junges Mädchen, das vor der Gosse bewahrt werden müsse. Allein hatte er bislang nichts erreichen können, auf die Behörden war kein Verlass, er bat um Unterstützung, bildete seine eigene kleine Bürgerwehr. Fangen wir sie ein und beschützen das arme Ding vor sich selbst! Die Herren fanden sich bereit zu ehrenvoller Mission und schreckten vor tatkräftigem Einsatz im Dienst der guten Sache nicht zurück.

Einen von ihnen hatte Marta später, kurz nach dem Gerichtsbeschluss, am Telefon, winselnd, dass er ja nicht um die Hintergründe gewusst habe, falsch informiert gewesen sei, alles viel zu schnell ging, sie möge doch bitte von weiteren rechtlichen Schritten absehen … Marta hatte aufgelegt.

Mit drei Autos waren sie gekommen: Richard, seine fette Schwester Erika mit Gatten Walter, Nachbar Skiller, Nachbar Mersburger mit Sohn Hans und Greta. Keiner von Martas Blutergüssen stammt von ihrer Hand, sie hat nicht zugeschlagen, nicht geschrien, aber sie war dabei, und das war das Schlimmste: Greta war dabei.

Sieben Leute: für eine Sechzehnjährige habe ich mich relativ lange gehalten, sagte Marta später der Richterin. Nein, sie war nicht stolz darauf. Auf die Bilder, die noch heute regelmäßig über sie herfallen, auf die Panikattacken könnte sie verzichten.

Ein weißer Mercedes fuhr langsam um die Ecke, als Marta den Platz vor der Kirche betrat. In der Seitenstraße parkte ein roter Kombi, der ihr erst auffiel, als er sich vor die Ausfahrt schob. Richards Ford muss im selben Augenblick von irgendwoher dazugestoßen sein, die Logistik war perfekt. Aus dem Mercedes stieg Erika, Blumen in der Hand, ein eisern-strahlendes Lächeln auf dem breiten Gesicht: »Marta! Liebes, ich komme dich besuchen!« – »Absurd!«, hatte sie gerade noch Zeit zu murmeln, als sie Erikas Griff nach ihrem Hemd und auf sie zueilende Schatten bemerkte. Dann waren da viele Hände, unterdrückte Stimmen, hektische Laute, zischende Befehle, ein Stoß in den Rücken, dumpf raubt er ihr die Luft. Marta dreht sich, alles dreht sich, wo ist oben, wo unten, »Hilfe!«, niemand da, den Schrei zu hören, gut gewählter Zeitpunkt, alles bestens organisiert, das musste man ihnen lassen.

Raphaela im Wintergarten hörte Bach oder Schütz beim Verfassen ihrer Korrespondenz und fing erst drei Stunden später an, sich zu wundern, warum Marta vom täglichen Spaziergang zu den Pferden noch nicht zurück war.

Richards hochrotes Gesicht tauchte vor ihr auf, glasige, vom Alkohol verwischte Augen, schwer rasselnder Atem roch nach kaltem Rauch und teurem Whiskey. Wenn der mich diesmal kriegt, dachte sie, ist es aus. Sie reißt sich los, weg, muss weg, schafft drei oder vier Schritte, eine Sekunde, eine Stunde, keine Zeiteinheit gilt mehr, da zieht es sie zurück, die Beine geben nach, knicken einfach um, brennend klatscht Schwärze in ihr Gesicht. Einen Haltepunkt finden, ihn wieder verlieren, blutig-bröselige Splitter im Mund, ein stechender Schmerz sitzt irgendwo, die Schulter explodiert zwischen einer Autotür. Ihr Hintern fällt weich, während die Knöchel hart auf eine Kante schlagen, hochgeschoben werden, als versuche jemand, sie zu einem Paket zu falten.

Dann Gretas Augen über ihr, die sich langsam schlossen.

»Mama, hilf mir!«

Eine Männerhand, rau und riesengroß, schob sich um ihre Kehle, die Konturen von Gretas Gesicht verschwammen, Dunkelheit drängte sich zwischen die Augenlider, von weit her ein Schrei.

Ungefähr hier, denkt Marta, muss die Löschtaste für das Wort »Mutter« betätigt worden sein.

Später, im fahrenden Wagen, drückte Mersburger ihre Knie

nach unten, griff nach ihren Handgelenken. Greta saß starr vor sich blickend neben ihr, Richard musste in seinem Auto hinter ihnen gewesen sein oder sonst wo.

Die stundenlange Autofahrt, bei der sie nicht einmal den Toilettenraum einer Raststätte ohne Aufsicht betreten durfte. Stimmen, die pausenlos auf sie einredeten, glitten vorbei, einzelne Satzfetzen drangen bis zu ihr vor: »zur Vernunft kommen, gehorchen, Vater und Mutter achten, Familienehre, man muss dankbar sein, du wirst den Mund schon noch aufmachen …« Gretas Stimme fehlte.

Sie schlief später im selben Zimmer, »zu deinem Schutz«, was auch immer sie damit meinte. Das Fenster durfte nicht geöffnet werden, Greta hörte jede ihrer Bewegungen, schreckte im Bett neben ihr hoch.

»Du könntest mich wenigstens einmal anschauen.«

Wozu, wenn sie doch gelöscht ist, nicht mehr da?

Einmal in diesen Tagen schaffte Marta es, das Telefon zu erreichen, den Hörer zitternd abzuheben, die ersten Ziffern von Raphaelas Nummer zu wählen, als Walter dazukam und ihr den Apparat aus der Hand riss.

»Hier werden keine Mätzchen gemacht!«

Beim Abendessen erhob Erika ihr Glas »auf die glückliche Wiederzusammenführung!« Marta erreichte gerade noch rechtzeitig das Waschbecken. Einmal in Erikas fleischiges Gesicht schlagen, das wäre auch nach all den Jahren noch ein Genuss!

Drei Tage sagte sie kein Wort; am vierten wurde sie neben Greta ins Auto gesetzt, die den Wagen sofort anließ, während Richard noch letzte Drohungen durchs geöffnete Fenster brüllte.

Viel später erst wunderte sie sich, warum Richard sie nicht, wie mehrfach angekündigt, persönlich verprügelt hatte, sobald sie in seiner Gewalt war. Weil Greta sich durch ihre stille Anwesenheit dazwischengestellt hatte? Nein, dann hätte sie wohl auch die Brutalität des Überfalls in Winnerod nicht geduldet. Es passte alles nicht zusammen.

Gretas Hände waren um das Lenkrad geklammert, die Knöchel traten weiß hervor, Marta versuchte nicht hinzusehen.

»Kind, sprichst du mit mir?«

»Setz mich an der nächsten Telefonzelle ab.«

»Ich kann nicht.«

Sie schwiegen sich bis Braunschweig durch. Internat-Antonius-Schule, Richard hatte Kontakte und telefonisch alles geregelt. Man sollte dafür sorgen, dass Marta das Schulgelände nicht verließ, ihr vorerst kein Taschengeld aushändigen, bis sie sich in die Situation eingefunden hatte. Wann das sein würde, entschied er. Marta weiß nicht, wie lange Greta noch in dem Zimmer stand, das man ihr zugewiesen hatte, irgendwann war sie weg.

»Das hier ist kein Gefängnis«, sagte die Erzieherin, als der blaue Ford vom Parkplatz verschwunden war. »Wir hatten nur den Eindruck, es wäre besser für dich, wenn du erst mal bei uns bleibst, deshalb haben wir dich aufgenommen. Wenn du in die Stadt willst, sag beim Pförtner Bescheid, für dich gelten die gleichen Regeln wie für alle anderen Schüler. Um zwanzig Uhr werden die Hauptportale geschlossen, in Ausnahmefällen kannst du den Schlüssel leihen.«

Manu, mit der sie das Zimmer teilte, fragte, als sie Marta abends in der Dusche sah: »Bist du unter eine Dampfwalze gekommen?«

»So was Ähnliches.«

»Sieht übel aus, die Schulter. Und den Knöchel sollte sich mal jemand anschauen.«

»Kannst du mir ein bisschen Geld leihen?«

»Den ersten Tag da und schon pleite?«

»Muss jemanden anrufen.«

Der Pförtner nickte freundlich und zeigte auf den Münzfernsprecher am Ende der Halle.

»Marta, um Himmels willen, wo bist du?«

Raphaelas Stimme klang beherrscht und wütend zugleich. Ein Fels, auf den Marta kriechen und erschöpft liegen bleiben wollte. Raphaela hatte noch am Tag von Martas Verschwinden die Polizei verständigt, aber die war nach einem kurzen Besuch bei Richard, der ihnen versicherte, alles sei in bester Ordnung, wieder abgezogen. Man könne keine unmittelbare Gefährdung erkennen. Die minderjährige Tochter von den eigenen Eltern entführt, was für ein Tatbestand sollte das bitte sein? Raphaela hatte nicht lockergelassen, Familiengericht und Anwalt verständigt, eine einstweilige Verfügung beantragen lassen. Sie hatte im Dorf eine Zeugin aufgetrieben, die sie so lange bearbeitete, bis sie sich zu einer Aussage bereit erklärte. Wenn es ging, sollte Marta noch einige Tage durchhalten, bis der Beschluss rechtskräftig wäre. Das sei am sichersten. Geld nebst Fahrkarte komme per Express, die Verletzungen solle Marta möglichst sofort von einem Arzt attestieren lassen.

»Schaffst du das? Soll ich kommen? Solange deine Eltern noch das volle Sorgerecht für dich haben, kann ich im Internat nichts ausrichten, aber ich mache mich sofort auf den Weg, wenn du es willst.«

»Geht schon, ich kriege das hin.«

Vermutlich hatte Manu der Erzieherin, deren Namen Marta vergessen hat, etwas gesagt. Jedenfalls vermittelte sie ohne Umstände den Termin bei einem Arzt in der Stadt, als Marta sich weigerte, den Heimarzt aufzusuchen.

»Und du bist sicher, dass du nicht mit mir darüber sprechen willst?«

»Ja.«

»Sag Bescheid, wenn ich dir irgendwie helfen kann.«

»Mach ich.«

Sie beobachtete sie, tauchte öfter in ihrem Zimmer auf, ließ Marta aber in Ruhe, was sie ihr später gerne gedankt hätte.

Am vierten Tag sah Marta während des Mittagessens durch das Fenster im großen Speisesaal Greta auf das Hauptgebäude zugehen. Zwanzig Minuten später klopfte Manu an die Klotür: »Kannst wieder rauskommen, sie ist weg.«

»Hat sie was gesagt?«

»Nicht viel, die schien es eilig zu haben. Als ich ihr erzählt habe, du bist für den Rest des Tages mit einer Lehrerin in der Stadt unterwegs, ist sie wortlos wieder abgezogen.«

»Danke!«

»War das deine Mutter?«

»So würde ich sie nicht gerne bezeichnen.«

»Hast 'ne Menge Probleme am Hals, ja?«

»Geht schon.«

»Übrigens: die Frau hatte geweint, und ich habe noch einen Mann bei ihr im Auto sitzen sehen.«

Bei Raphaela war nur der Anrufbeantworter dran. Marta sprach aufs Band, sie könne nicht mehr bleiben und dass sie den nächsten Zug nehmen würde.

Zwei Pullover übereinander, im Rucksack Notizbuch, Schreibzeug, das Attest des Arztes und Capotes »Grasharfe«. Den Rest konnte Manu wegwerfen oder behalten; das ganze Zeug, das Greta unterwegs eilig für sie gekauft hatte, mochte sie nicht.

Sie wechselte viermal das Abteil, verpasste den Anschlusszug, weil Bahnpolizei am Fuß der Rolltreppe stand, lief vor einem Mann davon, der Barträger war, zog beim Aussteigen die Kapuze tief ins Gesicht.

Raphaelas dunkelgrüner Passat hielt im Parkverbot direkt vor dem Ausgang.

»Kleine, wie siehst du aus? Hast du nichts zu essen bekommen?«

Sie drückte Marta an sich, begann zu weinen, als sie sich losmachte, ging glücklicherweise nahtlos zum Schimpfen über: »Diese Schweine! Denen werden wir es zeigen!«

Vier Wochen vergingen, bis Marta Raphaelas Haus wieder ohne Begleitung verließ, zunächst nur für wenige hundert Meter bis zum Gemüseladen. Wochen, an die sie sich nur schemenhaft erinnern kann. Raphaela telefonierte viel, kochte Hühnersuppe oder Apfelpfannkuchen, ließ Marta schlafen oder lesen, rieb ihr die Schulter mit Arnikasalbe ein, brachte Videos mit alten amerikanischen Filmen vom Einkaufen mit, die sie sich abends in Decken gehüllt ansahen, weil Raphaela der Meinung war, Cary Grant sei in solchen Situationen immer noch der Beste.

Über den Dorfplatz von Winnerod ist Marta nie wieder gegangen.

Beim Gerichtstermin drei Monate später sah sie Richard und Greta von weitem. Es wurde nicht von ihr verlangt, während der Verhandlung im Saal anwesend zu sein. Man einigte sich auf Entzug des Aufenthaltsbestimmungsrechts, regelte Einzelheiten per Vergleich, freie Arztwahl, Unterstützung nach Sozialhilfesatz und so weiter. Marta war alles recht, was ihr ein Leben ohne diese Menschen ermöglichte. Für eine Strafanzeige gegen Walter oder Mersburger war sie zu müde, aber dass die sich eine Weile davor fürchteten, das hatte sie ihnen gegönnt.

Vorsichtsmaßnahmen, die nach mehreren Drohanrufen zur täglichen Übung wurden: nicht die Haustür öffnen, bevor man sich vergewissert hat, wer davor steht, den Gerichtsbeschluss stets bei sich tragen, einsame Gassen meiden.

Die zugewiesene Fürsorgerin vom Jugendamt kam zu Besuch, prüfte die Verhältnisse und war froh über Raphaelas Bereitschaft, Marta weiterhin bei sich wohnen zu lassen. Einen Anruf Gretas wehrte Raphaela mit den Worten ab, man solle Marta in Ruhe lassen, worauf Marta bat, man möge ihr von weiteren Anrufen erst gar nicht berichten.

Wenige Tage vor ihrem achtzehnten Geburtstag erhielt Marta einen Gedichtband mit Glückwünschen vom Jugendamt und der Frage, ob man doch noch einmal behilflich sein könne bei einer Kontaktaufnahme zu den Eltern, wenigstens zur Mutter? »Ansonsten: beste Wünsche für die Zukunft!«

Marta antwortete nicht.

Es sollte das Ende ihrer Geschichte mit Greta sein. Dachte sie.

Was geblieben ist: neben dieser Leerstelle die Fähigkeit, in einer Menschenmasse blitzschnell die Gesichter abzuscannen, das wird oft bewundert: »Was du alles siehst!« Beim Bedienen kommt ihr das zugute: Jeder Einzelne fühlt sich wahrgenommen, genau das, was sich Valentin von seinen Mitarbeiterinnen wünscht: »Macht es wie Marta, fokussiert eure Aufmerksamkeit auf die Gäste!« Sie hat auch Pauls Bruder nichts von ihrer Familiengeschichte erzählt, obwohl sie ihn täglich sieht und gerne die Mittagspause mit ihm verplaudert.

Beim Betreten der Wohnung sieht Marta den Anrufbeantworter blinken.

»Paul hier. Bist du zuhause? Ich helfe Valentin noch, die Ausstellung fertig zu hängen. Könnte länger dauern. Rufst du mal zurück, wenn du da bist?«

Paul und Valentin. Ein Wunder, dass es zwischen den beiden Brüdern noch Raum für sie gibt. Reichlich Platz sogar, wenn sie so darüber nachdenkt. Nie hatte sie sich an Valentins Nähe zu Paul gestört, ab und zu gar dachte sie, sie bekäme zwei zum Preis von einem. Was natürlich nur teilweise stimmt. Valentin würde niemals eine Frau anrühren, die Paul gefällt, und umgekehrt.

Als Paul mit ihr in Berlin bei Valentin im Atelier auftauchte und meinte, sie würden bleiben, bis sie eine Wohnung gefunden hätten, war Valentins einziger Kommentar: »Herzlich willkommen!« Er räumte ein Zimmer für sie frei, stellte keine Fragen und nahm Marta ohne weitere Umstände in sein Leben auf. Jobangebot inklusive. Sie war für ihn Pauls Frau und als solche unbedingt vertrauenswürdig. Sie gehörte dazu. So einfach war das.

Es wäre schön, jetzt bei den beiden zu sein, zuzusehen, wie sie Hand in Hand arbeiten, die Wände vom Café mit den bunten Werken irgendeiner unbekannten Künstlerin schmücken, der Valentin eine Präsentationsfläche bieten will, weil sie begabt oder hübsch oder beides ist. Monatlich wechselt die Ausstellung, und Valentin hat jedes Mal die Hoffnung, nun endlich als »Ort, an dem sich neue Kunst entdecken lässt« in einem der einschlägigen Stadtmagazine aufzutauchen, aber Marta ist der Ansicht, dass die Gewinne aus dem Laden eher dem erstklassigen Kaffee als der Qualität der ausgestellten Bilder zu verdanken sind.

Valentins eigene Arbeiten hängen nie dort.

Marta verwirft den Gedanken, noch einmal rauszugehen, greift nach dem Telefon, legt es dann doch wieder weg. Sie sollte etwas Ordnung in der Wohnung machen, etwas Sinnvolles tun, ihre Hände beschäftigen.

Ein Foto meiner Mutter.

Der Satz klingt falsch. So wie das Bild; es stimmt nicht.

Sie hatte helle Haare, früher: fein sich ringelnde Locken, die ihr bis über die Schultern fielen, brachten wildfremde Menschen dazu, sich nach ihr umzudrehen. Sie schien das nie zu bemerken. Eine junge Frau, die als Schönheit galt, ohne sich selbst dessen bewusst zu sein. Ihr Gesicht: weicher, ja, das war es wohl, obwohl diese Vokabel im Zusammenhang mit Greta merkwürdig klingt. Möglicherweise hat sich auch dies im Laufe der Jahre durch einen der vielen Filter, die sich vor die Erinnerung schieben, verzerrt; man durfte sich nicht darauf verlassen. Aber blond war sie gewesen, das schon.

Greta trug ihre Haare nur in den Ferien offen, wenn sie am Strand saß, über ein Buch gebeugt, das auf ihren ganzjährig braungebrannten Beinen lag. Sophia und Marta durften machen, was sie wollten, solange sie still genug waren, dass sie lesen konnte, und die Mädchen darauf achteten, wer die kleine Steintreppe, die zum Strand führte, hinabkam. Ab und zu löste sich eine Strähne, schaukelte vor ihren Augen, bis sie sie sich wieder hinters Ohr strich. Marta träumte damals davon, lange Haare zu haben, nur um sie mit der gleichen Bewegung bändigen zu können. Vermutlich denken alle Kinder in diesem Alter, ihre Mutter sei die schönste Frau der Welt.

Wenn Richard sich näherte, musste Greta gewarnt werden.

»Er kommt!«

Schnell ließ sie das Buch in ihrer Tasche verschwinden, drehte sich in Richtung Treppe um, lächelte.

»Was hast du die ganze Zeit gemacht, Greta?«

»Mit den Kindern gelernt, Richard.«

»Gut. Waren sie artig?«

»Ja, sehr. Und fleißig!«

Sophia und sie hielten dem Blick des Vaters stand, nickten eifrig zu Gretas Worten und warteten darauf, dass sie ihnen kurz über die Köpfe streicheln würde, sobald Richard wieder verschwunden war.

Marta wusste, wo Greta ihre Bücher versteckte. Wer der Mann auf dem alten Foto war, das Greta als Lesezeichen benutzte, konnte sie aber nicht herausfinden. Auf die Idee zu fragen wäre sie nie gekommen. Dass Richard jemals von der Schönheit seiner »Gattin«, wie er sie vor anderen zu nennen pflegte, gesprochen hat, daran kann sie sich nicht erinnern.

Der Hund stürzt hechelnd in die Küche, springt freudig an ihr hoch und weicht mit einem Winseln zurück, als Marta ihn anherrscht, er solle verschwinden. Sie lässt die Arme sinken. Paul tritt von hinten an sie heran, nimmt ihr die Scherben aus der Hand. Etwas Warmes, Weiches läuft über ihre Arme, tropft ins Becken, sickert in den Schaum.
»Tut mit leid, ich habe das Glas nicht gesehen, wirklich.«
Lass mich! Sag was! Sprich mit mir oder fluche wenigstens dieses eine Mal, aber schau mich nicht so an.
»Ich bin in Ordnung!«
Paul holt den Verbandskasten, zieht wenig später den Autoschlüssel aus ihrer Hosentasche.
»Ich muss nicht zum Arzt!«

In der Notaufnahme sitzt ein Mann, der sich ein Tuch gegen die Nase presst und leise vor sich hin summt. Sein Oberkörper geht vor und zurück, langsam, wie ein Schiff oder wie ein Baum im Wind. Paul sagt noch immer kein Wort, hält mit beiden Händen Martas Arm, den er mit Kompressen und Mullbinden umwickelt hat. Unterhalb des Daumenballens zeichnet sich ein Fleck ab und dehnt sich langsam aus. Rot und weiß, wie bei dem Mann, der vielleicht ein Baum ist. Sie möchte auch summen, hat Lust, sich neben ihn zu setzen, wagt aber beides nicht.
»Ja, ein Unfall beim Spülen«, hört sie Paul zu einer kleinen

Frau mit spitzem Gesicht sagen, die sie behutsam durch eine der blassgrünen Türen führt. Kann man so jung und schon Ärztin sein? Und müsste man sich in dem Job nicht öfter die Haare waschen? Der Schmerz zieht wie Klingen durch die Haut, und Marta denkt: »Dies hier ist wenigstens real.« Paul dreht sich besorgt zu ihr um, als er sie kichern hört.

»Sah schlimmer aus, als es ist«, meint die Ärztin, »wir sollten die Hand trotzdem ruhigstellen. Sie bluten ungewöhnlich stark. Lassen Sie das bei Gelegenheit untersuchen, ja?«

Sie schiebt wie zufällig die Silberreifen von Martas anderem Handgelenk. »Und das? Woher stammen die Narben?«

Ein Inhaltsverzeichnis oder eine Landkarte, will sie sagen, entscheidet sich dann doch für »Stacheldraht, bin als Kind mal reingeraten.«

»Nehmen Sie eine halbe von denen, wenn die Schmerzen schlimmer werden, aber höchstens zwei am Tag«, bemerkt sie mit einer Stimme, von der man nicht weiß, ob sie müde oder eher resigniert klingt. Alles Weitere könne der Hausarzt machen, sie wünsche Gutes. Eine komische Formulierung: »Ich wünsche Ihnen Gutes!«

Später fällt Marta ein, dass sie vergessen hat, sich bei der Ärztin zu bedanken.

Es wird nie dunkel in ihrem Schlafzimmer, der Schein der Straßenlaterne lässt die Dinge gerade so weit hervortreten, dass sie leicht zu erraten sind, wenn man sie kennt. Ab und zu streift ein Motorengeräusch vorbei und lässt Lichtfelder über die Bücherreihen wandern. Marta spielt das Schattenspiel. Eine lachende Fratze verzieht sich zum Schlangendrachen, der an den letzten Bänden des Brockhaus noch kurz ein bellender Pudelkopf sein könnte, bevor er verschwindet. Pauls Atem streicht an ihr Ohr, als wisse er noch im Schlaf, dass es sie beruhigt, ihn leben zu hören.

Sie waren schweigend vom Krankenhaus zurückgefahren. Erst als sie die Wohnungstür hinter sich geschlossen hatten, umarmte er sie, zog sie vorsichtig mit sich zum Sofa und sagte: »Erzählst du mir was?«

Eines Tages, zu der Zeit, als die Tiere noch alle beisammen in ihrem Dorf lebten, behauptete die Spinne, sie könne den Leoparden fangen. Keiner, dem sie das erzählte, wollte ihr glauben, und so gab es Streit. »Ich werde es euch beweisen!«, rief die Spinne, fertigte einen Korb und ging den Leoparden suchen. »Leopard«, rief sie, »die anderen lachen über mich, weil ich gesagt habe, du seiest das schönste und geschickteste unter den Tieren. Als ich ihnen diesen Korb gezeigt habe, meinten sie, du könntest dich niemals hineinlegen, denn dazu seiest du viel zu fett und plump.« – »Das wollen wir doch einmal sehen«, sagte der Leopard und zwängte sich in den Korb. Da schnürte die Spinne den Korb zu und trug ihn auf den Dorfplatz. »Was habe ich euch gesagt?«, jubelte sie, »hier ist der Leopard!« Da staunten alle, und die Spinne freute sich so über den gelungenen Streich, dass sie zum Palmwein einlud und selbst reichlich davon trank. Als alle betrunken waren, schickte sie ihren Sohn, ein Messer zu holen, denn sie wollte den Leoparden abstechen. Der Spinnensohn aber dachte, er solle die Schnüre durchschneiden, und tat es. Da sprang das wilde Tier aus dem Korb und stürzte sich auf die Spinne und ihren Sohn, die sich blitzschnell in einer mit Pfeffer gefüllten Kalebasse versteckten. Da wartete die Spinne, bis das Leopardenauge am Flaschenhals erschien, nahm ein großes Maul voll Pfeffer und pustete ihn mit aller Kraft hinaus. Der Leopard jaulte auf, schrie vor Schmerz und rannte in den tiefsten

Busch. Dort ist er bis auf den heutigen Tag geblieben. Die Spinne hatte ihn verjagt. Dass aber die Spinnen am Pfeffer erstickt sind, das glauben wir nicht.

Paul küsste ihr Handgelenk, als er sie auszog, strich mit dem Finger die Linien nach, die sich jetzt im Sommer deutlicher abzeichnen, legte ihren verbundenen Arm auf ein kleines Seidenkissen.

»Manchmal würde ich gerne wissen, welche von deinen Geschichten etwas von dir erzählt«, flüsterte er.

Sie tat so, als wäre sie schon eingeschlafen. Hätte sie ihm berichten sollen, wie ein zwölfjähriges Mädchen, das frühreif zu viele tragische Bücher gelesen hat, versucht sich mit der rostigen Kante einer abgebrochenen Blechkehrschaufel die Pulsadern aufzuschaben? Außer einem versauten Kleid und wochenlang entzündeten Wunden hatte das weiter keine Folgen. Greta bekam Lügen aufgetischt: Sturz mit dem Fahrrad, missglückter Sprung über das Gartentor, irgend so etwas. Sie war an die Verletzungen der Tochter gewöhnt, verhängte Kletterverbot, fragte nicht weiter. Ich war schon damals zu feige, um eine Selbstmörderin zu sein, denkt Marta, vielleicht habe ich Narben gesammelt, um von einem Seeräuber für seinesgleichen gehalten zu werden. Jedenfalls nicht, um sie von der Mutter näher betrachten zu lassen. Sophia hatte sich ihre Handgelenke damals länger angesehen, versorgte Marta mit Pflaster und Wundcreme und schüttelte über ihre ausweichende Antwort den Kopf. »Du spinnst ja total!«

Wo ist der Zettel mit Sophias Telefonnummer? Ihr fehlt ganz sicher keine große Schwester, aber sie wüsste gerne, was sie macht. Einfach so. Ich habe sie geliebt, das ist so lange her. Ob Sophia noch weiß, wie sie Marta die Apfelsine auf die Nase geworfen hatte? Auch da lief es warm aus ihr heraus, und sie genoss das bestürzte Gesicht ihrer Schwester. Nur kurz gezuckt hatte sie, den Kopf nicht weggedreht und die Augen in ihr Gegenüber gebohrt. Sophia sollte Angst haben, und Marta fuhr sich immer wieder mit der Zunge über die Oberlippe, obwohl der Geschmack widerlich war. Diesmal hatte Sophia sie nicht zum Weinen gebracht, und Sophia war es, die als Erste den Blick abwenden musste.

Das war zu der Zeit, als sie längst nicht mehr für sie beide gesungen hat.

Warum musste immer Marta singen, während Sophia nur zugehört hat? Mochte sie ihre Stimme? Paul sagt, er hört sie gerne singen, und hat schon mehrmals vorgeschlagen, einen Chor in der Stadt zu suchen, der froh ist über einen klaren hohen Sopran. Marta wollte nicht. Was Paul nicht weiß: ihre Singstimme verschwand eines Tages ohne Vorwarnung und blieb lange weg. Mehrere Jahre war ein heiseres Krächzen alles, was aus ihr herausgekommen war, sobald sie eine Melodie versuchte. Eines Morgens, an einem ihrer ersten Tage in Berlin, als Marta unter der Dusche stand, war sie plötzlich wieder da. Ein blödes sentimentales Lied unter der Dusche, und sie konnte wieder singen. Irgendeine Verkrampfung im Kehlkopfbereich, vielleicht eine Blockade in der Halswirbelsäule, dachte sie, jede Logopädin wüsste sicher eine plausible Erklärung.

Sophia und Marta hatten tagsüber nie viel miteinander gesprochen. Nicht einmal während der Jahre in Afrika. Einige der Nachbarn meinten damals: »Die kleinen Wördehoffs mögen einander wohl nicht besonders. So etwas kommt vor bei Geschwistern mit geringem Altersunterschied.« Erstaunlich, dass sich keiner wunderte, warum Sophia sich nie beschwerte, mit ihr, die sie offenkundig mit Nichtbeachtung strafte, in einem Zimmer schlafen zu müssen. Genügend Räume wären da gewesen, in der strahlend weiß gestrichenen Zweihundertvierzig-Quadratmeter-Villa im Süden von Bouaké, auf die Richard so stolz war. Sophia wollte kein eigenes Zimmer.

Die Abendlieder blieben ihr Geheimnis.

Sie möchte Sophia fragen, ob sie an all das noch denkt. Ob sie sich erinnert, dass Marta singend einen Löwen erlegt hat, damit er ihrer Schwester nichts antun konnte, dass sie gemeinsam auf fahrende Autos gesprungen sind, um sich in Sicherheit zu bringen, dass sie zusammen stärker waren als alle anderen. Wie schön ihr Haus aus Lügen und Geschichten war!

Wer hat wen zuerst verlassen?

Später sang Marta alleine weiter. Immer leiser, flüsternd, dann lautlos, weil die Gefahr und die Angst größer wurden. Der Kopf drehte sich, als wiege er sich selbst in den Schlaf: hin und her, hin und her. Das Geräusch des Kopfkissens, ein auf- und abschwellendes, wie mit Watte gedämpftes Knistern, das Flüche überlagern konnte, formte sich zum Rhythmus der Lieder, die Sophia nun nicht mehr zu hören bekam. Sie gingen jetzt anders und verstummten schließlich ganz.

Warum fragst du nicht nach mir?

Paul beginnt leise zu schnarchen.

Das Bett neben ihr ist leer, als Marta aufwacht. In der Küche steht ein Teller mit Apfelstücken und klein geschnittenem Toast, an der Kaffeemaschine lehnt eine Postkarte mit Pauls säuberlicher Handschrift: *Guten Morgen! Bin nach zwei wieder da. Überleg dir, ob du Lust hast, wegzufahren, sobald die Fäden gezogen sind. Burgund oder Bretagne? Ich kann vier Tage freimachen. Such dir was aus.*

Verreisen ist ihr Geheimrezept.

Er hat den Boden geputzt, sogar den Müll weggebracht. Bleiben noch die kleinen blauen Knoten in Martas Hand als Spur, aber auch die verbergen sich unter mehreren Schichten aus weichem Mull und werden in zehn Tagen fort sein. Wie sieht auf Glas getrocknetes Blut aus? In Wien hat sie einmal im Museum Sachen gesehen, die Künstler mit ihrem eigenen Blut bemalt hatten. Pappe, Leintücher, Messgewänder. Mit dem Pinsel aufgetragen, getropft oder geschüttet. Fast schade, dass das satte Rot sich zu schmutzigem Braun wandelt.

Sie wird eine weitere Narbe zurückbehalten. Diese wird aussehen wie ein schräges L oder ein verunglücktes V. »Winkelriss«, würde die Frau in der Wäscherei sagen.

Es soll nicht wieder anfangen.

Aus dem Radio tönt die quäkende Stimme einer wasserstoffblonden US-Schönheit, die ihrem Liebhaber versichert, die Seine bis ans Ende ihrer Tage zu bleiben. Textfragmente wie diese sind Marta Vorwand genug, ihr Englisch nicht aufzufrischen, obwohl sie das auf Reisen schon bedauert hat. Im Klassik-Sender läuft eines der Stücke, bei denen man mitpfeifen könnte. Immer noch besser als Stille.

Die Brotstücke verfüttert sie an Yannis, der auf keinen Fall etwas vom Tisch bekommen sollte. Er wird bei der nächsten gemeinsamen Mahlzeit zum Verräter werden, indem er neben ihrem Stuhl hockt und bettelnd demonstriert, dass sie sich wieder nicht an die Abmachungen zur Hundeerziehung gehalten hat.

Dass Paul nicht auch noch daran gedacht hat, die Zeitung behindertengerecht aufzuschlagen, beruhigt sie. Selbst seine Fürsorge hat Grenzen. Marta breitet das raschelnde Papier umständlich auf dem Boden aus, zuckt kurz schmerzhaft zusammen, als sie mit der falschen Hand eine Seite umzublättern versucht.

Waffenstil!stand an der Elfenbeinküste. Aufständische unterzeichnen Friedensabkommen, geben aber ihre Waffen nicht ab.

Das Foto eines Rebellen: Sonnenbrille, Zigarette im Mundwinkel, auf dem Kopf ein Nest aus geflochtenen Palmblättern. In der Diagonalen, unscharf, der Lauf eines Gewehrs.
Frankreich erklärt sich bereit, mit seinem Militärkontingent vorläufig den Frieden zu überwachen.
Wenn Paul den Artikel sieht, fährt er nie mit ihr da hin.

Sie hat sich das Land auf der Karte angesehen. Von Bouaké bis Abidjan müssen es gut dreihundert Kilometer sein. Die Frau kann das unmöglich allein mit zwei kleinen Kindern geschafft haben. Von einer Zug- oder Busfahrt weiß sie nichts. Sie sieht sich im Auto sitzen, die weinende Greta vorn, der Wagen fährt schnell über unebene Straßen. War ihre Augenbraue geschwollen? Die Erinnerung ist löcherig und lügt möglicherweise. Stücke sind herausgebrochen wie aus einer porösen Farbschicht, so dass Dargestelltes allenfalls erraten werden kann. Ob sie womöglich doch in Bouaké im Hotel waren? Aber warum sollte sie in der Stadt geblieben sein, wenn sie von ihm wegwollte? An der Rezeption stand ein riesiger Strauß mit hellroten Blüten. Der Mann mit den goldenen Tressen am Ärmel beugte sich mit dem großen Bonbonglas zu ihr herunter: »Hier, nimm und gib auch deiner Schwester.« Alles war schön sauber, die Bettlaken rochen nach Veilchen, sie bekamen Saft und Obst, so viel sie wollten. Aus den Papierbögen mit eingeprägtem Elefantenkopf, die in der Schreibmappe auf dem Tisch lagen, falteten sie Flieger und wurden nicht bestraft, als sie sie Autos und Fußgängern unten auf der Straße entgegenschweben ließen. Sophia malte mit bunten Stiften ihren Namen drauf, jeden Buchstaben mit einer anderen Farbe. »Meinen auch, schreib auch Marta drauf!« Aber Sophia weigerte sich.

»Könnt ihr nicht leiser sein, ihr seht doch, dass ich telefoniere.«

Stundenlang. Meist schwieg sie, presste den Hörer ans Ohr, nickte, schüttelte den Kopf, sagte ab und zu leise ein oder zwei Worte. Einmal starrte sie sekundenlang in den Hörer, was komisch aussah, legte ihn dann so vorsichtig auf die Gabel, als sei der Apparat aus Eierschalen, fing plötzlich laut an zu schluchzen. Marta kann sich nicht erinnern, dass sie versucht hat, sie zu trösten. Sie war ihr fremd in diesem Zustand. Wie in fast jedem anderen auch.

Es hat Momente der Nähe gegeben, unterlegt mit dem ätzenden Grundton des Misstrauens, der Angst, sie könnten allzu rasch wieder vorbeigehen und jemand anderer wäre mit der zärtlichen Geste gemeint.

Tags darauf stand Richard im Hotelzimmer. »Packt eure Sachen, wir fahren nach Hause!«

Unten auf der Straße lagen keine Flugzeuge mehr, und Marta wünschte, Sophia hätte doch auch ihren Namen daraufgeschrieben.

Sie bekamen Geschenke, für eine Weile wurden keine Tränen vergossen, keine Flüche ausgesprochen, keine Ohrfeigen verteilt. Und falls sie richtig gerechnet hatte, wurde in dieser Zeit Kati gezeugt. Marta wartete täglich auf das Ende des Friedens und wurde nicht enttäuscht. Oder eben doch.

Wenn Greta sich ernsthaft von ihm trennen wollte, warum hat sie dann nicht so schnell wie möglich das Land verlassen? Von Abidjan gingen täglich Flüge nach Europa.

Die Beziehung der beiden hatte Marta nie verstanden. Die Studentin der Architektur, Greta Hausmann, heiratete kurz nach ihrem einundzwanzigsten Geburtstag gegen den ausdrücklichen Befehl ihres Vaters, des Chefarztes Wilhelm Hausmann, den fünfzehn Jahre älteren Gastdozenten Richard Wördehoff und brach ihr Studium ab. Soweit die Fakten, die Marta rekonstruieren kann. Eine Familie ohne Geschichte, es wurde nichts erzählt, und die Kinder hatten gelernt, nicht zu fragen.

Paul und Valentin kennen Episoden noch aus dem Leben ihrer Groß- und Urgroßeltern. Berichten über das drei Jahre dauernde Werben des Vaters um die verschlossene Mutter kann Paul ganze Abende widmen. Er scheint zu wissen, dass sie ihm immer wieder gerne dabei zuhört. Trotzdem hat sie sich bislang geweigert, den beiden vorgestellt zu werden, was Paul ihr übel nimmt. So wie sie abgelehnt hat, ihn zu heiraten, obwohl sie es sich vielleicht überlegt hätte, wäre die Frage nicht im Konjunktiv gekommen.

Vor ihm rückten die meisten zu schnell zu dicht an sie heran. Einigen wäre sie gerne näher gewesen. Es ging nicht. Man wirft einander Vorstellungen zu wie Bälle, ist enttäuscht, wenn der andere sie nicht fangen mag. Kurze Affären, die kaum die Bezeichnung verdienen. Rückkehr unter Raphaelas schützende Glasglocke, noch bevor die Nacht zu Ende war. »Du gehörst zur Gattung der Flüchter«, sagte sie, kochte grünen Tee mit Ingwer, öffnete die Keksdose oder den guten Bordeaux. Vielleicht hatte Raphaela recht: Marta wollte immer rechtzeitig weg sein. Einen Mann zum Teufel jagen, wenn er sich beim Trinkgeldgeben als kleinlich erwies, weil er nicht gerne ins Kino ging, wegen der Art, wie er sich die Zähne putzte, wegen des Satzes »Ich will mehr von dir«.

Paul. Das war von Anfang an anders. Nicht nur, weil sie seinetwegen ihre Zelte in Winnerod endgültig abgebrochen hatte oder weil er so gut mit seinen schönen Händen umgehen konnte. Er hat sich nie etwas von ihr versprochen.

Paul behauptet, Marta hätte sich zuerst in seinen Hund verliebt, und Yannis sei es zu verdanken, dass sie ihn damals nicht einfach ignoriert hatte, als er sie das erste Mal ansprach. »Männer, haltet euch große Hunde, dann lieben euch die Frauen!« Marta hat gegrinst und nicht widersprochen.

Am Fahrradständer vor der Buchhandlung war er angebunden, ein schwarzes zotteliges Riesenbaby, das leise knurrte, wenn man ihm nahe kam. Sie saß bereits eine ganze Weile vor ihm, als von hinten jemand sagte: »Da bist du jetzt die Erste, die das kleine Monster einfach so anfasst.« Beim Kaffee fragte er, ob er sie fotografieren dürfe.

»Warum?«

»Du bist schön.«

Sie hatte ungläubig gelacht und war mitgegangen.

Bilder von Menschen an öffentlichen Orten: eine junge Frau hinter der Glasscheibe eines Restaurants; eine Alte, die sich im Eingang des Supermarkts auf ihren Stock stützt; ein Mann in der U-Bahn, an die Tür gelehnt; ein junges Mädchen, traumverloren am Bahnsteig stehend. Die Serie umfasste ein Dutzend Abzüge, mit Reißzwecken in Pauls Dachzimmer an die Wand geheftet. Es war die Vereinsamung der Gestalten inmitten der Leute um sie herum, der Ruhepunkt aus Alleinsein und Traurigkeit in den Gesichtern, der ihn beim Fotografieren gereizt habe, er sei sich dabei wie ein Dieb vorgekommen. Sie ist sich sicher, dass sie aufgrund dieser Bilder bereits am ersten Abend mit ihm ins Bett gegangen und bis zum Morgen geblieben ist.

Paul beim Arbeiten zusehen, wie er die Leute dazu bringt, die Spannung aus ihren Körpern zu nehmen, sich seiner Kamera anzuvertrauen, als würde durch die Linse etwas aufgebrochen, von dem sie nichts wussten. Die Schönheit hinter der Inszenierung. Nur wenige widerstehen, dann zieht er sich hinter die Technik zurück, jagt zwanzig Filme in einer Viertelstunde durch und macht »Kampfbilder«, wie er das nennt, versucht den Moment einzufangen, in dem die Verteidigung im Gesicht des Gegenübers für die Dauer eines Wimpernschlags aufbricht. Danach darf wieder aufgerüstet werden, zwei oder drei Filme lang.

Die Kamera lügt nicht, meine lügt immer. Seit Marta ihn kennt, steckt dieses Newton-Zitat in seiner Fototasche.

Eines Nachmittags, als sie im Wald von Winnerod unterwegs waren, hatte er Yannis einen Stock geworfen, sich in der Wurfbewegung zu ihr umgedreht und gesagt: »Ich gehe nach Berlin. Kommst du mit?«

Raphaelas Enttäuschung war groß, als Marta ihr mitteilte, dass sie auszog, kommenden Monat schon. Selbstverständlich sei sie ein freier Mensch, aber ob sie auch daran denken würde, was sie, Raphaela, alles für sie getan habe, was sie zusammen durchgestanden hätten und was es für sie bedeuten würde, wenn Marta wegen eines dahergelaufenen Fotografen, den sie kaum drei Monate kenne, ihr gemeinsames Leben mit ein paar lockeren Worten hinwerfe. Von der Kündigung der Arbeitsstelle, die Raphaela ihr vermittelt hatte, wolle sie ja gar nicht sprechen. Ob sie es sich nicht doch noch einmal überlegen könne?

Dass Raphaela so unglücklich sein würde, wenn sie auszog, hatte Marta nicht erwartet. Bis dahin dachte sie, Raphaela habe sich schlicht an sie gewöhnt und würde mit der ihr eigenen Großzügigkeit nicht danach fragen, wie lange Marta noch gedächte, eines ihrer Zimmer zu besetzen. Fast hatte sie damit gerechnet, Raphaela würde erleichtert sein, wenn Marta endlich weiterzog. Das Gegenteil war der Fall, und Marta erinnert sich gern an diesen Augenblick. »Meine Liebste«, flüsterte sie, als sie Raphaela im Arm hielt, »ohne dich hätte ich die letzten Jahre nie überstanden, du warst meine Insel. Aber jetzt muss ich weiter, etwas Eigenes machen, verstehst du? Paul ist keiner von diesen austauschbaren Typen, mit ihm kann ich es aushalten, er ist gut für mich. Und ich wollte schon immer in einer richtigen Großstadt leben. Außerdem: dahergelaufen bin ich auch, hast du das vergessen?« Raphaela wischte sich mit dem Handrücken die Tränen weg, brachte ein bemühtes Lächeln zustande. »Ist gut, geh schon. Natürlich musst du mitgehen, entschuldige.«

Sie leerten jede eine Flasche Rotwein an diesem Abend, schliefen irgendwann Schulter an Schulter auf dem von den Katzen ramponierten Sofa ein.

In den letzten Tagen vor ihrer Abreise machte Paul eines seiner schönsten Portraits, während Raphaela konzentriert über die Tastatur gebeugt, eine Katze auf ihrer Schulter, letzte Korrekturen in ihren Roman einfügte. Als das Geräusch des Auslösers sie aufmerken ließ, warf sie Paul einen Blick zu, für den Marta sie bis ans Ende ihrer Tage lieben wird. Als ob sie geahnt hatte, dass das Foto, das in diesem Moment entstanden war, das letzte von ihr sein würde. Marta hütet es heute noch wie einen Schatz.

Der Tag, an dem Marta bei Raphaela auftauchte, hatte mit einem von Richards Überfällen angefangen. Kurz nach fünf Uhr in der Frühe wurde sie von seinem Brüllen geweckt, das vom Hof in der Johannisstraße zu ihr hochdrang.

»Miststück! Komm raus, du Schlampe! Du gehörst mir! Ihr asoziales Pack, ihr Kindesentführer, macht die Tür auf!«

Marta schaute aus dem Fenster, sah, wie Heiko und Mike sich mit verschränkten Armen vor ihn hinstellten, bis er sich umdrehte und davonwankte. In der Hofeinfahrt drehte er sich um, zerschmetterte seine Schnapsflasche auf den Pflastersteinen, hob die Faust und schrie: »Ich komme wieder! Ich schicke euch die Polizei auf den Hals. Die räumt die ganze Saubude aus, wenn sie erfahren, dass ihr Minderjährige davon abhaltet, zu ihrer Familie zurückzukehren!«

Die Beamten erschienen erst am Abend. Richard hatte zwar seinen Rausch ausgeschlafen, aber sein Vorhaben unterdessen nicht vergessen. In der Kammer unter der Treppe konnte Marta jedes Wort hören. Ja, sagte Mike, Marta sei eine Weile da gewesen, aber vor einigen Tagen wieder gegangen. Wohin, wisse man nicht. Dass sie minderjährig war, sei ihnen nicht bekannt gewesen. Ihnen habe sie erzählt, sie wäre bereits achtzehn. Nein, dass der besoffene Kerl, der vor ihrer Tür herumgebrüllt hatte, ein Vater sei, der seine Tochter sucht, konnten sie nicht ahnen. Seinen Beschimpfungen sei das nicht zu entnehmen gewesen. Im Übrigen war der Herr nicht in einem Zustand, der es wünschenswert gemacht hätte, ihn ins Haus zu lassen. Hätte er freundlich um Auskunft gebeten, sie hätten ihm höflich geantwortet. »Wenn Sie jetzt bitte gehen könnten, wir haben mit dieser Sache nichts zu tun.«

Die anderen hatten Angst, die Polizei würde wiederkommen; sie hatten auch ohne Marta schon Schwierigkeiten genug am Hals. Keiner sprach es aus, aber Marta konnte es ihnen anmerken.

Zwei Stunden später zog sie die Tür hinter sich ins Schloss und versuchte zu erkennen, ob in den Eingängen rechts und links jemand stand. Auf der Straße war kein Mensch zu sehen. Kleine Punkte feuchter Kälte legten sich auf ihr Gesicht; der erste Schnee in diesem Jahr dämpfte ihre Schritte. Sie versuchte die Lichtkreise der Straßenlaternen zu meiden, gleichmäßig zu gehen, nicht schneller zu werden, wenn sich ein Passant von hinten näherte, den Atem in ein ruhiges Gleichmaß zu zwingen, nicht aufzufallen. Als es hinter der nächsten Kreuzung endlich gelb von den Schildern einiger wartender Taxis leuchtete, musste sie nur noch an der Imbissbude vorbei, wo sich zwei Gestalten mit Bierdosen in der Hand an einen runden Stehtisch lehnten. »Na, Kleine, so allein unterwegs?«

Die letzten Meter rannte sie, hörte ihre Turnschuhe auf den Asphalt klatschen, während ihre Tasche in zeitversetztem Rhythmus gegen ihr Knie schlug. Schlitternd kam sie an einem der Wagen zum Stehen und zerrte am Türgriff.

»Sind Sie frei?«

»Wo soll's denn hingehen?«

Heiko hatte ihr den Zettel mit der Adresse in die Hand gedrückt.

»Ich weiß nicht, wie weit das ist. Reichen dreißig Mark?«

Der Fahrer nickte. »Geht in Ordnung. Kann aber dauern bei dem Scheißwetter.«

Das Stechen in der Brust ließ langsam nach. Auf der Frontscheibe zogen die Wischer fächerförmige Spuren, die sich gleich wieder mit dicken weißen Tupfen füllten. Sie erreichten Winnerod im Schneeregen. Die Rücklichter des Taxis verschwanden in der wabernden Dunkelheit, während Martas Kleider die eiskalte Nässe aufsogen. Sie sah sich um, niemand war ihr gefolgt. Der Zettel, der langsam aufgeweicht war, blieb in ihrer Handfläche kleben. Nummer eins, das Haus neben der Kirche. Im oberen Stockwerk brannte Licht, eine Lampe über der schweren Holztür tauchte die leeren Blumentöpfe, die rechts und links die ausgetretenen Stufen säumten, in flockiges Milchweiß. Das sah schön aus.

Eine kräftige Frau mit kurzem silbergrauem Haar öffnete und sah sie fragend, aber nicht unfreundlich an. Sie muss vor ungefähr dreißig Jahren umwerfend ausgesehen haben, dachte Marta und hatte keine Ahnung, was sie dem fragenden Blick entgegnen sollte. Selbst das erste Wort hatte Raphaela ihr abgenommen:

»Weißt du eigentlich, wie spät es ist?«

»Entschuldigen Sie bitte. Ich habe Ihre Adresse von Heiko Janssen. Er meinte, ich könnte eventuell ein oder zwei Tage hier übernachten.«

»Haben sie euch doch noch das Haus geräumt?«
»Nein, ich ...«
»Komm erst mal rein, du bist ja ganz nass.«
Sie brachte Marta eine Wolldecke, setzte sie vor den Ofen, drückte ihr ein Glas mit selbst aufgesetztem Kräuterlikör in die Hand.
»Möchtest du jemanden anrufen?«
»Nein, bitte nicht.«
»Aber einen Teller Suppe, den magst du schon, oder?«
Später richtete sie das Gästezimmer her, und Marta schlief das erste Mal seit Wochen acht Stunden am Stück, bis sie von einer schnurrenden Katze und dem Duft von Kaffee und gebratenem Speck geweckt wurde. Raphaelas warmes »Guten Morgen, Marta!« sollte der Lieblingsmorgenklang der folgenden Jahre werden.

Raphaela. Immer wieder sagte Marta sich, dass der Unfall auch geschehen wäre, wenn sie noch bei ihr gewohnt hätte.

Es klingelt an der Tür, zweimal lang, dreimal kurz: Valentin. Marta drückt auf den Türöffner, während der Hund zur Wohnungstür rennt und aufgeregt bellend daran hochspringt.
»Na, Prinzessin, Flügel gebrochen?«
An seinen Nägeln kleben Farbreste, was seltsam zu seinem fein gebügelten grauen Anzug aussieht: ein etwas größeres, langhaariges, deutlich jünger aussehendes und wesentlich besser angezogenes Abbild von Paul. Als er sie küsst, fliegt ihr eine Mischung aus Terpentingeruch und Aftershave in die Nase, die sie zum Niesen bringt. Er lacht, streicht ihr übers Haar.
»Valentin, ich kann wohl ein paar Tage lang nicht zur Arbeit kommen.«
»Hat Paul schon erzählt. Kein Problem. Die neue Aushilfe

sagt, sie ist froh, wenn einige Schichten mehr für sie drin sind.«

Yannis kommt mit seiner Lederleine im Maul angetrottet und bleibt mit wedelndem Schwanz vor ihnen sitzen, bis Valentin sich vor ihn hinkniet und hinter den Ohren krault.

»Soll ich den Dicken mitnehmen?«

»Wollte gerade mit ihm rausgehen.«

»Im Nachthemd?«

Marta folgt ihm in die Küche, wo er sich eine Tasse aus dem Schrank holt und den Wasserkocher in Gang setzt.

»Willst du auch Tee?«

»Hat Paul dir gesagt, dass du nach mir schauen sollst?«

»Schwarz oder grün?«

»Mir egal, ich ziehe mich schnell an.«

Valentin deutet auf ihren Verband. »Braucht man dafür nicht zwei Hände?«

»Ich rufe dich, wenn ich Hilfe benötige.«

Im Bad steht noch der geöffnete Verbandskasten. Mehrere hastig aufgerissene Zellophanhüllen liegen obenauf, das Ende einer Mullbinde lugt zwischen Brandsalbe und Kompressen hervor. Marta stülpt sich eine Plastiktüte über den Arm und beginnt sich notdürftig zu waschen.

Als sie die Küche betritt, schaut Valentin sie über den Rand der Zeitung an.

»Elfenbeinküste, ist das nicht das Land, in dem du als Kind warst? Wo dieser irre Präsident eine Riesenbasilika in seinem Heimatdorf im afrikanischen Nirgendwo bauen ließ?«

Marta nickt und lässt sich auf den Stuhl neben ihm fallen.

»Das afrikanische Nirgendwo ist jetzt Hauptstadt. Yamoussoukro. Aber die Kathedrale gab's zu meiner Zeit noch nicht. Ich weiß nicht mehr darüber als du.«

»Hattest du nie den Wunsch, noch einmal hinzufahren, dir das Land anzusehen, wie es heute ist?«

»Kindheitserinnerungen mit der afrikanischen Realität konfrontieren? Ich weiß nicht.«

»Aber du hast darüber nachgedacht.«

»Ja, kann sein. Ich wäre damals gerne dort geblieben, als meine Eltern nach Deutschland zurückgegangen sind. Wochenlang hatte ich vor dem Einschlafen gebetet, meine Haut möge schwarz werden über Nacht. Dann wäre es unmöglich, mich nach Europa mitzunehmen, dachte ich. Ich könnte bleiben und mit Mamadou in sein Dorf gehen, um dort bei ihm und seiner Familie zu leben.«

»Das klingt verrückt und traurig.«

»Das war ich auch, als ich klein war: traurig und verrückt. Solange ich denken kann, wollte ich jemand anderes sein. Ich habe mich immer nur weggewünscht.«

»Und heute? Wo und was wärst du gern?«

»Ich wäre gerne hier und wie du.«

»Ein mäßig erfolgreicher Maler, der mit spärlichen Einnahmen aus einer Kneipe und großzügigen Anteilen an der väterlichen Firma sein Leben finanziert?«

»So würde ich dich nicht beschreiben.«

Valentin zieht zwei Zigaretten aus der halbzerdrückten Packung, zündet beide an und drückt Marta eine zwischen die Lippen.

Mit dem Tee spült sie eine weitere Schmerztablette hinunter. Valentin schiebt einen Aschenbecher in ihre Reichweite.

»Wer war der Mann, mit dem du in sein Dorf gehen wolltest?«

»Unser Boy. So eine Art Mädchen für alles im Haushalt.«

»Ihr habt ihn ›Boy‹ genannt?«

»Nein, sein Name war Mamadou.«
»Und du hattest ihn gern?«
»Sag mal, was wird das hier, eine biographische Fragestunde?«
»Natürliches Interesse an meinen Mitmenschen.«
»Ich frage dich ja auch nicht, warum du jedes Jahr am Weihnachtsabend für mich und ein paar von deinen Künstlern Sauerbraten machst, während dein Bruder eure Eltern besucht.«
»Die Antwort ist nicht gerade logisch, aber vielleicht würde es mich ja freuen, wenn du das mal fragst.«

Yannis legt seine Leine behutsam in Martas Schoß, schubst sie mit seiner sabbernden Schnauze am Arm, winselt einige jämmerliche Töne.

»Dein Hund muss mal raus.«
»Das ist Pauls Hund!«
»Marta-Mädchen, du kannst einem ab und zu ganz schön auf die Nerven gehen! Komm mit, ich zeige dir einen neuen Laden, den ich nicht weit von hier entdeckt habe. Das wird dir gefallen.«

Regale, vollgestopft bis unter die Decke: bunte Tücher, Yamswurzeln, Holzfiguren, Bier aus Tansania, Perlenketten, künstliche Haarteile mit Rastazöpfen. Wahrscheinlich ist es der Geruch, denkt Marta, etwas Vertrautes, von dem sie glaubte, dass es sich im Vergessen aufgelöst hätte. Sie hebt ihre Nase und zieht die Luft ein. In der Ecke sitzt ein schwarzer Mann mit bunt bedrucktem Hemd und bearbeitet selbstvergessen mehrere kleine Trommeln, die er sich in einer Reihe zwischen die Beine geklemmt hat.

Valentin lächelt zufrieden, als Marta beginnt, Dinge in einen der bereitgestellten Körbe zu legen. Eine Kokosnuss, zwei Päckchen Gewürzpulver, eine winzige Holzdose in Form einer Schildkröte.

Am Boden, neben der Kasse, entdeckt sie das Spiel.

Es sieht fast genauso aus, wie sie es in Erinnerung hat: aus einem Stück Holz geschnitzt, an den Seiten mit kleinen Masken und einfachen geometrischen Formen verziert. Auf dem würfelförmigen Fuß ein lang gezogenes Spielbrett, in das zwölf Mulden eingelassen sind: zwei Reihen zu je sechs. Die Gewinnschalen sind rechts und links angefügt.

Ihres war etwas größer. Marta mochte den Klang der Kaurimuscheln, wenn sie in die Holznäpfe fielen, das Gefühl, wenn sie mehrere in der geschlossenen Hand zu halten versuchte, um jeweils nur eine herausgleiten zu lassen, bis die Reihe gelegt war: Klack, klack, klack, klack, klack.

Mamadou hatte ihr erklärt, dass es streng genommen keine Muscheln, sondern Schnecken waren, die an Korallenstöcken im Pazifischen Ozean lebten. Früher konnte man damit bezahlen.

Wenn alle Körner, die fallen,
wachsen würden,
fände niemand mehr
im Wald seinen Weg.

Ein Sprichwort seiner Mutter, hatte er ihr erzählt, sie habe viele davon gekannt und sie ihren Kindern weitergegeben. Auch die Tanten hätten dies getan. Aber die Geschichten von Spinne und Leopard, die seien ihm die liebsten, heute noch. Wie stolz sie war, als sie ihm eine aus dem Stegreif erzählen konnte! Mamadou freute sich und nannte sie ein kluges Mädchen. Sie solle diese Geschichten nie vergessen, mahnte er, auch wenn sie zurückkehre in das deutsche Land, aus dem sie gekommen war. Marta schwor es ihm, und Mamadou lachte. »Très bien!«

Er wollte sie nicht mit in sein Dorf nehmen, kein einziges Mal.

»Wir sagen es niemandem. Du brauchst mich auch nicht wieder zurückzubringen.«

»Nein. Geht nicht!«

»Warum?«

»Verboten!«

»Gar nicht verboten!«

»Sie finden dich, kleine Marta, und dann bringen sie mich ins Gefängnis. Willst du das?«

»Ich mache mich ganz winzig klein und unsichtbar.«

»Schluss jetzt! Du kannst bei mir sein, wenn ich hier bin, aber wenn ich in mein Dorf gehe, musst du bleiben. Sei ein braves Mädchen, und mach mir keinen Ärger!«

In Abständen von drei bis vier Wochen verschwand er für einige Tage, um seine Familie zu besuchen. Sein Zimmer im Schuppen neben der Garage war dann abgeschlossen, aber Marta wusste, wo er den Schlüssel deponierte. Es war mehr eine Kammer: zwei Holzkisten, ein wackeliger Stuhl, auf dem nie jemand saß, ein Feldbett, bedeckt von einer bunten Decke, die an den Seiten bis zum Boden hing. Da passte sie genau drunter, niemand fand sie in diesem Versteck, und es roch gut. Dort stand auch die kleine Frau. Sie durfte nicht mit ihr spielen, aber als sie ihr die Kette mit dem goldenen Herz schenkte, freute sich die kleine Frau. Mamadou legte sie ihr um den grob geschnitzten Hals, stellte noch ein Schälchen mit Mangofleisch davor. Er sagte, das sei keine Puppe, sondern seine Geistfrau. Ein Onkel habe sie ihm geschnitzt, weil er noch immer nicht verheiratet sei. »Der Onkel glaubt, dass eine Frau wartet, bis ich sie finde, dann werden wir viele Kinder haben.«

»Suchst du sie denn, wenn du in dein Dorf gehst?«

»Die kleine Geistfrau soll das machen.«

Sie hat durchs Schlüsselloch beobachtet, wie er das Schnapsglas in einem Zug leerte, das Marta ihm für die kleine Frau mit Richards bestem Whiskey gefüllt hatte. Wahrscheinlich gefiel das der Geistfrau; auch dass die Kette später fort war, wird sie nicht gestört haben. Die kleine Geistfrau war freundlich, teilte gerne. Und geschenkt war geschenkt, da durfte man nicht nachfragen.

Mamadou brachte von einem seiner Ausflüge das Holzspiel mit den Kaurimuscheln mit, und Richard kaufte es ihm für ein paar Francs ab. Sie nahmen es mit nach Deutschland, wo es im »guten Zimmer«, das Kinder nur in der Weihnachtszeit unbeaufsichtigt betreten durften, seinen Platz fand. Marta dachte sich eine Solovariante aus, die sie während der Feiertage so lange spielte, bis es niemand mehr hören konnte. »Bist du taub? Ich habe gesagt Schluss mit dem Krach!«

Sie träumte, dass nachts im Dorf das Fallen der Muscheln im dumpfen Schlag des Maniokstampfers unterging, betete noch immer: mach mich schwarz, bitte, dann kann ich fort von hier und werde Aura Pokus neue Tochter.

»Was kostet das?«

»Neunundvierzig.«

»Kann ich Kauris dazu haben statt der Bohnen?«

»Ich habe welche für vierzig Cent das Stück. Sie brauchen achtundvierzig. Sagen wir sechzig für alles zusammen?«

Der Mann mit dem bunten Hemd reicht ihr ein Körbchen, das mit Kaurimuscheln gefüllt ist. Marta greift sich eine Hand voll, das Geräusch ist genau das richtige.

»Ich nehme es.«

»Wollen Sie eine Anleitung dazu?«

»Gerne. Es ist lange her, dass ich gespielt habe, da war ich noch ein kleines Mädchen.«

»Es gibt verschiedene Versionen, aber die sind alle für Erwachsene.«

»Ich habe auch immer verloren.«

Es war an einem Sonntag, und er kam aus Gretas Zimmer. Marta hatte lange in der Küche auf ihn gewartet. »Spielst du mit mir?«

»Keine Zeit! Ich muss kochen!«

Mamadou sollte Schnitzel machen. Paniert mit warmem Kartoffelsalat, so wie Richard es morgens beim Frühstück gewünscht hatte.

»Escalope à la viennoise«, murmelte er vor sich hin, »escalope, escalope, escalope à la vi-en-noise«, ließ den Fleischhammer auf die feuchtroten Stücke fallen, unterlegte die Worte mit Tönen, die bald so schnell rauf- und runterklangen, dass Marta es nicht mehr schaffte, die Muscheln im Takt fallen zu lassen.

»Singen ist gut, vertreibt die Geister des Zorns und der Angst. Du weißt das. Aber wenn du unter das Bett gekrochen bist und dein Papa laut deinen Namen ruft, dann lieber still sein, ja?«

Er lachte, als sie sein Schnitzellied allein anstimmte, klatschte in die Hände, drehte sich auf dem Absatz einmal um sich selbst, versuchte dabei den Fleischklopfer zu fassen, kam aus dem Gleichgewicht und landete mit dem Hintern am Kühlschrank.

»Was macht ihr denn hier?«

Greta war gut gelaunt an diesem Tag, schaute kurz zu ihr herunter, lächelte.

»Ist das nicht kalt auf dem nackten Fußboden?«

Marta schüttelte den Kopf, ließ den Inhalt ihrer rechten Hand langsam in eine der Mulden gleiten.

»Kommst du zurecht, Mamadou? Wann ungefähr wird das Essen fertig sein?«

»Dauert nicht mehr lange, Madame, halbe Stunde, soll ich Sie rufen?«

»Ja, aber keine Eile. Der Monsieur kommt heute doch nicht nach Hause, du brauchst nichts für ihn aufzuheben. Und spar dir die Mühe mit dem Kartoffelsalat, wenn du magst. Wir nehmen einfach Brot dazu.«

Sie ging, ohne Marta aus der Küche rauszuwerfen, obwohl der Aufenthalt der Kinder dort verboten war, wenn gekocht wurde. Mamadou betrachtete nachdenklich die Teller mit Ei und Paniermehl, griff eines der Fleischstücke mit spitzen Fingern.

»Jetzt aber raus hier.«

»Ich darf dableiben!«

»Wer sagt das?«

»Die Madame, meine Maman. Sie hat mich gesehen und nicht geschimpft!«

»Aber ich sage, du gehst. Leg schon mal das Besteck auf den Tisch im Esszimmer.«

Auf der hellbraunen Handfläche, die sich ihr entgegenstreckte, lagen drei Kauris, um die sich ringartig ein zarter violetter Streifen zog.

»Hier, für dich, sind ganz besondere, kommen von weit her. Nicht verlieren, ja? Bringt Unglück!«

Martas Hose lag eine Woche später frisch gebügelt vor dem Schrank, die Muscheln waren verschwunden. Sie hatte vergessen, sie aus der Tasche zu nehmen, als sie ihre Kleider in die Wäschetonne stopfte. Außer Mamadou arbeitete nie jemand im Waschhaus, aber der hätte ihr ihren Schatz sicher zurückgegeben, wenn auch traurig über dessen Nichtachtung. Sie suchte alle Ecken und Geheimverstecke des Hauses ab, durchwühlte heimlich Sophias Sachen, wagte nicht zu fragen, ob Mamadou vielleicht beim Putzen auf die Kauris gestoßen sei, denn auch das hätte er ihr doch mitgeteilt. Lange fürchtete Marta sich vor den Konsequenzen ihrer Nachlässigkeit und fühlte sich schuldig an manchem Unglück der kommenden Monate.

Warum hatte Richard ihn nie angeschrien, wie den Nachtwächter, die Ehefrau, die Hunde, die Kinder? Wegen der Kopflänge, um die Mamadou ihn überragte? Oder weil er am Telefon ohne Zögern glaubhaft einen Malariaanfall bezeugte, wenn Monsieur Wördehoff, der angeblich seinerzeit die Heimat verlassen hatte, um die Côte d'Ivoire zur Blüte zu führen, mal wieder nicht auf der Baustelle erscheinen konnte? Litt er tatsächlich an Malaria? Richard lag oft krank im Bett, den Kindern wurde die Ursache nicht genannt. Greta kippte klirrend Glasabfälle in die Blechmülltonnen vor dem Haus und bat die Mädchen, sich leise im Haus zu bewegen, solange es dem Vater schlecht ging. Aus seinem Zimmer und im Bad roch es manchmal komisch. Marta hat nie den wahren Grund erfahren, warum sie nach Deutschland zurückkehrten, obwohl das Städtebauprogramm, bei dem er mitarbeitete, noch in vollem Gang war. Den Töchtern wurde erzählt, die Zeit in Afrika sei abgelaufen und die neugeborene kleine Schwester solle zuhause aufwachsen, weiter gebe es dazu nichts zu sagen. Zuhause, dachte Marta damals, zuhause ist doch hier, zwischen den Hibiskushecken, in Mamadous Kammer, im Geäst hinter dem Waschhaus, unter dem Affenbrotbaum.

In der allerersten Zeit war der Leopard der einzige Zauberer auf der Welt. Er machte die Fetische für alle anderen, unterrichtete sie im Umgang mit den Kobolden und sagte ihnen, was sie tun sollten, wenn ein böser Geist sie krank gemacht hatte.

Eines Tages berichtete er der Spinne, dass in dem riesigen

Iroko-Baum, der mitten in ihrer Pflanzung steht, ein Kobold wohnt.

»Wenn du es fertigbringst, seine Freundschaft zu gewinnen, wird deine Pflanzung so viel Yams tragen, dass du unermesslich reich wirst.«

»Wie soll ich mir denn einen mächtigen Kobold zum Freund machen?«

»Vergieße das Blut eines Leoparden am Fuß des Baumes, das wird ihm gut gefallen und dir seine Freundschaft augenblicklich zutragen..«

»Ach!«, sagte die Spinne. »Ihr Leoparden seid doch die stärksten und gefährlichsten unter den Tieren, ihr fresst uns alle auf, wie soll ich da einen von euch töten? Nein, das schaffe ich nie, beim bloßen Versuch würde ich den Tod finden.«

»Nun«, antwortete der Leopard, »dann musst du für immer eine arme Bettelspinne sein.«

»Marta?«

Valentin schnipst mit den Fingern vor ihrem Gesicht.

»Lass uns gehen. Ich muss zurück ins Café, nachsehen, ob die Aushilfe zurechtkommt.«

Yannis, der sich trotz Ermahnung, brav vor dem Laden zu warten, hineingeschlichen hat, fegt mit seinem Schwanz einige kleine Kalebassen vom Regal. Der Verkäufer lacht nur und versichert, das mache nichts, sie hätten den Hund gleich mit reinnehmen können. Menschen und Tiere seien ihm gleichermaßen willkommen. Marta starrt ihn an, bis sein Lächeln sich in einen fragenden Blick wandelt.

»Komm schon!«

Valentin zerrt Yannis am Halsband nach draußen, die große Papiertüte mit Martas Einkäufen unter dem Arm geklemmt, während sie sich noch im Rausgehen nach dem afrikanischen Mann umdreht.

»Gefällt dir der Typ?«

»Quatsch! Er hat mich nur an jemanden erinnert.«

»Du solltest solche Blicke ausschließlich meinem Bruder zuwerfen.«

»Red keinen Unsinn! Ich komme später die Sachen bei dir abholen und drehe noch eine Runde mit dem Hund, der braucht Bewegung, sonst nervt er den ganzen Nachmittag.«

Sie schaut Valentins federndem Gang noch eine Weile nach und versucht Yannis daran zu hindern, ihm nachzulaufen. Ein junges Mädchen in engen Jeans lächelt begeistert, als Valentin ihr »Hallo!« mit einem Nicken beantwortet, ohne stehen zu bleiben. Raphaela hätte ihn lieber gemocht als Paul, der ihr mit seiner schweigsamen Präsenz nicht geheuer war, dessen ist sich Marta sicher. Valentin nicht zu mögen scheint unmöglich zu sein. Vielleicht macht es ihn so anziehend, dass er sich seiner Wirkung auf andere Menschen, zumal Frauen, nicht bewusst ist. Sämtliche Aushilfen und Bedienungen verlieben sich nach wenigen Arbeitstagen in ihn und beneiden Marta um ihre Nähe zu Valentin. Ihre Aufgabe ist es, den Mädchen mitzuteilen, dass ihr Chef in festen Händen und für keinerlei amouröse Abenteuer zu haben sei. Streng genommen ist das eine Lüge. Jaqueline ist bereits vor mehr als neun Monaten zu ihrem Ehemann zurückgekehrt und hat sich seitdem nicht mehr gemeldet. Aber Valentin hofft noch immer, dass sie zurückkommt, zeichnet regelmäßig Portraitstudien von ihr, lässt alles fallen, sobald sein Telefon klingelt, und sagt, man müsse ihr Zeit lassen. Sie werde kommen, eines Tages werde sie vor ihm stehen und sich entschieden haben, für ihn, da sei er sich sicher.

Sie hatten ihn nach langem nächtlichem Suchen in einer Bar

unweit von Jaquelines alter Wohnung entdeckt, wo er einen Damenschal in den Händen knetete und Rotz und Wasser heulte. »Sie ist weg, einfach weg«, lallte er, als Paul und Marta seine Arme um ihre Schultern nahmen und ihn gemeinsam zu ihrer Wohnung schleppten. Es war das erste Mal, dass Marta vor einem betrunkenen Mann keine Angst gehabt hatte.

Im Park jagt der Hund einer flügellahmen Elster hinterher, die sich als erstaunlich wendig erweist und kurz vor seiner Schnauze auf einen niedrigen Ast flattert. Yannis bleibt bellend unter dem Baum stehen, schnappt hektisch in die Luft. Eine Frau, die sich gekrümmt auf ihren Gehwagen stützt, lacht ihn aus und wartet, bis sich ihr fetter und mindestens ebenso alter Beagle zum Weitergehen entschließen kann. Die beiden, denkt Marta, machen nicht den Eindruck, als hätten sie noch Geheimnisse voreinander.

Etwa drei Stunden, bis Paul von der Arbeit kommt. Sie hat nicht ganz verstanden, um welche Art Shooting es sich handelt, nur dass er mit Models in Schottenröcken in einer Bibliothek arbeitet. Marta überlegt, wie sie die Zeit überbrücken soll. Die Hand beginnt erneut zu schmerzen, sie würde sich gerne irgendwo setzen, am liebsten mit Blick auf etwas, das rein gar nichts mit ihr zu tun hat. Paul spottete früher öfter über ihre Marotte, sich in die Geschichten anderer Menschen einzuloggen, aus Momentaufnahmen ganze Romane zu konstruieren. »Man kann sich in der Beobachtung fremder Leute gut verstecken«, versuchte Marta ihm zu erklären, und Paul verstand, was sie meinte.

Manchmal spielen sie das unterwegs: Paul beobachtet einen Mitreisenden, registriert selbst kleinste Details, und Marta strickt daraus eine passende Biographie.

Sie würde jetzt gerne mit Paul im Zug sitzen, weit wegfahren und nicht entscheiden müssen, was mit dem Zettel zu geschehen hat, den sie in ihrer Jackentasche fühlt. Bald, denkt sie, bald sind wir weg, für ein paar Tage nur, aber das ließ sich unterwegs ausblenden. Einfach fort sein würde fürs Erste genügen.

Und jetzt? Ins Kino oder Museum kann Marta mit dem Hund nicht gehen, ihn draußen anzubinden wäre Quälerei. Yannis verlässt sich darauf, dass sie ihn gut behandelt, dabei soll es bleiben. Er ist zufrieden, solange er in der Nähe seiner Leute sein kann, zu denen er sie, Marta, freundlicherweise zählt, und zeigt sich vorbehaltlos begeistert, sobald sie Anstalten macht, seine Leine zu holen. Sie nimmt ihn gerne mit, wenn sie ohne Ziel in der Stadt herumläuft; seine schwarze Übergröße flößt den meisten Menschen so viel Respekt ein, dass sie einen Bogen um sie beide machen.

Sie erreichen den Märchenbrunnen. Yannis springt mit Anlauf in das flache Wasserbecken, was eine nicht mehr junge Frau, die in ihre Zeitschrift vertieft auf dem Rand gesessen hat, mit einem Aufschrei hochfahren lässt. Über vierzig Kilo Tier verdrängen eine Menge Wasser, denkt Marta. Ein kleines Kind klatscht unweit von ihr begeistert in die Hände, »Wauwau!«, und rennt los. Kurz bevor es über den Brunnenrand kippt, den es zu erklimmen versucht, während Yannis ihm dabei die kleinen Hände leckt, packt die Frau das Kind und zieht es an sich.

»Können Sie den Hund nicht anleinen?«

»Der ist harmlos.«

»Das sagen alle, und dann wird man gebissen! Sie könnten das Tier gar nicht bändigen mit Ihrem verletzten Arm!«

»Regen Sie sich wieder ab.«

Die Frau, die jetzt das Kind an der Hand mit sich zerrt und etwas durch ihre zusammengepressten Lippen zischt, das wie

»Auch noch unverschämt!« klingt, sieht aus, als hätte ihr schon lange keiner mehr gesagt, dass sie schön ist. Darüber verwelkt sie langsam, denkt Marta, zahlt ihrer Kosmetikerin viel Geld, damit die ihr gibt, was man in ihren Kreisen ein gepflegtes Aussehen nennt. Sie kann sich das leisten, vielleicht, weil sie während des Studiums irgendeines geisteswissenschaftlichen Fachs den Juniorchef mit Sportwagen kennen lernte. Der hat ihr den Brillantring geschenkt, froh, seinem Vater eine ebenso geistreiche wie repräsentative Gattin vorzeigen zu können, die in der Lage ist, mit Geschäftspartnern über zeitgenössische Literatur oder Ähnliches zu plaudern. Jetzt hat sie eine Eigentumswohnung mit Parkblick, das Wochenendhaus in der Uckermark und vermutlich auch ein Kindermädchen, das Französisch spricht. Der Mann ist selten zuhause, versäumt aber nie, geschmackvolle Geschenke für sie und das Kind mitzubringen. Da darf sie sich nicht beklagen, tut nicht nur samstags ihre eheliche Pflicht, gestaltet das familiäre Nest dank der abonnierten *Living Home* stilvoll und gediegen.

Das Kind, das noch immer versucht, sich von ihrer Hand loszureißen, und »Wauwau, will zum Wauwau!« ruft, ist eindeutig ein Mädchen. Die Gute hat wohl doch nicht alle Erwartungen, die in sie gesetzt waren, erfüllt. Daher der leicht verbitterte Zug um die Mundwinkel. Könnte sein. In zehn Jahren wird das Kind sie hassen, da würde Marta jede Wette eingehen.

»Was passiert, wenn ich jetzt Sophias Nummer wähle?«
Yannis schaut an ihr hoch, wedelt mit der Rute.
»Das weißt du auch nicht, Dicker, stimmt's?«
Sie waren Schwestern, hätten einander beschützen müssen. Jede wollte oder konnte nur im Alleingang die eigene Haut retten. Selbst Greta hatte sich inzwischen, wie Marta bei ihrer ers-

ten Begegnung mit Kati erfuhr, von Richard getrennt und war ihren eigenen Weg gegangen, hatte angeblich sogar Karriere mit irgendwelchen Modeläden gemacht, was schwer vorstellbar war. Sophia arbeitete als Privatdozentin an der Uni, wo, wusste Marta nicht. Sie wollte sich den Rest der Geschichte damals nicht anhören. Vielleicht könnte sie im Internet etwas über Greta oder Sophia rauskriegen. Nein, lieber nicht. Was sollte das bringen?

Die Vorstellung, dass man sich zufällig gegenüberstehen könnte: in der U-Bahn, im Schuhgeschäft, auf dem Bahnhofsvorplatz. Oder durch ein Restaurant gehen und merken, dass man von einem Augenpaar angestarrt wird. Feindlich, freundlich, ärgerlich? Würden sie einander überhaupt erkennen? Sie waren sich abhandengekommen, hatten versäumt, einander beizustehen. Vermutlich fehlte allen in dieser Familie das gleiche Gen, das die Fähigkeit ausbildete, füreinander zu sorgen.

Vielleicht hatten Sophia und sie zu früh mit den Liedergeschichten aufgehört.

Als sie nach Deutschland zurückgekehrt waren, wurde es schlimmer. Das Haus in bester Hanglage am Waldrand, das der Großvater mit seinen eigenen Händen, ohne einen von Richards Plänen, gebaut hatte, stand bei ihrer Ankunft bezugsfertig da. Am Flughafen bereits wurde der Schlüssel feierlich ausgehändigt. Nur der Großvater lächelte. Der einzige Sohn, der fünf Jahre in der Fremde sein Glück gesucht hatte, sollte wieder heimisch werden im Dorf seiner Kindheit. So hatte er es sich gedacht.

»Mein Vater war Maurermeister, ein starker Mann bis ins hohe Alter«, hörte Marta Richard einmal sagen. »Ich bin Architekt. Das sind die, die den Maurermeistern sagen, was sie zu tun haben!«

Richard hat sich kein eigenes Haus in Deutschland gebaut, bezog das Geschenk seines Vaters missmutig, aber widerspruchslos und ist, soweit Marta weiß, bis heute nicht ausgezogen.

Sophia bekam auf eigenen Wunsch ein Zimmer im Keller, und nur Marta wusste, dass sie das Fenster als Ein- und Ausgang benutzte, um Richards Kontrolle zu entgehen. Bis zu dem Tag, als er sie erwischte.

Es war ein laut schmatzendes Geräusch im Wechsel mit unterdrücktem Schluchzen, das Marta nachts geweckt hatte. Auf dem Absatz der Wendeltreppe, durch deren Zwischenräume man den gesamten Flur überblicken konnte, zog es. Mit einem breiten Lederriemen schlug er zu, sein Arm ging auf und nieder, eins, zwei, auf Sophias Bauch, ihre Hände, ihr Gesicht.

»Miststück! Schlampe! Miststück! Schlampe!«

Martas Nase auf ihre nackten Knie gedrückt, die Kälte kroch von den Füßen her an ihrem Leib hoch, bis sich alles wie taub anfühlte. Die warme Spur einer Träne lief ihre Wade herunter und juckte beim Antrocknen leicht. Plötzlich war es still, Marta schaute zögernd durch den Spalt ihrer angewinkelten Beine, bis sie die Schwester da unten liegen sah wie eine Sache, die sich als unbrauchbar erwiesen hatte.

Weiter hinten entschwand Richards breiter Rücken aus ihrem Blickfeld im Halbe-Flasche-Whiskey-Schritt, ohne dass jemand ein Messer in ihn versenkt hatte.

Sophia bewegte sich endlose Sekunden nicht, öffnete dann die Augen ruckartig und schaute sie direkt an, als hätte sie die ganze Zeit gewusst, dass Marta da oben saß. Mühsam stand sie auf, klopfte ihre Hose ab und hinkte die Treppe zum Keller hinunter, ohne sich noch einmal nach Marta umzudrehen.

Am nächsten Morgen zeigte ein Mitschüler auf den roten Streifen, der über Sophias linke Wange lief: »Was hast du denn gemacht?«

»Einer wollte mich blöd anmachen«, fauchte sie, »aber der sieht schlimmer aus, also halt bloß deine Klappe!«

Marta hätte Richard totschlagen sollen, ihn von Sophia wegzerren, mit der Eisenstange sein Gesicht zermalmen! Aber sie war ein zugeschnürtes Päckchen gewesen, das sich nicht rühren konnte und beide Hände an den Mund pressen musste. Sie war gelähmt gewesen, unfähig, auch nur zu atmen. Oder feige, dachte sie, so verdammt scheißfeige. Kein Wunder, dass Sophia ihrerseits bei späteren Gelegenheiten auf Martas Verteidigung verzichtet hatte. Wessen Verrat war der erste; der, der alle weiteren bedingt hatte?

Marta schüttelt sich, wirft das zerknitterte Stück Papier mit Sophias Nummer in den nächsten Papierkorb.

Raphaela, die es bedauerte, dass Marta keinen Kontakt zu ihrer älteren Schwester hatte, meinte einmal, es wäre unnötig, Zerwürfnisse in die nächste Generation hinein fortzusetzen. Trotzdem widersprach sie nicht, als Marta ihr entgegnete, es wäre besser, einander zu verpassen, wenn man sich nicht helfen könne. »Der Krug, der mit Lehm gekittet ist, hält kein Wasser mehr«, zitierte sie Mamadou, und Raphaela nickte betrübt. Sie hörte diesen Satz nicht zum ersten Mal aus Martas Mund. Es hatte keinen Sinn, damals wie heute nicht.

Ein zurückgewiesenes Foto, eine verworfene Telefonnummer sind kein Anfang. Bedeuten nichts. Sollten vergessen werden.

Als sie auf dem Rückweg im Café vorbeischaut, hat die Aushilfe Dienst, die seit einigen Wochen bei ihnen arbeitet. Die Frau mit den kurzen blonden Locken, die sich von allen »Picco« nennen lässt, obwohl sie Dorothea heißt, stellt eine Schüssel neben der Theke auf den Boden, legt ihre rechte Hand auf Yannis' Kopf, der sich erstaunlicherweise gelassen von ihr liebkosen lässt, bevor er schlabbernd über das Wasser herfällt.

»Du kommst nicht etwa doch noch arbeiten?«

Sie deutet auf Martas lahmgelegten Unterarm und stellt eine Tasse Espresso vor ihr ab.

»Nein, ich will nur etwas abholen. Wo ist Valentin?«

»In der Küche.«

Er hat ein zerschlissenes Küchenhandtuch um die schmalen Hüften gebunden und rührt mit ausladenden Bewegungen in der großen gusseisernen Pfanne, an der die Gasflammen hochschlagen.

»Seit wann kochst du? Das riecht gut! Gibst du mir einen Teller davon?«

Valentin zieht die Pfanne vom Feuer, schüttet zischend eine helle Flüssigkeit hinein und schiebt die beschlagene Brille in die Stirn.

»Paul war hier und hat dich gesucht. Er ist früher fertig und wartet in der Wohnung auf dich. Warum hast du dein Telefon nicht an?«

»Der Akku ist leer.«

»Wie immer!«

Marta streicht ihm über die verschwitzte Wange, schnappt sich ein Stück von dem Haufen klein geschnittener Paprika, der auf einem Brett neben dem Herd liegt, und wendet sich zum Gehen.

»Wo ist die Tüte mit meinen Sachen?«

»Im Büro. Sehen wir uns später noch?«

»Keine Ahnung, vielleicht.«

An der Wohnungstür spielt Yannis verrückt, springt an der Klinke hoch und rast jaulend in Richtung Küche. Es duftet süß und einladend. Die Fenster sind weit geöffnet, der Flur aufgeräumt, aus dem Wohnzimmer klingt Klaviermusik.

Paul sieht erschöpft aus, lächelt aber, als er bemerkt, dass Marta in der Tür steht und ihm beim Wenden der goldbraunen Teigfladen zusieht.

»Dein Bruder steht auch gerade am Herd.«
»Wie geht's dir? Hast du schon gegessen?«
»Einer von denen passt schon noch rein, wenn du mir beim Kleinschneiden hilfst.«

Paul beginnt einen Pfannkuchen mit Marmelade zu bestreichen.

»Wie war dein Vormittag?«
»Bin mit Yannis in der Stadt herumgewandert. Und bei dir?«
»Das eine Model kam zu spät und musste dann noch eine halbe Stunde lang zurechtgemacht werden, bevor ich die Kamera auch nur anheben durfte; die andere Frau lag angeblich mit Virusgrippe im Bett und hat kurzfristig abgesagt. Von dem schnöseligen Bildredakteur, der alles besser wusste, schweige ich lieber. Der Verlag wird sich hundertprozentig aufregen und wegen der Rechnung rumzicken. Manchmal habe ich die Nase gestrichen voll von dem Auftragszeugs. Was macht die Hand?«
»Geht so.«

Er hat Blumen mitgebracht. Gelbe, langstielige Rosen, die er in einer Glasvase auf dem Küchentisch arrangiert hat. Marta denkt, sie sollte das kommentieren, aber ihr fällt nicht ein, was sie dazu sagen könnte. Paul bemerkt ihren Blick. »Die habe ich am Set mitgehen lassen«, sagt er und schiebt mit dem Fuß den Fotokoffer zur Seite, während er zwei Teller vor ihnen abstellt.

»Was ist in der Papiertüte?«
»Ein Spiel, es heißt Bao, Wari oder Awaré, je nach Gegend. Hab's in einem neuen Laden in der Sredskistraße gefunden, ich

kenne das von früher und dachte, es könnte dir gefallen. Man nimmt die Kauris einer Mulde auf und verteilt sie über die folgenden möglichst so, dass am Ende der Reihe welche einkassiert werden können. ›Aufessen‹ haben wir das genannt. Hier ist die genaue Anleitung.«

»Ich habe auch etwas für dich. Es lag bei einem Straßenhändler zwischen Trommeln, Armreifen und Ledergürteln. Ich fand, es sollte dir gehören.«

Paul verschwindet und legt kurz darauf grinsend ein mit Kordel verschnürtes Bündel auf den Tisch. Was sich durch das Packpapier weich und formlos anfühlt, stellt sich als ein Stück Stoff heraus, ungefähr zwei auf vier Meter groß, das Ganze aus zehn Zentimeter breiten, in rechteckige Felder unterteilten Bahnen zusammengenäht. Goldgelb leuchtender Grund, darauf Muster aus Quadraten, unterschiedlich geformten Vierecken, Streifen, Trapezen in Rot, Grün und Schwarz. Marta fährt mit den Fingern über das Gewebe, zeichnet einzelne Muster nach.

»Das scheint heute ein afrikanischer Tag zu sein.«

Paul räumt das Geschirr in die Spüle und breitet den Stoff über die ganze Breite des Holztischs.

»Die Verkäuferin meint, es kommt aus Ghana und wird als Festgewand von den Ashanti getragen. Man erkennt daran, welche gesellschaftliche Position der Träger hat. Sie sagt, jeder Stoff und jedes Muster hat eine eigene Bedeutung. Beim Weben wird gesungen: Geschichten oder Sprichwörter, aus denen sich die Muster ergeben.«

»Man könnte das Ding wahrscheinlich als Liederbuch benutzen.«

»Gefällt es dir?«

»Sehr!«

Mädchen waren da, sie saßen im Gras, sangen und flochten einander kleine Zöpfe, die in alle Richtungen abstanden. Marta hatte sie von weitem gehört, schlich sich heran und versteckte sich bei der Hibiskushecke, bis die Mädchen sie bemerkten.

»Komm, Kleine, keine Angst! Komm schon her, wir beißen nicht!«, rief eine, und alle lachten.

Sie machen sich nicht über mich lustig, dachte Marta, sie wollen mich dabeihaben.

»Weißt du, wie unser Lied geht? Nein? Pass auf, ich sag es dir auf Französisch, dann singen wir auf Baoulé:

Fällt ein Holzstück in den Sumpf,
fällt's in den Sumpf,
wird's doch kein Krokodil!
Verdient mein armer Liebster Geld,
verdient er Geld,
so ist er doch nicht Prinz!

Sie hob beide Zeigefinger, ließ sie vor Martas Nase tanzen, wiegte den Körper im Rhythmus ihres kehligen Singsangs, bis alle einstimmten. Marta versuchte die Worte stumm zu formen, begann sich einzuschwingen, wagte es schließlich mitzusingen, von Mal zu Mal lauter.

»Gut! Du kannst es! Jetzt bring uns ein Lied in deiner deutschen Sprache bei!«

Marta schüttelte untröstlich den Kopf, schluckte die aufkommenden Tränen hinunter und fürchtete in diesem Moment nichts so sehr wie die Möglichkeit, die Mädchen könnten sie aufgrund ihrer Unwissenheit wegschicken.

»Du kennst kein Lied aus deinem Volk? Was bist du denn für ein Kind? Dann musst du unsere lernen!«

*Auch wenn die Gazelle ganz betrunken ist,
so kennt sie doch die Spur des Leoparden.*

Sie fassten Marta bei den Hüften, drehten sie im Kreis, lachten laut auf, als sie taumelnd zu Boden ging und kichernd liegen blieb.

»Macht ihr mir auch Zöpfe?«

Viele Finger krochen auf Martas Kopfhaut herum, kitzelten und ziepten leicht, das fühlte sich schön an.

»So weiches Haar, viel zu weich!«

Sie flochten trockene Halme hinein, denn Marta wünschte sich kleine Stäbchen-Zöpfe, so wie sie: rund um den Kopf wie dunkle Sonnenstrahlen.

»Fertig! Jetzt siehst du aus wie eine kleine Baoulé!«

Wieder Gelächter, Gesänge, Klatschen, Drehen. Beim Tanzen konnte sie fühlen, wie es auf ihrem Kopf wippte: vierundzwanzig kleine Antennen, »Bitte: für jede von ihnen ein neues Lied!«

Das wäre ihnen beinahe gelungen.

Marta hatte ihn nicht kommen sehen.

»Was soll das hier werden? Marta! Hiergeblieben!«

Ein harter Griff nach ihrem Arm hielt sie zurück, eine Hand flog auf sie zu, ihre Wange brannte.

»Ich habe gesagt, du sollst nicht versuchen vor mir wegzulaufen, wenn ich mit dir spreche!«

Die Mädchen waren verschwunden. Am Abend wurden Martas Haare abgeschnitten, ganz kurz, während sie gegen das Weinen ankämpfte, um sich nicht noch eine Ohrfeige einzufangen. Greta fegte den Boden auf, legte die kleinen Zöpfe nebeneinander auf die Kehrschaufel und schwieg.

In dieser Nacht ließ sie die Eltern einen besonders qualvollen Tod sterben. Die Baoulé-Mädchen suchten sich einen anderen Ort, um ihre Lieder zu singen. Marta sah sie nie wieder.

Der Specht Bobobogbo sagte zu den anderen Tieren: »*Ihr könnt alle nicht gut hacken.* *Wartet, wenn meine Mutter stirbt, dann werde ich sie in einem Baumstamm begraben, und ihr alle werdet ihrer eingedenk sein.*«
Als dann aber die Mutter starb, war gerade sein Schnabel geschwollen, und er konnte ihr kein Grab hacken. Da lachte der Leopard ihn aus und hatte kein Mitleid mit seiner Trauer. Die Spinne aber kam und spann der toten Spechtmutter ein Netz.

Paul schaut sie amüsiert an. »Träumst du?«
Obwohl die Gabunviper nicht fliegen kann, hat sie den Nashornvogel gefangen.
»Können wir den Stoff an die Decke im Schlafzimmer hängen?«
»Warum nicht?«
»Dann hätten wir ein Dach aus Liedern über unseren Köpfen.«
»Ein Dach aus Liedern?«
»Und Geschichten. Ich würde es gerne sofort aufhängen.«
»Sehr wohl!«
Mit einer albernen Verbeugung in ihre Richtung macht er sich auf den Weg, den Werkzeugkasten zu holen.
Die Kobolde lieben die weißen Kleider; wer weiße Kleider trägt, den lehren sie tanzen.
»Linke Ecke weiter nach rechts. Noch ein Stück, ja, so!«
Paul sitzt auf der obersten Stufe der Stehleiter, bläst sich das Haar aus dem Gesicht, steckt den Hammer in den Hosenbund und strahlt sie an.
»Das gefällt mir! Ein kleines afrikanisches Schlafhaus mit Partitur in leuchtend gelb!«
»*Schließe die Augen und sing ein Lied von der Jagd, bevor du*

mich tötest«, sagte die Spinne zum Leoparden, »das wird allen verkünden, wie stark und mächtig du bist!« Der Leopard tat, wie ihm geheißen, und die Spinne nutzte seine Blindheit zur Flucht.

»Paul, habe ich dir erzählt, dass ich als Kind nachts Lieder für meine Schwester erfunden habe?«

Er lässt sich von der Leiter gleiten, legt sich neben Marta aufs Bett. »Ihr wart euch mal sehr nah, oder?«

»Ich weiß es nicht.«

Seine Hand schiebt sich unter ihren Nacken, wandert zu Martas Wange hoch, zieht ihre Schläfe an seine.

Was ist ein Haus mit vielen Gewehren darin? Die Frucht der Borassus-Palme mit ihren hundert Kernen.

»Denkst du nach, über das, was Kati über deinen Vater gesagt hat?«

»Während ich diesen Stoff ansehe, fallen mir dauernd afrikanische Sprichwörter und Geschichten ein. Ich wundere mich selbst, wie viele noch in meinem Kopf rumgeistern.«

»Marta, ich habe dich etwas gefragt.«

»Der Mann heißt Richard. Ich glaube nicht, dass wir über ihn reden müssen.«

»Was, wenn er dich sehen will, bevor er stirbt?«

»Kann ich mir nicht vorstellen. Und wenn schon.«

»Er ist dein Vater.«

Marta befreit sich von Pauls Hand, dreht ihren Kopf aus seiner Armbeuge heraus und rückt im Aufrichten ein Stück von ihm ab.

»Ob ich über ihn nachdenke, willst du wissen? Ob er schon zu schwach ist, um die Flasche zum Mund zu führen oder ordentlich zuzuschlagen, darüber denke ich nach! Ob seine Kraft noch zum Brüllen reicht. Was meinst du, konnte er inzwischen seinen

Sprachschatz erweitern, obwohl ich, das ›Dreckstück‹, die ›verräterische Hure‹, die ›Sau‹, schon jahrelang nicht mehr in seiner Nähe war? Ich muss das nicht wissen, glaub mir! Mein Vater? Du hast keine Ahnung, wer oder was dieser Mann ist!«

»Hast du die denn?«

Über ihr verlieren sich zwei rote Dreiecke. Das könnte ein Webfehler sein.

Der Gott Niamye ging eine Frau besuchen. Da vergaß er die Zeit, so dass es dunkel wurde und er über Nacht im Menschendorf bleiben musste.

Weil er aber tanzen wollte, hat er die Laute erfunden und ließ sie von den Menschen nach seinen Angaben bauen.

So machen sie's bis heute.

»Marta ...«

Paul setzt sich auf und versucht sie zu halten, als sie beim Abstützen auf der Bettkante das Gesicht verzieht.

»Lass mich!«

»Du solltest mit Sophia reden. Ruf sie an und triff dich mit ihr. Ich würde mitgehen, wenn du das willst.«

»Ich glaube kaum, dass sie das toll fände. Das ist alles Vergangenheit, kümmert mich nicht mehr, geht mich nichts an! Dich im Übrigen auch nicht. Ich dachte, das wäre klar. Warum fängst du jetzt auf einmal an, mich damit zu nerven?«

»Ich habe gesehen, wie du das Foto deiner Mutter angeschaut hast.«

»Ja, und?«

»Ich habe nicht den Eindruck, dass du sie abgeschrieben hast.«

Sein Blick, diese Mischung aus Fürsorge, Mitleid und Verständnis: unerträglich! Wahrscheinlich sagt er ihr gleich, dass jeder das Recht auf eine zweite Chance hat oder dass sie Greta immerhin ihr Leben verdankt. Und Richard, der arme todkranke Mann, den keiner lieb hat. Helfersyndrom, denkt Marta, wenn er damit anfängt, verlasse ich ihn.

»Auf welcher Seite stehst du eigentlich, Paul?«

»Ist das eine Frage?«

Er lässt den Kopf auf die Brust sinken, fährt sich mit den Händen durchs Haar, flüstert fast: »Wovor fürchtest du dich so? Warum musst du dir deine Leute dermaßen vom Hals halten?«

Marta starrt ihn an. »Das weißt du nicht?«

Er bleibt stumm auf dem Bett sitzen, als sie die Wohnung verlässt.

Der Vietnamese im Spätkauf hat wie immer den Fernseher ohne Ton laufen. Menschen bilden einen Kreis, halten sich an den Händen, die Beine steif nach hinten abgeknickt, während der Fallwind an ihren Kleidern reißt. Der Kreis bricht auf, wird zur Kette, zerfällt in lauter sich voneinander entfernende Einzelteile, die ungebremst in die Tiefe stürzen. In den Himmel gestreut. Der Gedanke gefällt ihr. Das Hinauszögern des Moments, an dem die Leine gezogen wird, die den Schirm öffnet, die Versuchung, den freien Fall im Nichts enden zu lassen: wie fühlt sich das an? Das Weizenkorn muss sterben, denkt Marta und dass sie vermutlich langsam den Verstand verliert.

Einer ihrer Stammgäste hatte kürzlich von dem Tandemsprung erzählt, den er im Urlaub gemacht habe, das könne man auch als Tourist ohne Vorkenntnisse buchen: Man wird mit einem Profispringer zusammengeschnallt, wirft sich im Doppelpack aus dem Flugzeug und erlebt Unglaubliches.

»Zu hoch, zu eng, zu nah, zu fremdbestimmt«, hatte sie damals zu Valentin gesagt, als er ihr vorschlug, es selbst auszuprobieren. »Wenn schon vom Himmel fallen, dann solo.«

Der dicke Asiate schiebt ihr die Zigaretten zu, hält seine Hand auf, ohne seinen Blick vom stummen Geschehen auf dem Bildschirm zu wenden.

»Ich zahle morgen, ja?«

Die Hand fährt zurück, greift nach einer herumliegenden Kugelschreibermine und macht zwei undefinierbare Zeichen auf den Zettel neben der Kasse. Ein Brummen signalisiert etwas, das Marta bereit ist, für Zustimmung zu halten.

Der Saab steht noch immer dort, wo Paul ihn gestern Abend nach ihrer Rückkehr aus dem Krankenhaus abgestellt hat. Eingeschränktes Halteverbot; normalerweise hätte er das Auto binnen zehn Minuten umgeparkt oder ihn gar nicht erst dort hingestellt. Mühsam steckt Marta mit der linken Hand den Schlüssel ins Zündschloss und scheitert kläglich bei dem Versuch, den Wagen anzulassen. Fluchend zerrt sie am Verband, hält sich die Wunde, lässt ihre Stirn auf das kühle Leder des Lenkrads sinken. »Scheiße!«

Es müssen die Medikamente oder die Schmerzen oder beides sein, jedenfalls ist Marta sich sicher, dass sie ansonsten nie geheult hätte, grundsätzlich!

Wie lange sie so dasitzt, zusammengerollt hinter dem Steuer, zehn Minuten, eine Stunde, sie weiß es nicht.

Die Beifahrertür öffnet sich, und Paul nimmt auf dem Sitz neben ihr Platz, fährt sacht mit der Hand ihren Rücken herunter.

»Sollen wir ein bisschen herumfahren?«

Marta schüttelt den Kopf.

»Willst du allein sein?«

»Nein.«

Sie lässt sich an seine Schulter sinken, wischt Tränen und Rotz mit dem Ärmel weg und versucht mit den Zähnen eine Zigarette aus der Packung zu ziehen. Paul reicht ihr Feuer. Mit dem Daumennagel beginnt er das »*No Smoking Please*« abzukratzen, das er, noch bevor sie den Wagen vom Parkplatz des Autohändlers fuhren, extra für sie neben das Armaturenbrett geklebt hatte.

Durch die Windschutzscheibe beobachten sie einen Mann, der eine Kiste Bier auf dem Gepäckträger seines klapprigen Fahrrads zu transportieren versucht. Der Kasten rutscht immer wieder nach einer Seite hin ab und bringt das gesamte Gespann gefährlich ins Wanken.

»Wetten, der schafft's nicht bis nach Hause, der versoffene Vollidiot?«

Paul lacht leise, reicht Marta ein Taschentuch aus dem Handschuhfach. Das Wageninnere füllt sich mit Rauch.

Schweigen können, gemeinsam, denkt Marta, man möchte alt werden mit einem, bei dem das möglich ist. Vielleicht ist das der Grund, warum ich immer noch da bin, weil mit ihm die Stille erträglicher wird, manchmal sogar schön.

Seinem Atem zuhören, den eigenen in den gleichen Rhythmus bringen. Sie schließt die Augen, will schlafen, hier und jetzt.

»Marta, sollen wir wieder raufgehen?«

»Einen Moment noch.«

»Hör zu: ich werde dich nicht mehr auf deine Familie ansprechen. Du kannst mir davon erzählen, wenn du willst, und du kannst darüber schweigen, wenn du willst. Das ist deine Entscheidung. Mich interessiert allein, ob es *dir* gut geht, kapiert? Und noch etwas: frag mich nie wieder, auf wessen Seite ich stehe!«

»Paul, ich ...« Bremsen quietschen, eine Frau steht wie schockgefroren auf der Straße im Scheinwerferlicht eines Kleinwagens, der wenige Zentimeter vor ihr zum Stehen gekommen ist. Der Fahrer lehnt sich aus dem Fenster, ruft der Frau etwas zu, hinter ihm hupt es. Die Frau presst ihre Handtasche an sich, bewegungslos starrt sie auf die silbergraue Kühlerhaube, die beinahe ihre Knie berührt. »Was zum Teufel …« Paul macht Anstalten, nach dem Türöffner zu greifen, als aus dem Laden von gegenüber der Gemüseverkäufer auf die Fahrbahn eilt und die Frau sanft von der Straße führt, ohne sich nach den Autos umzusehen, die nun wieder Fahrt aufnehmen.

Raphaela, denkt Marta, hatte weniger Glück. Sie fiel direkt unter diesen Kleinlaster und starb auf dem Weg ins Krankenhaus, keine zwei Wochen, nachdem Marta ausgezogen war. Als einer ihrer Verwandten endlich auf die Idee kam, Marta zu verständigen, war Raphaela bereits beerdigt. Eine kleine Notiz unter der Rubrik »Vermischtes« im Kulturteil einer Tageszeitung würdigte sie mit wenigen Sätzen als feine Erzählerin mit Sinn für die nonverbale Poesie, die zwischen den Zeilen aufleuchtet.

Raphaela hätte sich über diesen Satz schlapp gelacht.

Es hätte noch so viel zu bereden gegeben.

Raphaela hatte verstanden: dass es einen Punkt gegeben hatte, an dem es genug gewesen war. Endgültig.

Ihr letzter Tag im Hause Wördehoff begann kurz nach Mitternacht. Marta hatte Durst, schlich sich die Treppe herunter. Als sie das Licht in der Küche anmachte, sah sie ihn da sitzen, beide Arme um den Schädel geschlungen wie jemand, der Angst hat, erschlagen zu werden. Sein Kopf hob sich langsam, drehte sich zu ihr um, rot glänzende Augen fixierten einen Punkt hinter ihrer rechten Schulter. Oberhalb seiner Nasenwurzel hatte sich die Tischkante eingekerbt, als hätte dort vor langer Zeit einmal ein Beil gesteckt. Er öffnete den Mund, schloss ihn, ließ den Kopf wie in Zeitlupe wieder sinken.

»Betrunken bist du. Ein Säufer.«

Er stand nicht ruckartig auf, kein Schlag warf sie gegen

die Kühlschranktür, kein Brüllen riss die Nachbarn aus dem Schlaf.

»Ja«, sagte er heiser, »genau das.«

Sie drehte sich um und ging. Keine Flasche, kein Aschenbecher, nichts wurde ihr nachgeworfen. Sie hatte Richard weinen sehen, das gerippte Unterhemd hing ihm aus der Hose, er stank nach Schnaps und Schweiß. Sie hatte ihn einen Säufer genannt, und er hatte sie nicht dafür geschlagen. Nicht in dieser Nacht.

Am nächsten Morgen saß er nicht am Frühstückstisch, als Marta erschien. Auch Sophia fehlte. Greta war mit dem Versuch beschäftigt, Kati zum Essen zu bewegen, die trotzig auf ihren Teller starrte. Greta blickte kurz auf, nickte der Tochter zu, das Gesicht grau und ausdruckslos. Marta nahm sich Brot und Marmelade, blieb stumm. Im oberen Stockwerk wurde die Klospülung betätigt, Gretas und Martas Blicke trafen sich für einen Moment, wichen einander sofort wieder aus. Kati begann zu plärren, sie wolle Erdbeer statt Aprikose, und Greta begann erneut auf sie einzureden, die Stimme belegt von Rauch und Schlafmangel. Die Trostlosigkeit breitet sich weiter aus, wir basteln an unserer Hölle, dachte Marta und warf ihr angebissenes Marmeladenbrot in den Mülleimer.

Beim Verlassen des Hauses stellte sie fest, dass sie vergessen hatte, das Buch einzustecken, das sie gerade heimlich während des Unterrichts las. Simone de Beauvoir, »Memoiren einer Tochter aus gutem Hause«. Sophia hatte Marta tags zuvor ausgelacht, als ihr Blick auf den Titel gefallen war.

Ein Filzvorhang, nach dem letzten Winter achtlos hängen gelassen, trennte den Flur vom Eingangsbereich, man konnte nicht sehen, dass sich jemand dahinter befand. Sie traf auf einen Widerstand, erkannte zu spät, was es war, schaffte es nicht mehr, dem Schlag auszuweichen. Greta trat hinzu, rührte sich nicht. Marta wartete, dass er noch einmal ausholte, aber Richard ließ den erhobenen Arm sinken, sagte: »Du wirst von jetzt an jede Nacht neben unserem Schlafzimmer bei Katharina schlafen. Sie fürchtet sich im Dunkeln und weint, wenn sie alleine ist. Dich wird es davon abhalten, zur Unzeit im Haus herumzuschleichen.«

»Ich will das nicht!«

»Du tust, was man dir sagt!«

Sie hatte keinen blauen Fleck an diesem Tag, wurde nicht unter Hausarrest gestellt, nicht einmal angeschrien. Sie drehte sich um, ging aus dem Flur, verließ das Haus, das Dorf, die Familie.

Es war einer der letzten Sommertage, und sie genoss es, stundenlang durch den Wald zu laufen, fort zu sein, endlich!

Die Angst kam später wieder, am Abend, als sie von einer Schulfreundin aus anrief. »Ich komme nicht mehr nach Hause. Wo ich bin, sage ich nicht.« Marta hatte aufgelegt, bevor Greta den Hörer weiterreichen konnte.

Tinas Eltern wurden Dienstag zurückerwartet, so lange konnte sie bleiben. Danach fand sie einen Schlafplatz auf einer Matratze bei Janas Bruder Christian. Er war freundlich, kochte gelegentlich für sie, erlaubte ihr, seine Kunstbücher durchzublättern, und stellte keine Fragen. Die Adresse von Heiko, Mike und den anderen gab er ihr, als sein Vermieter Ärger machte, wegen der »Person«, die unerlaubterweise sein Zimmer teilte. Die Einzige, die ihre neue Adresse in der Johannisstraße kannte, war Sophia. Bis Richard dort auftauchte.

Immerhin: so kam sie zu Raphaela. Es war leicht, bei ihr zu bleiben, einen Ort für sich zu finden zwischen Büchern, Katzen und überall herumliegenden Manuskriptseiten. Raphaela kannte die ganze Geschichte. Fast.

Raphaela gibt es nicht mehr.

Martas Name in der Widmung ihres letzten Buches, das noch

immer ungelesen auf dem Nachttisch einstaubte: Raphaela hätte sie fragen müssen, ob sie in ihrem Zusammenhang das Wort »Tochter« benutzen durfte.

Ein vorbeiratterndes Müllauto lässt sie aufschrecken. Polternd ziehen die Männer grüne und gelbe Tonnen aus den Hofeingängen. Im Auto ist es kalt geworden.

»Jetzt«, sagt Marta, »jetzt sollten wir wirklich nach Hause gehen.«

Paul nickt, schwingt seine langen Beine aus der Tür und schlägt sie hinter sich zu.

»Wir stehen im Halteverbot.«

»Egal.«

Marta hakt sich auf dem Weg zur Wohnung bei ihm ein, zwingt ein Lächeln in ihr verheultes Gesicht.

»Es tut mir leid, Paul. Alles.«

Seine Finger streichen eine Linie ihren Wagenknochen entlang, malen Spuren auf ihrer Haut. Schwarz verlaufene Farbe klebt an seinen Fingerkuppen, die er Marta lächelnd vor die Nase hält.

»Gibt es so was nicht ›waterproof‹ – fürs nächste Mal?«

»Schau mich bloß nicht an!«

Er zieht ihr Gesicht an seines, küsst Schminke, Tränen und Schleim.

»Lass uns zusammen wegfahren.«

»Ja.«

»Ich habe mir neulich bei Valentin einen Bildband über bretonische Dörfer angesehen: kleine Natursteinhäuser mit aufwendig gestalteten Vorgärten, in denen der Westwind die Blüten von den Stängeln pflückt. Dazu Fischerboote, Klosterruinen, Steinskulpturen am Wegrand, Meer, Felsen und nichts als ein waagerechter Strich am Horizont. Was meinst du?«

Als Paul sie sanft auf dem Bett ablegt und langsam ihre Bluse aufknöpft, erzählt das Gelb über ihnen längst vergessen geglaubte Geschichten.

Sieht man den Regenbogen, dann ist es die große Woi-Schlange.
Sie hängt im Himmelwald vom Baum herunter,
dreht den Kopf mit dem Riesenmaul von einer Seite zur anderen und spuckt buntes Feuer.
Weh dem, der am Feuerpunkt ausruhen will!
Die Kinder lässt die Woi-Schlange laufen,
sie verstecken sich im Haus, bevor die Hitze aufschlägt.
Wer aber die Kinder zum Weinen gebracht hat,
dem frisst der Aussatz die Hände und Füße ab,
die Spechte hacken ihm die Augen aus,
der Leopard verspeist sein Herz,
und die Spinnen färben ihm die letzten Träume schwarz.

Sie erreichen Plouha am späten Nachmittag. Die Wirtin zeigt sich erfreut über die deutschen Gäste aus Berlin und bleibt beim Anblick von Yannis gelassen. Er sei auch willkommen, kein Problem. Ihr Mann, erzählt sie, habe Jagdhunde gezüchtet, schöne Tiere. Aber leider habe sie sie weggeben müssen, nach seinem Tod. Zu viel Arbeit sei das gewesen, und dann hätte sie auch Platz für Pensionszimmer gebraucht und Zeit für die Gäste. Marta grinst Paul an, der mit offenem Mund dem nicht endenden Redefluss hilflos gegenübersteht. Madame Tourbant scheint das nicht zu stören, sie spricht munter weiter, stets Paul zugewandt, öffnet schließlich mit Schwung die Tür zum Gartenhaus. »Voilà!« Die Ansammlung verschiedenster Blumenmuster auf kleinstem Raum dürfte rekordverdächtig sein, selbst das Bad glänzt floral mit Rosendekor und Klatschmohnblüten, die Vorhänge werden von breiten rosa Schleifen zusammengehalten, an deren Enden kleine Plastikröschen baumeln.

»Wir werden in einer Pralinenschachtel wohnen«, murmelt Paul vor sich hin.

»Comment?«

»Ich … Je ne parle pas français … excuse me … she parle … äh … s'il vous plaît.«

Er deutet auf Marta, die sich vor Lachen kaum halten kann.

»Oh!« Warum er das nicht gleich gesagt habe. Dann werde sie sich mit der Ehefrau verständigen, »votre épouse«, sagt sie und nickt Marta freundlich zu. Für ihn werde sie Hände und Füße gebrauchen, das dürfte auch funktionieren, sie werden sich schon verstehen, »n'est-ce pas, Monsieur Paul?« Sie spricht es wie »Pol« aus, und Marta denkt, das ist gar nicht mal so falsch, während sie einen Teil von Madames Worten unverstanden an sich vorbeirauschen lässt. Frühstück gebe es im Haupthaus, ob neun Uhr zu früh sei? Einen schönen Aufenthalt wünsche sie und dass sie sich auf jeden Fall bei ihr melden sollen, wenn etwas fehlt. Zu jeder Zeit und keine Scheu! Im Abgang zwinkert sie Paul noch einmal kokett zu.

Als sie endlich die Tür hinter sich ins Schloss gedrückt hat, fällt Paul stöhnend auf das riesige Bett: zwei mal zwei Meter Margeriten, in große Karos gesteppt.

»Was haben wir uns angetan?!«

»Genau das Richtige, mon Pol! Du wirst sehen.«

Zwanzig Minuten später sitzen sie bei Moules Frites im Strandrestaurant mit Blick über Le Palus, wo eine Gruppe von Kindern auf dicken Ponys am Wasser entlangtrabt.

»Als ich klein war, konnte ich stundenlang auf den Atlantik schauen, ohne mich zu rühren.«

»Habt ihr nicht im Landesinnern gelebt?«

»Wir waren oft in Assinie, im Club Méditerranée.«

»Tatenlos am Meer rumsitzen, das würde mich wahnsinnig machen.«

»Ich habe mir Geschichten ausgedacht und darauf gewartet, dass jemand vorbeikommt und mich mitnimmt.«

»Und?«

»Seeräuber, Hochseefischer, Piloten von Wasserflugzeugen. Alle kamen, ich ging mit jedem mit. Wenn es dann Zeit wurde, meinen Ausguck zu verlassen, war ich weit fort gewesen und saß doch noch immer auf dem gleichen Baumstamm.«

Er legt Marta den Arm um die Schultern, nimmt ihre Hand und streicht mit dem Zeigefinger sanft über die frische Narbe.

»Hätte ich das geahnt, ich hätte mich früher auf die Suche nach dir gemacht.«

»Du bist hoffnungslos sentimental!«

Das letzte Pony trippelt eben aus ihrem Blickfeld. Der Hund dreht sich unterm Tisch, sein Halsband klappert auf dem hellen Steinfliesen, warmes weiches Fell legt sich über Martas Füße.

Paul scheint auf eine Antwort zu warten, obwohl da keine Frage war.

Und dann beginnt Marta zu erzählen. Zögerlich erst, von längeren Pausen unterbrochen, den Redefluss wieder aufnehmend, den Blick fest auf den Horizont gerichtet. Paul hört zu. Irgendwann landet seine Hand leicht und ohne Druck auf der ihren, die Kellnerin bringt still noch einen Krug Wein, und selbst der Hund scheint darauf bedacht, keinen Mucks von sich zu geben. Ununterbrochen redet sie, bis Dunkelheit und Kälte sich längst über sie gesenkt haben, spricht noch immer, als die Bedienung sie schüchtern zum Gehen auffordert, endet erst im Morgengrauen, eng an Pauls warmen Körper geschmiegt.

»So, jetzt weißt du.«
Und der Schlaf fällt augenblicklich über sie, traumlos und zentnerschwer.

Zum Frühstück serviert Madame Tourbant neun Sorten hausgemachte Marmelade zu selbstgebackenen Crêpes und freut sich wortreich, als Paul, von dem Marta ihr erzählt, dass er sonst morgens nie etwas zu sich nimmt, vier davon isst. Ja, die Meerluft, davon bekäme jeder einen guten Appetit, und der Mann, der ihren Crêpes widerstehen könne, den gebe es sowieso nicht. Sie ist entzückt, als sie von Pauls Beruf hört, sie hätte ja gleich etwas Künstlerisches vermutet, ob er da nicht Fotos von ihrer Pension machen könne, für die Homepage, die ihr Neffe ihr erstellen wolle. Oder gar etwas veröffentlichen in einem deutschen Magazin? Sie könne ihm gern ein Interview geben, er würde doch sicher ab und zu auch etwas schreiben zu seinen Bildern, oder? Paul bittet Marta zu übersetzen, dass er kein Journalist sei, aber für dieses köstliche Frühstück wären ein paar Fotos das Mindeste, die mache er gerne und stelle sie dem Neffen zur Verfügung, das sei kein Problem. Madame packt ihn bei den Ohren, küsst ihn auf die Stirn, verspricht die besten Madeleines von ganz Frankreich für den nächsten Morgen und verschwindet geschäftig in der Küche. »Homepage ist ja auch viel wichtiger,« schallt es zu ihnen herein, »meine Schwägerin hat auch so eine, und zu der kamen neulich sogar Gäste aus Maryland! Stellen Sie sich das mal vor!«

Wenige Minuten später erscheint sie mit riesigen Lunchpaketen, eines davon für den Hund, Geschenk des Hauses, gute Freunde ohne Essen in den Tag schicken, das gebe es bei ihr nicht. Paul solle nur nicht seine Kamera vergessen.

Auf der Karte haben sie entdeckt, dass ein kleiner Pfad, der vom Strand aus hochsteigt, zum alten Zöllnerweg führt, auf dem man Kilometer weit an der Küste entlanglaufen kann. Bei der Pointe de Plouha fallen die Felsen hundertvier Meter senkrecht zur See hin ab, die höchsten der Bretagne, wie der Reiseführer versichert. Ein kleines Motorboot dreht kurz vor dem Ufer bei, zeichnet einen weißen Halbkreis, der sich im nächsten Moment wieder ins Blau mischt. Man würde lange fallen, denkt Marta, genug Zeit für den viel beschriebenen Schnelldurchlauf mit markanten Bildern aus dem bald hinter sich gebrachten Leben. Lieber nicht, fürs Erste habe ich genug Erinnerungen hervorgekramt.

Paul überlegt, ob die Zöllner nachts zu zweit auf Patrouille gingen oder zu mehreren. Wenn sie anlandende Schmuggler abfangen wollten, hatten sie wohl eher keine Laternen bei sich, man hätte sie von weitem sehen und ihnen ausweichen können. Wie gut muss man den engen, gewundenen Weg kennen, um sich in mondlosen Nächten nicht bei den Fischen wiederzufinden? Marta kramt das schwarze Notizbuch aus dem Rucksack und schreibt: *Das Geräusch des Meeres in der Nacht?*

Yannis setzt zwei Möwen nach, die sich dicht über ihnen eine Verfolgungsjagd liefern, und lässt sich schnaufend neben ihr ins Gras fallen, nachdem die Vögel über dem Klippenrand abgedreht sind.

»Kommt die Flut, oder geht sie?«

»Keine Ahnung.«

Sitzen bleiben, den Gezeiten zusehen, keine Erklärungen mehr für nichts finden, weil man aufgehört hat, nach ihnen zu suchen. Eine Vorstellung, ebenso verführerisch wie beängstigend.

Ein festes bretonisches Bauernhaus müsste man hier oben haben, mit Schornsteinen, die an den Giebeln über das Dach ragen und jedem Sturm standhalten. Man könnte sich in Sicherheit wähnen, wenn die ganze Nacht wilde Klänge von Wasser und Wind durchs Fenster geistern. Man hätte einen Ort zum Schweigen und Nachdenken, zu dem man zurückkehren könnte nach langer Reise, so oft man will.

»Paul! Seit wann wünsche ich mir ein Haus? Ich bin Nomadin und Stadtmensch!«, ruft Marta, doch Paul, der einige Meter von ihr entfernt auf dem Bauch liegt und einem Seevogel mit der Kamera auflauert, zuckt nicht einmal mit den Schultern. Vielleicht hat er sie nicht gehört. Marta weiß, dass er von einem großen alten Bauernhaus träumt mit langem Holztisch im Wohnzimmer, an dem zwölf Leute sitzen können, einem Garten, in dem neben drei weiteren Hunden noch Esel und Ziegen Platz fänden, einer Terrasse aus Natursteinplatten, eingerahmt von Blumenkübeln mit Lavendel und Kapuzinerkresse. Nur einmal hatte er versucht, Marta dafür zu begeistern. »Ich werde niemals mitmachen, wenn du dir ein Haus restaurierst«, hatte sie ihm entgegnet, »was für ein Alptraum!«, und Paul war enttäuscht verstummt. Würde er heute damit ankommen, denkt sie, die Sache sähe vielleicht anders aus. Nachdem sie Paul vom Liederhaus erzählt hat, das sie allabendlich für Sophia und sich gebaut hatte, und er auch diesen Teil ihres gestrigen Monologs weder kommentiert noch analysiert hatte, war der Gedanke, mit ihm etwas Reales aufzubauen, vielleicht sogar etwas, das Dauer haben könnte, nicht mehr ganz so gefährlich.

Raphaela hatte ihr einmal zu erläutern versucht, dass es gute und schlechte Häuser gebe. Man benötige ein feines Gespür, um ein gutes zu finden, meinte sie, und dann müsse man es warmwohnen, wenigstens eine Zeit lang. Welche Kriterien anzulegen waren, um die schlechten Häuser herauszufiltern, die, in die man besser gar nicht erst den Fuß setzen sollte, konnte sie nicht genau sagen. Wie viele ihrer Theorien war auch diese leicht verworren, aber dass das von Raphaela ein gutes Haus war, da ist sich Marta nahezu sicher.

Die feuchtkalte Hundeschnauze schiebt sich unter Martas Hand, im Rucksack klingelt das Telefon. »Ein Anruf in Abwesenheit«, erscheint auf dem Display, als Marta das Gerät endlich hervorgekramt hat. Kati ist die Letzte, mit der sie jetzt sprechen möchte. Sie wird sich schon irgendwann wieder melden, und wenn nicht, ist es auch recht.

Pauls Schatten fällt auf ihre Beine. »Was Wichtiges?«

»Keine Ahnung; ich rufe sowieso nicht zurück.«

»Wer war das denn?«

»Niemand.«

Marta erhebt sich, klopft Staub und Grashalme von ihrer Jeans und steigt den schmalen Pfad weiter entlang, Pauls Schritte dicht hinter ihr.

Am frühen Abend erreichen sie das Restaurant an der Promenade, bestellen Cidre zu Gallettes und machen sich heißhungrig über das Essen her, sobald die Teller vor ihnen stehen.

»Gut, dass wir hergekommen sind!«

»Finde ich auch.«

Paul blättert im Reiseführer. »Paimpol, das sollten wir uns morgen ansehen. Da gibt es ein Meer-Museum: Navigationsinstrumente, allerlei nautischen Kram und alte Geschichten von Fischern, die monatelang auf Fahrt gingen. Das ist doch was für dich, oder? Im Hafen und in der Klosterruine würde ich gerne Fotos machen: ein bisschen Düsternis mit Charme.«

»Na ja …«

Zur Rechnung serviert die Kellnerin einen großzügig ausgeschenkten Calvados für jeden, der in der Kehle brennt und sich warm in der Magengegend ausbreitet.

»Paul, hast du schon mal versucht herauszufinden, wie sich das Meer im Dunkeln anhört?«
»Nein. Warum?«
»Einfach so.«
»Wir können eine Nachtwanderung zum Strand machen wie zu Pfadfinderzeiten ...«
Wieder klingelt das Telefon.
»Willst du nicht endlich rangehen?«
»Später.«
Sie schlendern zum Hafen, wo kleine Jachten und Fischerboote in der Abendbrise schaukeln. An der kniehohen Natursteinmauer lassen sie die Beine ins Hafenbecken baumeln, verfüttern eines der Lunchpakete an Yannis und werfen den Inhalt der beiden anderen den Möwen hin, die sich einen hektischen Krieg um die Brotstücke liefern. Ein zerzauster Erpel nähert sich zögernd dem weißen Getümmel aus Federn und hackenden Schnäbeln. Marta wirft ihm ein Stück Käse zu, das er erstaunlich virtuos im Flug auffängt. Von einer weiteren Annäherung sieht er allerdings ab, bleibt in gebührendem Abstand stehen und fixiert Marta mit schief gelegtem Kopf. Paul beginnt das Ganze zu fotografieren und springt tänzelnd im Halbkreis um die Vögel. Der Hund zerrt an seiner Leine, versucht sich aus dem Halsband zu winden und bellt in alle Richtungen. Ein Fischer schaut von seinem Boot aus zu ihnen herüber, schüttelt den Kopf und macht sich erneut an seinem Netz zu schaffen. Marta versucht ihm entschuldigend zuzulächeln.
»Lass uns gehen und zu der kleinen Bucht absteigen, an der wir heute Mittag vorbeigekommen sind.«
»Könnte riskant sein, es wird dunkel.«
»Du wolltest doch Pfadfinder spielen. Komm schon!«
Die letzte Brotkante will sie dem Erpel zuwerfen, der, hart

am Kopf getroffen, die Flucht ergreift. Eine dunkel gezeichnete Möwe schnappt das verschmähte Stück im Sturzflug und schraubt sich kreischend in den Himmel.

Wir sollten länger hierbleiben, denkt Marta.

Paul legt ihr den Arm um die Schulter, sie machen sich auf den Weg, während in Martas Rucksack schon wieder die ersten Takte von *Moon River* tönen.

»Langsam geht mir dein Klingelton auf die Nerven. Schalt das Ding doch aus, wenn du sowieso nicht rangehst.«

Im Schein der letzten Straßenlaterne vor dem Aufstieg zum Küstenpfad klappt sie ihr Telefon auf, drückt die Anruferin weg. Sie will das Gerät ausschalten, wiegt es kurz in der Hand und drückt dann doch noch auf einige Tasten.

Sie haben zwei neue Sprachnachrichten – erste neue Sprachnachricht ...

Marta wendet Paul den Rücken zu, geht mit wenigen Schritten aus dem Lichtschein und bleibt mit hochgezogenen Schultern vor einem Felsbrocken stehen. Paul will sich ihr nähern, weicht dann aber vor Martas Kopfschütteln zurück und wartet etwas abseits.

Die Nachricht ist längst abgehört, als sie noch immer bewegungslos das Gerät ans Ohr presst, zusieht, wie die Sonnenscheibe die Linie am Horizont erreicht, von der sie als Kind lange annahm, dass sie in diesem Augenblick am anderen Ende der Welt zischend vergehen würde.

Richard.

Es war ein warmer, sonniger Tag, wie heute. Er werkelte irgendetwas im Garten, hantierte mit Holzlatten. Wofür braucht man die, außer für Zäune? Ja, es war ein Zaun, an dem er arbeitete, jetzt fällt es ihr wieder ein, der Jägerzaun zum Nachbarn Ringsdorff hin. Er atmete schwer, wischte sich mit einem Handtuch, das er um den Nacken gelegt hatte, den Schweiß von der Stirn. Eines der Bretter fiel krachend auf den Stapel Holz, der neben ihm lagerte. Er bückte sich, griff ins halbhohe Gras, wo die Flasche stand, fluchte leise vor sich hin, dann lauter, schwankte in den Knien, hielt gerade so stand, richtete sich wieder auf und drehte sich halb in Martas Richtung. Sie hatte versäumt, sich rechtzeitig zurückzuziehen. Jetzt hatte er sie entdeckt. Nicht bewegen! Die Luft durch sich hindurchgehen lassen, ohne dass der Brustkorb sich hob oder senkte, da musste man in Übung sein, durfte keine Sekunde vergessen, daran zu denken, dass man sich nicht rühren sollte. Am besten klappte es, wenn man die Atemzüge zählte und versuchte, sie immer langsamer und flacher werden zu lassen. Als säße ein kleiner Vogel auf der Brust, der nicht erschreckt werden, nicht fortfliegen durfte, weil man sonst auch weg war, aber nicht so, wie es gut gewesen wäre, fort zu sein, sondern wie Schmetterlinge, deren Flügel zu Staub zerfallen, wenn man sie zwischen den Fingern verreibt.

»Geh, hol mir die große Kneifzange vom Werkzeugbrett! Beeil dich, und trödele nicht wieder rum!«

Marta rannte los.

Selbst wenn draußen die Sonne schien und das Licht im Keller eingeschaltet war, beleuchtete die Birne, die von der Decke herunterhing, nicht alle Ecken des Raums. Eine Ansammlung von ausrangierten Möbeln, Gerümpel aller Art, Pappkisten, aufgetürmt zu Gebilden, die wie dunkle Monster über einen herzufallen drohten, wenn man den Raum betrat. Marta hatte Angst vor diesem Keller. Aber sie hatte keine Wahl, musste die große Zange finden, schnell, in den Garten bringen, rasch, das musste sie schaffen! An dem Brett an der Wand hingen Sägen, Schraubenschlüssel, Dinge aus Metall, deren Bezeichnung sie nicht kannte, ein Vorschlaghammer, aber keine Kneifzange. Wo war sie? Sie brauchte sie! Nicht diesen Hammer, der in der Hand eines Erwachsenen mit zwei Schlägen Nägel ins Holz treiben konnte, der einmal an ihr vorbeigeflogen war, von der Steintreppe in den Garten hinunter. Da hatte er ein kleines Loch hinterlassen, dort, wo er in die Grasnarbe geschlagen war, nachdem es dicht neben Martas Kopf gezischt hatte, ein leichter Windhauch nur, der ihre Haare streifte. Nein, diesen Hammer konnte sie ihm nicht bringen, die Zange musste es sein! Er hatte gesagt, er benötige sie, aber am Werkzeugbrett war sie nicht, obwohl sie doch da sein musste, er hatte es doch gesagt! Marta war zu klein, um auf der Ablage nachzusehen, und durfte auf keinen Fall anfangen zu weinen, denn dann würde sie das Gesuchte nie finden. Und Angst haben oder gar nachfragen, das durfte sie auch nicht, da würde er böse werden, weil sie zu dumm war, etwas so Einfaches zu erledigen, wie eine Zange zu bringen. Sie sollte nicht trödeln, hatte er gesagt. Und heulend im Werkzeugkeller zu stehen, statt behilflich zu sein, das war ausgeschlossen, darüber würde er sehr wütend werden, so viel war sicher!

Er schrie ihren Namen. Als sie hinauslaufen wollte, erschien er in der Tür, kam näher. Der Versuch, Sophia oder Greta zu rufen, blieb im Hals stecken, sie würden nicht kommen, nicht nach diesem Schrei. Sie roch ihn, bevor er sie erreicht hatte, der Schlag warf sie nach hinten, gegen eine Tischtennisplatte, die man zur Hälfte aufklappen konnte, um alleine zu spielen, wenn sich gerade niemanden fand, der ein Match mitmachen wollte. Sie wiegen nicht schwer, diese Platten, geben nach hinten nach, wenn man gegen sie fällt, und dann kann es leicht passieren, dass man unter den Tisch rutscht, dorthin, wo die Lampe kein Licht mehr hinwirft. Es tat weh, die Kante ins Genick zu bekommen, aber die Fußtritte, die nicht mehr aufhörten, denen man so schwer ausweichen konnte, ließen diesen ersten Schmerz in Vergessenheit geraten. Er brüllte etwas, das Marta nicht verstand, dann hörte sie nichts mehr, weil ihre Ohren geschlossen waren. Sie konnte sie zuklappen, wie andere Menschen ihre Augen, jedes Geräusch prallte dann ab, keines seiner Worte drang zu ihr durch. Doch selbst wenn sie sich zu einem Knäuel zusammenrollte, trafen sie die Tritte. Eine Lehrerin hatte gesagt, Marta sei für ihre zehn Jahre zu klein, aber das stimmte nicht, viel zu groß war sie, viel zu viel Oberfläche, in die sich das Profil seiner Arbeitsschuhe prägen konnte. Er riss die Platte vor und zurück, versuchte nach ihr zu greifen. Marta konnte nicht schnell genug herumrutschen, weil sie nichts sah, weil ihr Gesicht umschlungen war, von Mädchenarmen, die zu kurz waren, um ganz um sie herum zu reichen, sie einzuwickeln wie ein fest verschnürtes Paket. Keinen Laut! Sie durfte keinen Laut von sich geben und keine Tränen, das war wichtig. Am besten wäre es gewesen zu warten, bis es vorbei ist, bis ihm der Atem ausging, aber es tat so weh, und sie schaffte es nicht, an etwas anderes zu denken, in eine ihrer Geschichten zu verschwinden, weil sie sich wie ein Aal hin und her wenden musste, damit wenigstens ein paar seiner Tritte danebengingen.

Wenn ich doch den Hammer genommen hätte, dachte sie plötzlich, wenn ich stärker wäre, dann könnte ich ein Loch in seinen Schädel schlagen, so dass er umfällt und in einer Pfütze aus Blut und Knochensplittern liegen bleibt. Das wäre schön. Dann könnte ich den Keller abschließen und den Schlüssel vom Nachbarshund im Garten verbuddeln lassen, wie er es mit seinen Suppenknochen tut. Aber sie hatte den Hammer nicht genommen, zu wenig Kraft gehabt, keinen Mord begangen. Und der Nachbarshund hätte ihren Befehl ohnehin nicht kapiert.

Als der Vater sie schließlich hervorgezerrt hatte, tropfte ihm der Schweiß von der Stirn.

Jetzt liegt er in einer Kiste aus Eichenholz oder noch im Kühlhaus auf der Eisenbahre mit einem Zettel um den großen Zeh, und seine Leiche wartet darauf, dass der Bestattungsunternehmer mit dem großen Sack aus Kunststoff kommt. Der wird sich noch einmal vergewissern, bevor er den Reißverschluss über dem erkalteten Körper schließt. Nummer 4782, damit Verwechslungen ausgeschlossen sind. Sein verzerrtes Gesicht verschwindet hinter starker, reißfester Plastikplane.

Richard.

Sein wütendes Gebrüll ins offene Autofenster: »Glaubt bloß nicht, dass ihr mir entkommen könnt!«

Wieso hatte er »ihr« geschrien, und warum hatte sie all die Jahre vergessen, darüber nachzudenken?

Von weit her dringt Pauls Stimme zu ihr durch.

»Marta, was ist? Sagst du mal was?«

»Mein Vater ist gestorben.«

Paul tritt neben sie, seine Hand nähert sich ihrem Gesicht. Marta greift sie, bevor er ihre Wange erreicht hat, drückt die Finger sanft an seinen Mund.

»Lass uns gehen, einfach gehen und sonst nichts.«

Eine Wolke hat sich vor den Mond geschoben. Das, was Marta für einen hühnereigroßen Stein gehalten hat, bewegt sich plötzlich und verschwindet raschelnd im Gebüsch, als ihr Fuß zehn Zentimeter davor aufsetzt. Die Hand im gesträubten Fell des Hundes, der witternd nach vorne drängt, folgt sie dem steinigen Pfad. Als Yannis aufbellt, tadelt sie ihn streng, fragt sich gleichzeitig, warum. Kein Mensch außer ihnen wird hier im Dunkeln herumstolpern. Das letzte Stück ist abschüssig, läuft nach einer weiteren Kurve im Sand aus. Nach knapp einer Stunde Fußmarsch haben sie die Bucht erreicht.

Stille, erfüllt vom Rauschen, das von allen Seiten heranwallt, schwarze Masse, die sich ins Ohr saugt, im Kopf ausbreitet, bis der Innendruck zu schmerzen beginnt. Der Grund gibt nach.

Mit einem Satz macht sich der Hund los, wird von der Nacht verschluckt und landet dem Platschen nach direkt im Wasser. Paul legt seinen Arm um Martas Hüfte, zieht sie mit sich auf den weichen Sandboden.

Ein Mann ist gestorben; sie muss nichts tun.

»Woran denkst du?«

»Er war zum Kotzen.«

Der Drang, die Stimme gegen diesen wabernd schwarzen Sog vor ihnen zu erheben, ein Lied anzustimmen und auf ein Echo zu hoffen oder sich wenigstens in Sicherheit zu reden, sofern es eine solche gibt.

»Du kannst dir nicht vorstellen, wie viele Bücher der Mann hatte, eine ganze Bibliothek, englisch, französisch, deutsch, darunter alte, schön gebundene Erstausgaben. Alles auf den Dachboden geräumt; ich habe ihn nie etwas anderes als den *Rheinischen Merkur* lesen sehen. Kaum zu glauben, aber er muss in einer früheren Phase seines Lebens ein Bücherfreund gewesen sein.«

»Die wenigsten Leute kommen als Kotzbrocken auf die Welt.«

»Man konnte sich raufschleichen und eines von den Büchern aus den verstaubten Regalen mit sich nehmen. Hat kein Mensch gemerkt. Musste man nur gut verstecken.«

»Was sprach denn gegen Lesen?«

»Lieber Himmel, Edgar Allen Poe mit dreizehn; kein Wunder, dass ich verrückt geworden bin.«

»Verstehe.«

»Greta hat manchmal beim Aufräumen einige der Bücher gefunden und sie dann stillschweigend wieder eingestellt. Es kann nur sie gewesen sein. Richard hätte mir jeden einzelnen Band um die Ohren geschlagen.«

»Zum Kotzen.«

»Sag ich ja.«

Angst, dieses Tier, das seine Krallen ins Fleisch gräbt. Eine Giftmischung, die ins Blut dringt, die Bewegungen verlangsamt, das Hirn verklebt. Die Lähmung, sobald Richard seine Stimme hebt. Er ist tot.

Nie wieder auch nur daran denken, diesen Mann sehen zu müssen. Wenn es an der Haustür klingelt, wird es nicht mehr die Möglichkeit geben, dass er es sein könnte. *Er war jetzt fertiggemacht worden, nicht Marta.* Ein toter alter Mann kann niemandem mehr etwas tun. Sie müsste erleichtert sein.

Katis Stimme auf der Mailbox klang gefasst. Letztendlich sei er qualvoll erstickt, die Ärzte hätten nichts mehr für ihn tun können. Sie habe ihn vor vier Tagen noch besucht, da habe er geweint.

Für wann die Bestattung angesetzt werde, wisse sie noch nicht, Marta solle sich bei ihr melden deswegen. Immerhin sei er auch ihr Vater gewesen. Und solch ein Ende habe niemand verdient.

Marta erinnert sich an einen Spaziergang am Strand von Assinie, sie reichte ihrem Vater gerade bis zur Hüfte. Richard hatte ihr sein Stofftaschentuch gegeben, als ihre Nase lief, ein großes cremefarbenes, in das seine Initialen eingestickt waren: RW. Marta hielt es mit beiden Händen, drückte es in ihr Gesicht, es duftete nach Waschpulver und Pfeifentabak.

Dass es auch solche Momente gegeben hat, war ihr entfallen.

Ich werde im Leben keinen Vater mehr bekommen.
Marta erschrickt. Da kann kein Rest Hoffnung versteckt gewesen sein. Woraus hätte er sich nähren sollen?
Jetzt ist ihre Geschichte mit Richard abgeschlossen, nichts kann hinzugefügt werden.

Paul spielt mit ihren Zehen, lässt Sand über ihre Füße rieseln.
»Wie hört sich nun für dich das Meer im Dunkeln an?«
»Als hätte jemand die Bässe aufgedreht und Brei in die Wellen geschüttet.«
»Mir ist es lieber, wenn man etwas sieht.«
Der Hund kommt angerannt, schüttelt sich direkt vor ihnen ausgiebig und lässt einen nassen salzigen Schwall über sie regnen. Paul springt fluchend auf, wirft eine der herumliegenden Plastikflaschen nach Yannis und schaut besorgt auf Marta, die sich hysterisch lachend im Sand windet. »Kann ich was für dich tun?«
Als er ihr die Hand hinstreckt, ergreift sie sie, lässt sich in seine Arme ziehen und sagt:
»Eine Tochter zu sein, das habe ich endgültig versäumt.«
Er schweigt einige Atemzüge lang, bevor er ihr ins Haar flüstert:
»Das mit der Endgültigkeit ist so eine Sache.«
Seine Haut schmeckt salzig.
Dass Paul jetzt einfach still ist, sie nichts weiter fragt, auch nicht auf die Tatsache hinweist, dass Greta noch lebt, das, denkt Marta, vergesse ich ihm nie.
Greta existiert. Sie spricht, isst, schläft, wacht wieder auf, geht ans Telefon, erfährt vielleicht gerade in diesem Augenblick von einem Todesfall.
Yannis stürzt sich plötzlich bellend ins Dunkel, der hell krei-

schende Ton eines kleinen Tieres lässt sie beide gleichzeitig laut den Hund bei Fuß rufen. Die Schreie hallen von den Felswänden wider, scheuchen die Nacht auf und hinterlassen das merkwürdige Gefühl, das Dunkel mit ihrer Anwesenheit zu stören.

Nur ein Totenschein wird benötigt; sie hat ihn überlebt.

»Lass uns zurückgehen.«

Weil der Mond auch ein Kind des Gottes ist, heißt er Niamye-ba, aber niemand weiß, wer seine Mutter war. Man vermutet, der Sumpf.

Wenn der Wind den Mond mit Schmutz bewirft, kann man nur einen Teil von ihm sehen, und dann muss er so lange baden, bis er wieder sauber ist. Es gibt Leute, die behaupten, es gebe viele Monde; man würde aber stets nur einen von ihnen sehen, weil Niamye sie nach ihren Reisen immer erst eine Weile ausruhen lasse. Wie das nun wirklich ist, weiß keiner, denn niemandem ist es gelungen, den Weg der Mondreise zu finden.

Als Marta zwei Stunden später ihr Telefon auf dem Nachttisch ablegt, zeigt es den Eingang einer weiteren Nachricht an. Die Nummer ist unbekannt.

Sie hat nicht »Mutter« geschrieben und die unpersönlichste Möglichkeit der Kontaktaufnahme gewählt, die Marta sich vorstellen kann.

Immerhin.

LIEBE MARTA, ICH WERDE RESPEKTIEREN, WENN DU WEITERHIN NICHTS MIT MIR ZU TUN HABEN WILLST. DENNOCH: ER IST TOT. SOLLTEN WIR IHN NICHT ZUSAMMEN BEERDIGEN? GRETA

III

Eine Mutter

Sie durchquert eiligen Schrittes das Terminal, zieht einen ledernen Rollkoffer hinter sich her, dessen Räder geräuschlos über den Steinboden gleiten. Das energische Klacken ihrer Absätze ist weithin zu hören. Hin und wieder schaut ihr jemand nach, was sie nicht zu bemerken scheint. Das fein geschnittene Gesicht steht in seltsamem Kontrast zu der Strenge des dunkelgrauen Hosenanzugs, der maßgeschneidert ihre schlanke Gestalt umspielt, und weist erst bei näherer Betrachtung Falten um Augen und Mund auf, die sie als jenseits der fünfzig erkennen lassen. Die tiefrot geschminkten Lippen könnten ebenso einer weitaus jüngeren Person gehören. Ihr schwarz gefärbtes Haar hat sie streng nach hinten gekämmt und im Nacken zu einer faustgroßen Kugel geformt, die mit einem Haarnetz zusammengehalten wird. Lässig über den Arm gehängt trägt sie einen ledernen Trenchcoat, das silbern glänzende Telefon scheint samt Hand am Ohr festgewachsen. »Guten Morgen!«, ruft ihr ein Mann vom Counter-Personal zu. Sie antwortet mit der Andeutung eines Nickens. Vor einem Schaufenster, in dem sich ein pink eingefärbter Nerz dreht, bleibt sie kurz stehen, schaut eine Umdrehung lang zu, schüttelt den Kopf und setzt ihren Weg fort.

Ihre Schritte verlangsamen sich vor einer Cafébar, wo die Bedienung unaufgefordert eine große Porzellantasse vor sie hinstellt: extrastark, schwarz, ohne Zucker. Sie lässt ihr Telefon in die Tasche gleiten, schiebt einige Münzen über die polierte Steinplatte, greift nach dem Kaffee und nimmt ihn mit zum Check-in. Lufthansa Flug Nr. 754, Ziel München, Businessclass, nur Handgepäck. Die Frau am Schalter weiß Bescheid, händigt rasch das Ticket aus. Wenige Minuten später nimmt die Bedienung an der Cafébar die geleerte Tasse dankend entgegen, wünscht einen guten Flug und schaut der Frau hinterher, bis sie hinter der Leuchtschrift *Internationale Presse* aus ihrem Blickfeld verschwindet. Der Geruch ihres etwas zu üppig aufgetragenen Parfums hängt noch einige Sekunden in der Luft.

Sie durchquert den Zeitungsladen, greift zielsicher nach *ELLE, Cosmopolitan* und der französischen *VOGUE,* das Telefon nun zwischen Schulter und Ohr geklemmt.

»Sehen Sie zu, dass Sie es wieder in Ordnung bringen. Das ist das Mindeste, was der Kunde von uns erwarten kann!«

Ihre dunkle Stimme, die keinen Widerspruch zu dulden scheint, lässt die Leute, die suchend vor Regalen stehen oder in Magazinen blättern, aufhorchen.

»Gut. Wir sehen uns Freitag. Bringen Sie alle Unterlagen mit.«

Das Mädchen an der Kasse bemerkt sie sichtlich erfreut, streicht eine rotblonde Haarsträhne aus dem Gesicht und wischt nervös seine Hände am firmeneigenen T-Shirt ab.

»Guten Morgen, Frau Wördehoff!«

»Guten Morgen. Susanne. Richtig?«

»Ja. Wir haben neulich miteinander gesprochen. Erinnern Sie sich?«

»Selbstverständlich. Haben Sie über mein Angebot nachgedacht?«

»Sicher. Ich möchte gerne … aber …«

»Was?«

»Ich bin mir nicht sicher. Sie sagten, meine Ausbildung im Ho-

telfach würde für diesen Job genügen, aber ich habe gar keine Ahnung von Kleidern, Mode und so ...«
»Wissen Sie, die richtige Art, mit Kunden umzugehen, ist ein Talent, das hat man, oder man hat's nicht. Sie haben es. Es sind Leute wie Sie, die ich suche. Spezifisches Fachwissen kann mit etwas Fleiß jeder erwerben. Sie sollten diese Chance nutzen. Oder wollen Sie für den Rest Ihres Lebens in einem schlecht geschnittenen T-Shirt bunte Blätter abkassieren?«
Ohne eine Antwort abzuwarten, zückt sie ihre Visitenkarte.

Greta Wördehoff
Bereichsleiterin Ernest Calva airport-shops
Gebr. Seebacher
g_wördehoff@seebacher-solutions.com

Die junge Kassiererin dreht die Karte in den Händen, will etwas entgegnen, als erneut der durchdringende Klingelton ertönt.
»Entschuldigung, ich muss da rangehen.«
Sie reicht die Zeitschriften mit einem Geldschein über die Theke, während sie irgendjemanden am anderen Ende der Leitung darüber informiert, dass sie den Freitag in Zürich zu verbringen gedenkt und sich nicht auch noch um die Lageranalyse für Hamburg kümmern kann.
Durch die Scheibe hinter der Kasse bleibt ihr Blick auf der Eingangstür des Geschäfts gegenüber hängen, in das gerade eine junge Frau mit kastanienbraunem Pferdeschwanz tritt.
Plötzlich starr, lässt sie das Telefon sinken, aus dem eine kräftige Männerstimme ins Leere tönt. Sie packt den Griff ihres Rollkoffers, wendet sich auf dem Absatz um und rempelt einen Mann hinter ihr heftig an, ohne ein Wort zu verlieren. Im Hinauseilen überhört sie den Ruf der Kassiererin:

»Moment, Sie bekommen noch was zurück!«
Der Mann hebt die Autozeitschrift, die ihm aus der Hand geglitten war, vom Boden auf und schnaubt ärgerlich.
»Teuer angezogen, aber keine Manieren!«
»Sicher ein Notfall.«
»Auch dann kann man höflich sein, oder?«
Die Verkäuferin hält noch immer Gretas Wechselgeld in der Hand, lässt es langsam zu der Visitenkarte in ihre Jeanstasche gleiten. Ich gebe es ihr nächste Woche, denkt sie und schenkt dem Kunden, der sich die Schulter reibt, kein Lächeln.

Greta kommt vor einem Tisch mit Kaschmirpullovern zum Stehen und sieht gerade noch den wippenden Pferdeschwanz in der gegenüberliegenden Ausgangstür verschwinden. Sie läuft ihr nach, verbirgt sich hinter einer Vitrine, als die junge Frau an der Anzeigetafel stehen bleibt. Jeans, knielanger Strickpullover, etwa einen Meter siebzig groß, der abgewetzte Koffer deutet auf eine Vielreisende hin, die Figur könnte passen. Um sie mit Sicherheit zu identifizieren, ist der Abstand zu groß. Greta versucht, sich unauffällig zu nähern. Die junge Frau schaut auf die Uhr und setzt ihren Weg fort. Greta eilt hinterher, verringert die Entfernung Schritt für Schritt, schlüpft, kurz bevor sie die Frau erreicht hat, hinter einen Pfeiler, um dann erneut die Verfolgung aufzunehmen. Sie ignoriert den Zuruf einer Stewardess, die sie zu kennen scheint, überlegt kurz, ob sie die Pumps von den Füßen streifen soll, um nicht solchen Krach zu machen, verwirft den Gedanken. Unmöglich!

Was tue ich hier?

Ein Lieferfahrzeug schiebt sich zwischen sie und die junge Frau, die, als die Sicht wieder frei wird, nicht mehr zu sehen ist. Sie muss zu den Flugsteigen 7-16 abgebogen sein, denkt Greta und hastet den Gang entlang. Zwei Mal durchquert sie die Warteräume, stoppt vor jeder Sitzreihe, verfolgt die Bewegungen der herbeiströmenden Passagiere.

Ein Mann vom Sicherheitsdienst nähert sich: »Kann ich Ihnen helfen?«

»Nein, danke. Ich bin auf der Suche nach jemandem, den ich aus den Augen verloren habe. Hier ...«

Sie hebt den Kragen ihres Jacketts an, wo der Ausweis angebracht ist, der sie dazu berechtigt, sich überall im Terminal zu bewegen. Der Wachmann schaut auf die Karte, nickt freundlich und setzt seine Runde fort.

Greta lässt sich auf eine Bank fallen, atmet schwer, kramt eine Zigarette aus der Handtasche.

»Sie dürfen hier nicht rauchen!«

»Ja, ja. Schon gut.«

In diesem Moment öffnet sich die Tür zur Damentoilette.

Die junge Frau tritt heraus, bleibt für eine Sekunde mit direktem Blickkontakt zu Greta stehen: ein freundlich fragender Blick, der Ansatz eines Lächelns im Vorübergehen.

Greta schließt die Augen, ignoriert das klingelnde Telefon in ihrer Jacketttasche und horcht den Schritten der Frau, die nicht ihre Tochter ist, nach, bis sie in der Polyphonie des Terminals verklungen sind.

»Passagiere Fischer und Gonzalez, gebucht Flug Nr. LH347 nach Lissabon, werden gebeten, sich unverzüglich am Flugsteig A23 einzufinden! Passagiere Fischer und Gonzalez!«

An einem Ort wie diesem wäre sie womöglich der Begegnung mit Marta gewachsen gewesen, denkt sie.

Greta hat die nach Tageszeiten auf- und abschwellenden Klangwellen aus Menschen, Koffern, Maschinen vom ersten Tag an gemocht. Sie fühlt sich wohl inmitten der Flüchtigkeit und

Verlorenheit, die Reisende ebenso verbindet wie trennt. Hier ist jeder unterwegs von irgendwo weg oder zu irgendwem hin; alles Mögliche oder Unmögliche kann sich jederzeit ereignen. Oder gar nichts. Man ist ohnehin gleich wieder fort.

Gut, dass es nicht Marta war.

»Lass sie in Ruhe.« Noch nicht einmal vierundzwanzig Stunden sind vergangen, seit Katharina ihr diese Worte entgegengeblafft hat: »Es bringt nichts.«

Die Kleine tat einmal mehr geheimnisvoll, als sie gestern Abend bei ihr auftauchte, erging sich in Andeutungen, spielte mit Zetteln herum, auf denen Telefonnummern notiert waren, die sie rasch in ihrer Tasche verschwinden ließ, wenn sie genug Aufmerksamkeit darauf gelenkt hatte. Vor kurzem war sie wieder mit Marta zusammengetroffen. In Berlin. Greta brauchte nicht lange, um das herauszufinden. Auf ihre zögernde Nachfrage hin zuckte Katharina mit den Schultern. »Ich habe dir schon öfter gesagt: Mach dir keine Hoffnungen. Diesmal habe ich sogar versucht, ein Gespräch über dich zu führen.«

Greta war zusammengezuckt. »Wirklich? Was hast du über mich erzählt? Wie hat sie reagiert?«

Katharina schnaubte ungehalten.

»Sie mochte nicht einmal ein Foto von dir ansehen. Marta will definitiv nichts von dir wissen, akzeptiere das einfach.«

Greta ärgerte sich seit geraumer Zeit über das Gehabe ihrer Jüngsten, wenn es um den Kontakt zur Schwester ging. Bei diesem Treffen aber hatte Katharina endlich von ihr, der Mutter, gesprochen. Ihr Name war gefallen, und Marta hatte ihn gehört, war nicht darum herumgekommen, von ihrer Existenz Kenntnis zu nehmen. Greta verbrachte den Rest des Tages zwischen Hoffnung und Verzweiflung, bis sich nach und nach Resignation breitmachte.

Wenn Marta sich selbst einem Foto verweigerte, war nichts zu erwarten, und es wäre für alle Beteiligten das Beste, die Sache auf sich beruhen zu lassen. Die Sprachlosigkeit währte schon zu lange.
Lass sie in Ruhe.
Sie war mit dem Gedanken eingeschlafen, dass sie Katharinas Rat befolgen sollte.
Und heute rennt sie kopflos einer Fremden hinterher, die eine gewisse Ähnlichkeit mit Marta aufweist. Sie, die den Großteil ihrer Energie dafür aufwendet, sich immer und überall im Griff zu haben, von der sowohl ihre Mitarbeiter wie ihre Vorgesetzten berichteten, dass sie niemals etwas Unüberlegtes tut.
Was hätte sie Marta denn gesagt?
»Guten Tag, du wolltest mein Gesicht nicht einmal auf einem Bild anschauen, aber hier bin ich, deine Mutter, lass uns einen Kaffee trinken?«
Siebzehn Jahre. Man konnte sich selbst, sein Leben, ändern. Auslöschen konnte man nichts. Die Uhr ließ sich nicht zurückdrehen, die Möglichkeit, noch einmal frei von der Vergangenheit über »Los« zu gehen, gab einem keiner. Leider. Oder glücklicherweise.
Der Punkt, an dem sie jetzt stand, war gar nicht so schlecht. Perfekt, wenn man es von außen betrachtete. Es gab viele, die sie um ihre heutige Position beneideten. Sophia sprach manchmal von »Mutters kometenhaftem Aufstieg« und fügte hinzu: »Das soll ihr mal jemand nachmachen.« Greta liebte es, die Anerkennung in den Worten ihrer ältesten Tochter zu hören, saugte sie heimlich auf wie ausgetrocknetes Brot, während sie eine abwertende Handbewegung in Sophias Richtung machte. »Ich habe eben Glück gehabt.«
Aber natürlich war es nicht nur Glück gewesen, das wusste sie

selbst. Sie hatte ihre Chance ergriffen, hatte das Ruder herumreißen und Fahrt in eine neue Welt aufnehmen können. Sie hatte der Macht dieses Mannes zu widerstehen gelernt, mit fünfundvierzig Jahren noch einmal ganz von vorne angefangen und sich ebenso stetig wie von ihr selbst unerwartet nach oben gearbeitet. Und er war nicht in der Lage gewesen, sie daran zu hindern! Seine Nachstellungen, seine Drohungen, seine Beleidigungen, die Angst vor ihm: nichts von dem hatte sie aufzuhalten vermocht, nachdem sie einmal aufgebrochen war. Sie hatte es geschafft. Jetzt war sie jemand. Sie konnte stolz sein auf den Weg. Sie war ihn aus eigener Kraft gegangen.

Einen Weg ohne Marta. Dafür war es zu spät gewesen.

Ein Kind durch den Tod zu verlieren, das sei das Schlimmste, hatte sie einmal in einem traurigen Buch gelesen. Ein Kind durch das Leben verloren zu haben reichte ihr schon. Selbst schuld, denkt sie, es ist meine eigene Schuld. Sie hatte das nicht gewollt! Wollte es jetzt nicht mehr. Nicht so.

==Die Sehnsucht lässt sich weder durch Einsicht noch durch Vernunft abstellen, nagt sich stets aufs Neue in die Glieder, lähmt Muskeln und Sehnen, klemmt sich regelmäßig wie ein Alp auf die Brust. Etwas fehlt.== Als sie die junge Frau in der Tür gesehen hatte und feststellen musste, dass sie eine Fremde verfolgt hatte, war ihr das plötzlich so klar gewesen wie schon lange nicht mehr. Marta. Nur einen Blick auf sie werfen, sie kurz sehen, den Klang ihrer Stimme hören.

»Lass es gut sein, da gibt es nichts zu kitten«, hatte Katharina gesagt.

Was heißt gut sein lassen? Nichts war gut.

Marta ist fortgegangen und fortgeblieben. Sie muss die Erinnerung an sie, Greta, verlegt haben, wie einen lästigen Gegenstand. Hat sie auch nur einen Moment darüber nachgedacht, in all den Jahren, wie sich das anfühlen mag? Für ihre Mutter?

Ich bin zurückgeblieben, denkt Greta, sie hat mich fallen gelassen. Marta interessiert sich nicht dafür, wer oder was ich inzwischen bin, gibt mir noch immer keine Chance. Ich habe ihr das Leben geschenkt.

Soll sie doch mal selbst ein Kind gebären, allein und in Angst. Ein Kind, das den Tod der eigenen Mutter in verschiedensten Variationen besingt, das sie anschaut, als sei sie eine zufällig auftauchende Unbekannte, eine Störung, die man sich lieber vom Leib hält.

Spüren soll sie, wie es ist, mit einem Mann zu leben, der kurz seine Eitelkeit an ihr befriedigt und ihr dann das Rückgrat in kleine Stücke bricht. Nein!

Greta lässt den Kopf nach hinten sinken, knöpft ihr Jackett auf. Mit solchen Gedanken ist sie nicht besser als das, wofür Marta sie hält. Marta soll es gut gehen. Sie hat das Recht, ihre Mutter dazu nicht zu benötigen, sie braucht nichts zu verstehen.

Wenn sie ihr nur dies mitteilen könnte: dass sie sie beschützen wollte, dass sie damals nicht wusste, woher die Kraft dazu nehmen, dass sie heute ein anderer Mensch ist, dass es ihr leidtut.

Hörst du, Tochter, es lässt mich leiden!

Der Überfall auf dem Dorfplatz in Winnerod hätte nicht passieren dürfen, das wusste Greta. Dennoch: wäre sie nicht dabei gewesen, Richard hätte Marta womöglich totgeschlagen. Martas Schrei. Sie hatte ihr nicht helfen können, obwohl sie es wollte.

Ihr Versagen als Mutter ließ sich in diesem einen Moment zusammenfassen: Ein Hilfeschrei, von dem die Tochter annehmen muss, dass er ins Leere ging.

Sie hätte Marta vorher warnen können: Bleib weg, Kind, er weiß Ort und Zeitpunkt, an dem er dich kriegen kann!

Richard hätte seine verräterische Frau dafür geprügelt und es an anderer Stelle wieder versucht, ohne ihr Wissen.

Selbstschutz, Hilflosigkeit, Feigheit, wohin senkt sich die Waagschale? Lähmende Angst war ein fragwürdiges Argument für den Erhalt einer Absolution. Sollte eine Mutter nicht ihr eigenes Leben opfern für das ihrer Kinder? Nur dass man dafür ein Leben gehabt haben müsste, zumindest eine Ahnung davon, was das bedeuten kann: Leben.

Mit dieser Art Pathos wird sie sich auch keinen Freispruch erwirken. Sei's drum. Inzwischen hat sie sich eine eigenständige Existenz aufgebaut, die die Bezeichnung Leben annähernd verdient, sie hat gelernt, dass sie wenigstens in ihrem Job über eine Stärke verfügen kann, von deren Existenz sie lange nichts geahnt hatte. Jetzt fühlt sie in sich die Kraft, ein eigenständiges Wesen zu sein, wenn auch nach wie vor Lücken klaffen. Nicht nur die, die Marta gerissen hat.

Beruflich erfolgreich, privat gescheitert. So sieht es aus.

Sie will nichts von dir wissen. Akzeptiere das einfach.

Es ist grotesk, wenn man darüber nachdenkt: Ihre eigene Mutter hatte nichts mit ihr anfangen können, und von ihrer Tochter wird sie aus dem Leben geworfen.

Die Frage, die sich trotz allem stellt, ist, ob das letzte Wort tatsächlich gesprochen ist. Wie aber soll sie, verdammt noch mal, zeigen, dass sie eine andere geworden ist, wenn Marta sich jeder Begegnung verschließt?

Ich will das nicht akzeptieren. Schon gar nicht »einfach«.

Möglicherweise wird ihr nichts anderes übrig bleiben.

»Ist Ihnen schlecht?«

Eine Frau vom Reinigungspersonal hat ihren Putzwagen abgestellt und schaut besorgt auf Greta, die sich rasch erhebt.

»Alles in Ordnung, ich bin nur etwas müde.«
»Jetlag, ja?«
»So ähnlich. Geht wieder vorbei. Danke. Auf Wiedersehen!«
Ich muss hier raus, denkt sie und dass sie sich solche Auftritte in der Öffentlichkeit nicht leisten kann. Vielleicht braucht sie Urlaub, ist schlicht überarbeitet. Bei der Anzahl von Stunden, die sie täglich zu bewältigen hat, wäre das kein Wunder. Andererseits: sich irgendwo hinzusetzen und Zeit zum Nachdenken zu haben wäre jetzt das Letzte. Da würde sie erst recht hysterisch werden. Es ist sinnvoller, zu der ihr eigenen Form zurückzukehren und das darzustellen, was sie wirklich gut kann: Greta Wördehoff, eine der unverzichtbaren Mitarbeiterinnen des ehrwürdigen Handelshauses Seebacher, das seit über vierzig Jahren im internationalen Reisemarkt agiert; unangefochtene Bereichsleiterin und Chefeinkäuferin für die Airport-Shops der renommierten Modefirma Ernest Calva, fast schon legendäre Ideengeberin des überaus gewinnbringenden »True«-Labels und so weiter.

Ob Marta davon weiß?

Es war eine Menge glücklicher Zufälle nötig gewesen, um sie dahin zu bringen, wo sie heute steht. Eine plötzlich aufkeimende Mischung aus Mut und Größenwahn, von der sie bis heute nicht genau weiß, woher sie die genommen hat, hatte ihr Übriges getan. Und die schlichte Tatsache, dass es für sie nichts mehr zu verlieren gab.

Da waren nur noch der sichere Untergang oder der unsichere Sprung über die Klippe gewesen. Greta war gesprungen. Reichlich spät, aber besser als nie.

Ihr Berufsleben begann im Alter von fünfundvierzig Jahren, an jenem Montag nach dem Wochenende, an dem sie aus dem gemeinsamen Schlafzimmer ausgezogen war.

Katharina war am Freitagmorgen mit ihrem Volleyballclub zu einer Sportfreizeit aufgebrochen und wurde erst in zwei Wochen zurückerwartet. An diesem Freitag jährte sich Sophias Auszug zum vierten Mal. Während Greta sich daranmachte, wie üblich die von Richard und Katharina hinterlassene Unordnung zu beseitigen, dachte sie daran, wie ihre älteste Tochter an jenem Tag, dem Morgen nach ihrer Abiturfeier, mit zwei Reisetaschen beim Frühstück erschienen war und verkündet hatte, sie werde nach den Sommerferien in München Literaturwissenschaften studieren und ziehe hiermit aus. Sie hatte sich ohne das Wissen ihrer Eltern Job, Mitwohngelegenheit und Studienplatz besorgt, wollte die Zeit bis zum Semesterbeginn nutzen, um sich in München einzuleben. Sophia hatte ihren Vater nach dieser Information erwartungsvoll angeschaut, doch Richard hatte nur mit den Achseln gezuckt. Seit Martas Flucht hatte er Sophia mit an Verachtung grenzender Gleichgültigkeit behandelt, aber niemals mehr die Hand gegen sie erhoben, worüber Greta so erleichtert gewesen war, dass sie nicht gewagt hatte, nach der Ursache zu forschen.

Greta begann gerade den Teppich zu saugen, als ihr wieder einfiel, was Sophia damals zu ihr gesagt hatte, als sie sie am Gartentor eingeholt und gefragt hatte, ob es denn unbedingt München sein müsse, so weit weg. Und warum es nicht möglich gewesen war, die Mutter vorher in ihre Pläne einzuweihen. Sophia hatte ihr die Hand an die Wange gelegt und geflüstert: »Keine Angst, ich bin nicht Marta, ich bleibe deine Tochter. Ich muss nur ganz dringend hier raus; je weiter weg, desto besser. Dass ich dir nichts davon erzählt habe, war zu deinem und zu meinem Schutz.«

Greta hatte still zu weinen begonnen, und Sophia machte sich sanft von ihr los.

»Mama, du solltest auch fort von hier.«
Greta war stumm wieder zum Haus gegangen.
»Denk darüber nach! Ich ruf dich an!«, hatte Sophia ihr noch zugerufen, bevor sie in das wartende Auto irgendeines Freundes gestiegen war.
Heute ist das genau vier Jahre her, dachte Greta an diesem Freitagmorgen und ließ den Staubsauger auf den Boden fallen.

Als Richard dann abends von der Baustelle gekommen war, hatte Greta bereits das Nötigste zusammengepackt und ins lange ungenutzte Gästezimmer im Keller geräumt, das über einen separaten Eingang verfügte. Die Feuerschutztür, die den unteren Teil vom Rest des Hauses trennte, hatte sie von innen abgeschlossen. Richard war laut nach ihr rufend durch die oberen Räume getobt, hatte dann an die Kellertür gehämmert, Flüche und Drohungen gebrüllt, bis er mit einem resignierten »Leck mich doch am Arsch!« davongeschlurft war, um sich volllaufen zu lassen. Sie hatte die Nacht zum Samstag damit verbracht, zitternd auf dem Bettrand zu sitzen und sich davor zu fürchten, dass er versuchen würde, die Tür einzuschlagen. Aber er war nicht gekommen. Sie hatte ihn noch eine Weile im Haus hantieren hören, Glas splitterte, ein dumpfes Poltern, dann Stille. Am Samstagnachmittag hatte er einen Zettel durchgeschoben, auf dem stand: »Wohnst du jetzt da unten?« Sie war nicht gewillt, die Frage zu beantworten, bis abends eine weiterer Zettel hinzukam: »Bin weg. Du kannst mich mal! Stell die Flaschen raus.«
Sie hatte noch zehn Minuten lang aufmerksam in die Ruhe des verlassenen Hauses gelauscht, nachdem sein Auto vom Hof gefahren war, dann Wein- und Bierkisten nebst sämtlichen Schnaps- und Whiskeyvorräten vom Keller ins Treppenhaus geräumt. Den Rest des Wochenendes hatte sie damit verbracht

abzuwarten, was er tun würde. Gelegentlich klirrten Flaschen, wenn er sich Nachschub holte, ansonsten schien er die Tatsache zu ignorieren, dass seine Frau nicht mehr zur Verfügung stand.

Am Montagmorgen vergewisserte sie sich, dass Richard fort war, betrat die Küche und hinterließ die Nachricht, sie werde vorerst im Keller bleiben. Dann sah sie die Zeitung neben Richards überquellendem Aschenbecher auf dem Tisch liegen. Klebrige Flecken verunzierten die karierte Tischdecke, angebissene Brotstücke lagen neben Pizzaresten und leeren Zigarettenpackungen, ein Stuhl war umgekippt.

Greta schlug die Zeitung bei den Stellenanzeigen auf, ohne vorher darüber nachgedacht zu haben. Eine ihr unbekannte Firma suchte flexible Vollzeitkräfte im Lager-, Reinigungs- und Service-Bereich für den neu eröffneten »Travel-Shop« im Terminal 2 am Flughafen, Sprachkenntnisse willkommen. Greta hatte keine Vorstellung, von welcher Art Tätigkeit genau die Rede war, riss dennoch die Seite heraus, nahm sich das Geld aus der Blechdose über dem Kamin und machte sich auf den Weg. Im Flur knirschten Scherben unter ihren Schuhsohlen, der widerliche Geruch von Erbrochenem wehte sie an, aber das hatte nichts mehr mit ihr zu tun.

Bis heute kann sie sich selbst nicht erklären, was genau sie getrieben hat, direkt zum Flughafen zu fahren und sich dort zum Personalbüro der Firma Seebacher durchzufragen. Und tatsächlich gelang es ihr, in die Chefetage vorzudringen. Das verblüffte Gesicht der Sekretärin, als Greta ihr erklärte, sie sei wegen der Anzeige hier, wandelte sich bald in den Hauch eines Lächelns, von dem Greta nicht sagen konnte, ob es ironisch, belustigt oder mitleidig war. Sie bekam einen Personalbogen ausgehändigt. »Füllen Sie den aus und geben Sie ihn dann bei mir ab. Mal sehen, was sich machen lässt.«

Greta nahm das Papier an sich, verließ den Raum und nahm auf einem der Stahlrohrstühle im Flur Platz. Sie trug zügig Namen, Alter, Wohn- und Geburtsort in die entsprechenden Felder ein, bis sie bei »Referenzen« ankam. Da hatte jemand viel Platz im Formular vorgesehen, zudem einen klein gedruckten Hinweis angefügt, man könne die Rückseite des Blatts bei Bedarf zum Weiterschreiben nutzen, möge bitte im Text auf beiliegende Anlagen hinweisen. Sie ließ den Stift sinken, strich mit dem Daumen die leeren Zeilen entlang. Referenzen: keine. Ausbildung: keine. Berufliche Entwicklung: keine. Anlagen: keine.

Es ist sinnlos, ich mache mich total lächerlich, dachte sie und dass es vernünftiger sei, wieder zu gehen.

Dann sah sie eine von Sophias Reisetaschen vor sich. »I love Paris« hatte unter dem Bild des Eifelturms gestanden, das an eine längst vergangene Klassenfahrt erinnerte. Sie sah die Hand ihrer Tochter nach den Griffen der Tasche fassen, den schmalen Rücken aus der Tür gehen, hörte sich selbst am Telefon sagen: »Du hast recht, aber ich kann nicht. Er würde mich finden.«

Sophia hat sie nie wieder darauf angesprochen. Greta dachte an Katharina, die zum ersten Mal verliebt war und Richard ohne mit der Wimper zu zucken vorgelogen hatte, es führen ausschließlich Mädchen mit ins Trainingslager. Das Hotel in Bouaké fiel ihr ein, in dem ihr erster Versuch, ihn zu verlassen, gescheitert war. Die Nacht nach ihrer Hochzeit, Richards aufgequollenes Gesicht, das Geräusch von unter ihren Sohlen knirschendem Glas, Tabletten, die in ausreichender Stückzahl im Futter ihrer Handtasche versteckt waren, der Schlüssel in der Kellertür.

Greta ging nicht.

Sie schrieb: »Ich habe drei Kinder geboren, sechs Jahre im Ausland verbracht, spreche englisch und französisch. Ansonsten kann ich nichts vorweisen als ein vor fünfundzwanzig Jahren nach dem zweiten Semester abgebrochenes Studium der Architektur.

Aber: ich bin flexibel, äußerst lernfähig, bringe mich voll ein und nehme jede Art von Arbeit an, was auch immer es sei.«

Die Sekretärin hob die Augenbrauen, als Greta erneut das Zimmer betrat. »Sie wieder? Sind Sie etwa schon mit dem Ausfüllen fertig?«

»Ich brauche diese Arbeitsstelle«, sagte Greta und legte der Frau den Bogen auf die polierte Schreibtischplatte. Die Sekretärin las, schaute zu Greta auf, die ihr unverwandt in die Augen sah, rieb sich das Kinn, las erneut, seufzte.

»Warten Sie einen Moment.«

Sie erhob sich, ging aus dem Zimmer. Nach wenigen Minuten war sie wieder da und bat Greta, mit ihr zu kommen.

»Unser Personalchef ist im Haus. Sie können sich vorstellen.«

Greta wundert sich heute noch darüber, dass sie mit einem Mal so ruhig war. Sie folgte einfach der Frau den Flur entlang und konzentrierte sich auf deren hellbeiges Kostüm, das beim Laufen in den Kniekehlen Falten warf. Schließlich fand sie sich in einem Raum wieder, der von einem riesigen Schreibtisch beherrscht wurde, dahinter ein Mann im Nadelstreifenanzug.

Der Personalchef betrachtete sie eingehend, und Greta dachte, dass sie es wenigstens probiert hatte. Auch wenn keine Chance da war, diese Stelle zu bekommen, hatte sie versucht, sich wider alle Ängste und Unsicherheiten durchzusetzen, hatte die Lähmung nicht von sich Besitz ergreifen lassen. Richard war nicht allmächtig. Er war weit weg. Sie konnte jetzt aufbrechen und wusste, dass sie es diesmal schaffen würde. Irgendwie. Es gab keinen Weg zurück.

Das war am ersten Juli 1990.

Nichts hatte sie qualifiziert als allein die Tatsache, dass sie ohne jegliche Referenz in der Lage gewesen war, den Leiter der Personalabteilung von sich zu überzeugen. Sie hatte den Job bekommen.

Auf dem Rückweg besorgte sie sich drei Zeitungen, entnahm jeweils den Immobilienteil, warf den Rest weg und versuchte von einer Telefonzelle aus Sophia zu erreichen, bevor sie die Wohnungsanzeigen durchging. Alles schien plötzlich leicht zu sein, nichts war unmöglich.

Ich habe das gemacht, denkt sie heute noch manchmal, ich habe das durchgezogen.

Richard versuchte in der Nacht zum Dienstag noch einmal in den Keller zu gelangen.

»Du wirst schon wieder hervorgekrochen kommen aus deinem Loch«, schrie er, während seine Fäuste an die Tür hämmerten, »ich grabe dir das Wasser ab, du mieses Stück Scheiße! Von mir kriegst du keine Mark, verlass dich drauf. Du kannst im Keller verrotten! Sau, elende! Flehen wirst du, dass ich dich wieder aufnehme, betteln um Wohnung und Brot!«

Sein Gebrüll hallte durch Haus und Keller, Greta hielt sich die Ohren zu. Irgendwann nahm sie ihre Hände herunter, richtete sich auf und schrie, dass sie aus dem Fenster nach der Polizei rufen werde, wenn er sie nicht sofort in Ruhe ließe. Da zog er ab.

Als das Lärmen und Poltern über ihr nach einem dumpfen Knall in Stille überging, packte sie ihre Reisetasche und den Koffer zusammen, schlich sich hinaus, hastete zur Telefonzelle an der Ecke und rief in der Pension an, die sie am Vortag in Bahnhofsnähe bemerkt hatte. In dem kleinen Zimmer, das von einer Leuchtreklame abwechselnd in gelbes und rotes Licht getaucht wurde, roch es nach billiger Seife, und Greta konnte sich nicht erinnern, wann sie sich zum letzten Mal in einem Raum so wohl gefühlt hatte. Sie lag auf dem Bett, sah fern, rauchte eine nach der anderen, während sie eine Büchse Cola in winzigen Schlucken trank.

Im Pfandleihhaus versetzte sie am nächsten Morgen ihren afrikanischen Schmuck und machte sich daran, die erste kleine Wohnung auf der Liste anzusehen: Zwei Zimmer, Kochnische, Klo auf halber Treppe, das sollte genügen.

Nachmittags bekam sie Katharina ans Telefon. Bei der Information, dass ihre Mutter ausgezogen war und eine bescheidene Wohnung in Aussicht hatte, in der sie jedoch beide Platz finden würden, brach sie in Tränen aus. Greta ließ sie eine Weile schluchzen, bot ihr an, sie abzuholen, und war erleichtert, als Katharina darauf bestand, das Trainingslager zu Ende zu machen. Nach ihrer Rückkehr würde sie selbst entscheiden, bei wem sie wohnen wolle, ob das in Ordnung sei? »Natürlich«, sagte Greta und versuchte, sich ihre Enttäuschung nicht anmerken zu lassen.

Am folgenden Montag nahm Greta den Zug zum Flughafen, stellte sich wie vereinbart im Travel-Shop bei Frau Krämer, der zuständigen Supervisorin, als neue Mitarbeiterin vor und ließ sich der Textilabteilung zuweisen. Mit weißem Kunststoff überzogene Kleiderbügel mussten gereinigt werden, kistenweise. Greta verbrachte ihren gesamten ersten wie den zweiten und dritten Arbeitstag mit Seifenlauge, Schwamm und Hunderten von Kleiderbügeln. Es machte ihr nichts aus. Sie blieb gerne länger als vorgeschrieben, schlenderte nach der Arbeit noch im Terminal herum, erwarb einen kleinen Terminkalender, in den sie ihre Dienstzeiten eintrug, und hütete ihn wie ein Kleinod.

So hatte es angefangen, und alles Weitere entwickelte sich beinahe wie von selbst.

Die Vorgesetzten erkannten bald ihre Begabung im Umgang mit den Kunden und beorderten sie zum Dienst im Verkauf. Irgendwann war sie dabei Ernest Calva senior aufgefallen, der sich fortan zu ihrem Förderer erklärt und von der Firmenleitung ihre Mitarbeit bei seinem neuen Projekt am Flughafen eingefordert hatte. Es folgte das, was Sophia liebevoll spottend »Mutters platonische Geschäftsliebe« oder auch »Mamas Tellerwäscherkarriere« nannte. Nichts von dem konnte annähernd beschreiben, was tatsächlich mit ihr passierte.

Greta spricht noch heute von ihrem »an Wahnsinn grenzenden Sprung in die Wogen des Modebusiness, ohne Rettungsring und mit unzureichenden Schwimmkenntnissen«.

Sie war nicht untergegangen, sondern in Rekordzeit an Land geschwommen, hatte sich selbst und allen anderen bewiesen, dass sie erfolgreich sein konnte: das Gegenteil von einem wehrlosen Nichts.

Als Ernest Calva dann mit dem Angebot an sie herangetreten war, die neu gegründeten Calva-Airport-Läden zu gestalten und zu leiten, hatte sie zugegriffen. Calvas Vertrauen in ihre Fähigkeiten wurde nicht enttäuscht. Mit jedem neuen Tag in diesem Job war der Boden unter ihren Füßen tragfähiger geworden, bis sie sich schließlich in der Lage gefühlt hatte, aufrecht zu gehen. Ja, dachte sie, ich habe den aufrechten Gang gelernt, und es war gar nicht so schwer. Eine Person, die unter Trümmerhaufen begraben war, trat auf die Bühne und stellte fortan eine Geschäftsfrau namens Greta Wördehoff dar, von der niemand, der sie früher gekannt hatte, denken würde, dass sie mit der alten Greta identisch war.

»Achtung, Sicherheitshinweis: Lassen Sie Ihr Gepäck nicht unbeaufsichtigt!«

Die scheppernde Stimme aus dem Lautsprecher lässt einige ältere Herrschaften einer Reisegruppe eilig nach ihren Koffern und Taschen greifen.

Greta schaut auf die Uhr und beschleunigt ihre Schritte. Wenn sie sich beeilt, kann sie vor dem Abflug noch eine Zigarette schaffen.

Vor ihr trägt ein Mann ein kleines Mädchen mit einem lustigen bunten Hut auf der Schulter. Zwei weitere Kinder, deren Geschlecht Greta nicht sicher bestimmen kann, hocken auf dem Gepäckwagen, den der Mann mit einer Hand vor sich herschiebt, während er das Mädchen auf seiner Schulter mit der anderen zu halten versucht. Ein fröhliches Gekicher umweht die Gruppe, obwohl eines der Kinder sich daranmacht, das andere mit einem großen Plüschkrokodil auf den Kopf zu schlagen.

»Tim, sag deinem Krokodil, dass es aufhören soll, sonst verpfeife ich es beim Zollamt.«

Die Stimme des Mannes klingt so entspannt, dass Greta nicht umhinkann, sich im Vorbeigehen noch einmal nach ihm umzuschauen. Sie kann nicht erkennen, dass eine Frau den Mann und die Kinder begleitet. Das Mädchen auf der Schulter hat die Arme um den Kopf des Vaters geschlungen, hält ihm lachend die Augen zu.

»Aufhören! Rasselpack! Ich gebe euch alle drei als Gepäck auf, dann habe ich an Bord meine Ruhe!« Die Kinder lachen. »Au ja, dann musst du nachher warten, bis wir auf dem Band vorbeigefahren kommen!« – »Na und? Dann esse ich im Flieger alle Nüsse alleine auf!« – »Nein, Papa! Das ist gemein!« – »Papa, ich hab Hunger!« – »Ich auch!« – »Ich hab auch Hunger!«

Greta hält an, zieht eine Packung Studentenfutter aus der Außentasche ihres Rollkoffers, hält sie dem größeren der Kinder entgegen. »Wollt ihr?« Der Mann befreit seine Augen von den zwei Kinderhänden und grinst Greta an. »Danke! Sie retten uns!«

Als Greta den Ausgang erreicht, hört sie hinter sich die Kinder um die Tüte streiten.

»Drei Töchter, das muss wunderbar sein«, hatte ihre kinderlose Sekretärin einmal geschwärmt, als sie die Personaldaten in das neue Computersystem eingab. Greta hatte daraufhin gebeten, sie mit Gesprächen über ihr Privatleben zu verschonen. Die Sekretärin verstummte irritiert, und Greta bat sie um Entschuldigung. Sie habe eine ihrer Töchter verloren und spräche nicht gerne darüber, nichts für ungut. »Ich verstehe«, war die Antwort, »tut mir leid für Sie.«

Nichts verstand sie, aber Greta brachte es nicht über sich, die Sache näher zu erläutern. Kurz darauf begannen in der Firma Gerüchte die Runde zu machen, eine von Greta Wördehoffs Töchtern sei einem Gewaltverbrechen zum Opfer gefallen. So kann man es auch nennen, dachte Greta und beließ es dabei, auch wenn ihr die vorsichtig-mitleidigen Blicke, die sie jetzt mitunter im Büro trafen, zuwider waren.

Meine drei Mädchen.

Wie lange hat sie diesen Satz nicht mehr gedacht? Hat sie das überhaupt jemals so formuliert? Es klingt irgendwie anmaßend.

Hinter der Drehtür hat sich eine Gruppe Raucher um den Aschenbecher versammelt. Greta stellt sich etwas abseits, inhaliert gierig den Rauch und hält ihr Gesicht in die Sonne.

»Entschuldigung. Hätten Sie vielleicht eine für mich?«

Das Mädchen mit dem Rucksack ist dicht vor ihr stehen geblieben.

»Bist du nicht zu jung zum Rauchen?«

»Mein erster Flug«, murmelt sie entschuldigend, »ich höre morgen wieder auf«, und nimmt sich dankend eine Zigarette aus der Packung. Greta reicht ihr das Feuerzeug.

»Das mit der Angst wird besser, wenn du öfter fliegst.«

»Meinen Sie? Kann ich mir nicht vorstellen.«

»Vertief dich beim Start einfach in den erstbesten Artikel aus einem dieser Frauenmagazine, über Kochrezepte oder den neuen Lover von Kate Moss oder sonst wem. Mache ich auch immer.«

Greta fällt ein Satz ein, den Sophia jetzt vermutlich sagen würde: »Vorsicht! Du zeigst weiche Stellen, Mama.«

Vielleicht wären ein paar weiche Stellen nicht falsch?

Sie steckt sich an der glühenden Kippe die nächste Zigarette an. Eine geht noch. Dass Marta mindestens so viel rauche wie sie, hatte Katharina einmal erzählt, widerlich sei das. Greta hatte sich über diese Information gefreut, obwohl sie doch eigentlich hätte besorgt sein müssen. Wenigstens etwas hatten sie also gemeinsam.

Als sich Greta zum Gehen wendet, reicht sie dem Mädchen zwei weitere Zigaretten. »Hier, vielleicht kannst du sie noch brauchen. Alles Gute!«

Wieder im Terminal bekommt sie gerade noch die letzten Fetzen der Durchsage mit.

»Letzter Aufruf für Passagier Greta Wördehoff. Sie werden dringend gebeten, sich unverzüglich an Gate 23 einzufinden. Passagier Wördehoff!«

Die Stewardess reicht ihr die Zeitung. »Guten Morgen! Sie sind ja ganz außer Atem.« Greta nickt und lässt sich in den Sitz sinken, während sie die Hand an die schmerzende Brust drückt. »Ich habe die Zeit vergessen. Werde allmählich zu alt für Flughafensprints.«

»Schwarzer Kaffee wie üblich, oder sollte es heute ausnahmsweise doch mal der Champagner sein?«

Sie merkt, dass ich nicht in Bestform bin, denkt Greta und lehnt dankend ab.

Um ein Haar hätte sie wegen der Jagd nach einem Phantom plus einer Zigarette zu viel ihren Flug verpasst und ihren Tagesplan unnötig durcheinandergebracht. So etwas durfte nicht passieren.

Greta fragt sich, warum die Information, dass Katharina Marta getroffen hatte, sie diesmal so aufwühlt. Beinahe mehr als an dem Tag, an dem sie zum ersten Mal von diesen gelegentlichen Treffen erfuhr.

Der letzte Versuch ihrerseits, Kontakt mit Marta aufzunehmen, war Jahre her. Damals bekam sie die Schriftstellerin ans Telefon, bei der Marta zu dieser Zeit lebte, und musste sich von ihr anhören, sie sei lediglich bereit, Marta die Tatsache mitzuteilen, dass ihre Mutter angerufen habe, sonst nichts. Sie könne keine Vermittlerrolle übernehmen, sagte Raphaela Buchheim knapp. Marta sei verunsichert genug und müsse wenigstens einen Menschen auf ihrer Seite wissen, nach allem, was geschehen sei. Das wolle sie nicht gefährden, Greta möge das bitte verstehen. Greta schluckte und legte auf. Sie hätte wenigstens bitten können, ihre Nummer hinterlassen zu dürfen, dachte sie später, aber das wäre vermutlich ebenso vergeblich gewesen wie die Frage, ob ein gemeinsames Treffen denkbar sei.

In der Folgezeit entwarf Greta mehrere Briefe, von denen keiner je abgeschickt wurde. Sie vergriff sich im Ton, stolperte über Kaskaden von Wörtern und Formulierungen, verhaspelte sich in Aussagen, die zu hart, zu weich, zu distanziert, zu sentimental, zu ungelenk und in jedem Fall falsch waren. Sie suchte nach dem einen erlösenden Satz, von dem sie wusste, dass sie ihn nicht finden würde.

Etwa zwei Jahre nach dem Anruf fiel ihr in einer Buchhandlung der neue Roman von Raphaela Buchheim in die Hand. »Das letzte Werk, soeben posthum erschienen«, murmelte die Buchhändlerin feierlich, und Greta erschrak.

Zuhause schlug sie das Buch auf und entdeckte die Widmung:

Für Marta, Freundin und Tochter auf Zeit,
mit Dank für die vergangenen Jahre.

Katharina hatte sie weinend am Küchentisch sitzend gefunden, mit beiden Händen auf dem aufgeschlagenen Buch. Irritiert ob des überraschenden Anblicks war Katharina stumm neben der Mutter stehen geblieben, bis sie die Situation zu verstehen begann und das Mitgefühl aus ihrem Gesicht schwand.

»Mach dir um Marta keine Gedanken, der geht es gut«, blaffte sie unwirsch, und Greta brauchte einen Moment, um zu realisieren, dass ihre Jüngste Kontakt zu ihrer Schwester aufgenommen haben musste. An diese Möglichkeit hatte sie vorher nie gedacht.

»Internet«, meinte Katharina, »war gar nicht so schwer. Sobald ich den Namen des Fotografen herausgefunden hatte, mit dem sie zusammen ist, kam ich problemlos an Martas Nummer.« Gretas Fragen waren ihr spürbar unangenehm. »Ich habe versprochen, dich aus dem Spiel zu lassen«, sagte sie und war an diesem Abend zu keinen weiteren Informationen bereit. Später ließ sie das eine oder andere dann doch durchsickern, merklich stolz, im Besitz exklusiver Informationen über die verschollene Schwester zu sein. Eigenartig, dass ausgerechnet Katharina nun das einzige Bindeglied war.

»Freundin und Tochter« stand in der Widmung. Marta hatte Ersatz gefunden, und Greta sagte sich unzählige Male, dass sie darüber erleichtert sein müsste. Erst später fiel ihr auf, dass in den Worten der alten Schriftstellerin etwas von Abschied durchklang, eine Andeutung von Verlassenwerden, die Gretas eigene Enttäuschung aufzuweichen begann.

Sie hat dieses Buch dann so oft gelesen, bis sich einzelne Seiten herauslösten, ist auf Spurensuche gegangen, den Figuren und Erzählsträngen nach, hat den Text studiert wie einen Code, der ihr den Zugang zu all dem, was sie wissen wollte, verschaffen könnte. Aber die Autorin war in der Verschlüsselung ihrer Protagonisten gründlich, ließ auch diesmal nicht zu, dass Greta durch sie näher an Marta herankam. Trotzdem begann Greta mit der Zeit, dieser Erzählerin, die so berührend und gleichzeitig distanziert schrieb, beinahe gegen ihren Willen Sympathie entgegenzubringen. Auch die Schriftstellerin muss eine Frau gewesen sein, die sich gut verstecken konnte hinter der Inszenierung, dachte Greta und bedauerte, nicht früher versucht zu haben, mit Raphaela Buchheim zu sprechen, sie kennen zu lernen, bevor das auf dem Dorfplatz passiert war. Möglicherweise wäre diese Frau, die ihre Romanfiguren durch Abgründe von Schuld und Verzweiflung wandern ließ, ohne dass sie dies auch nur andeutungsweise bewerten zu wollen schien, in der Lage gewesen, sie zu verstehen, wenigstens in Ansätzen. Vielleicht hätten sie sogar versuchen können, gemeinsam für Marta da zu sein. Aber auch dafür war es zu spät gewesen. Nach dem Überfall in Winnerod hatten Raphaela und Marta eine Mauer gegen den Feind aufgebaut, zu dem sie, Greta, gehörte. Sie war einer von den Menschen geworden, vor denen Marta geschützt werden musste. Und die Buchheim hatte diese selbst gestellte Aufgabe bestens erfüllt.

Und doch: Auch sie, diese zweifellos selbstbewusste und besondere Frau, hatte in Marta nur eine Tochter auf Zeit gehabt.

Unter ihr heulen die Triebwerke auf.

Eine der Stewardessen beginnt die Sicherheitshinweise mit idiotisch anmutenden Bewegungen vorzuführen, demonstriert strahlend das Anlegen der Schwimmwesten und hält sich die gelbe Atemmaske vors Gesicht. »Stellen Sie erst Ihre eigene Sauerstoffversorgung sicher, indem Sie die Maske über Mund und Nase ziehen, bevor Sie mitreisenden Kindern helfen,« schallt die Stimme der Pursette gutgelaunt durchs Flugzeug.

»Wieder keinen Sohn zur Welt gebracht«, war Richards Kommentar gewesen nach Martas Geburt, »nicht einmal dazu bist du in der Lage.« Der ersehnte Stammhalter war auch beim zweiten Wurf ausgeblieben. Richard hatte enttäuscht das Krankenzimmer verlassen, und Greta war mit dem winzigen Bündel in ihren Armen zurückgeblieben, an das sie ihre Wange schmiegte. Marta begann augenblicklich lauthals zu schreien, bis Greta sie wieder in das kleine rollende Bettchen legte, das die Kinderschwester in Kürze abholen würde.

Ein seltsames Kind war sie, von Anfang an. So klein, dunkel und fremd. Ganz anders als Sophia, von der jeder sagte, sie sei Greta wie aus dem Gesicht geschnitten. Sie hatte das stets als Kompliment empfunden. Sah sie doch selbst, welche Blicke Sophia bereits als kleines Mädchen auf sich zog. Nachdem die Familie nach Bouaké gezogen war, hatten sich die beiden so unterschiedlichen Kinder zu einer merkwürdigen Allianz verbündet, die Greta nicht zu durchschauen vermochte. Mitunter hatte ihr das Angst gemacht.

Eines Abends, als sie noch eine Runde ums Haus drehte, konnte sie die beiden durch das mit einem Fliegengitter gesicherte Fenster des Kinderzimmers hören. Marta sang. Greta blieb angerührt stehen, hörte der hellen Mädchenstimme zu, die sanft eine Melodie formte, bis sie anfing, auf den Text zu achten. Ein schreckliches Lied! Greta rannte in den Garten, die Hunde schlugen an, und Richard brüllte dem Nachtwächter zu, er solle das Gewehr holen. Der Boy fand Greta dann aufgelöst unter dem Affenbrotbaum. »Sie sollten ins Haus kommen, Madame«, sagte er und reichte ihr seinen Arm. Richard nahm sie mit einer schallenden Ohrfeige in Empfang, nannte sie eine hysterische Ziege, schrie, sie solle doch gleich in den Urwald rennen und sich von den Pavianen zerreißen lassen, wie die Kollegin, die im vergangenen Jahr im offenen Jeep auf Safari gegangen war. Lediglich ein paar Fetzen seien von der übrig geblieben. Wenn sie schon in der Dunkelheit herumlaufen müsse, solle sie vorher Bescheid geben. Beinahe hätte er auf sie geschossen. Wie hätte er das dann der Polizei erklären sollen? Greta dachte »Paviane?«, schwieg und wartete, bis der Durst ihn zu einer Pause zwang. Sie war dankbar, als der Whiskey Richard für diesen Abend fertiggemacht hatte, bevor er sich weiter mit ihr beschäftigen konnte.

Noch einige Male stand sie heimlich vor dem Fenster der Mädchen, quälte sich bis zum Ende der Geschichte, hörte zu, wie sie im Gesang ihrer Tochter von einem Laster überfahren wurde, wie ein Steinschlag sie in Stücke riss, wie sie qualvoll am Biss einer Kobra starb. Jedes Mal war es Marta, die sang, und stets ließ sie die Mutter gemeinsam mit dem Vater sterben, gab ihr nicht die kleinste Überlebenschance. Sie wurde mit ihm aus dem Weg geräumt, um bei den folgenden Abenteuern nicht zu stören. Lästiger Ballast, des Todes würdig, jeden Abend aufs Neue. Sie lehnte mit dem Rücken an der Hauswand, lauschte mit angehaltenem Atem auf Martas Lied und hegte die Hoffnung, das Kind möge sie nur ein einziges Mal verschonen, sie mitgehen lassen auf die Reise. Oder wenigstens, dass Sophia einschreiten und das Weiterleben der Mutter einfordern würde. Nichts dergleichen geschah.

Irgendwann ertrug es Greta nicht mehr. Sie mied fortan abends den Teil des Hauses, in dem die Kinder ihr Zimmer hatten, schaute nicht mehr nach, ob sie gut eingeschlafen waren.

Wie froh sie war, als Sophia dann bei ihrer aller Rückkehr nach Deutschland doch noch ein eigenes Zimmer für sich allein wünschte. Heute Abend werden sie mich nicht sterben lassen, dachte Greta und strich ihrer Ältesten dankbar übers Haar.

Was genau es war, das die beiden Mädchen auseinandergebracht hatte, wusste Greta nicht. Das zu ergründen war von ihr versäumt worden, wie so vieles. Sie entfernten sich zusehends voneinander, ohne dass von Streit etwas zu merken war. Womöglich war Greta zu dieser Zeit allzu sehr damit beschäftigt gewesen, sich um die Gesundheit der kleinen Katharina zu sorgen, dieses zarten, kränklichen Kindes, das ihrer Fürsorge so sehr bedurfte, das lange in ihrem Bett schlief und durch seine Anwesenheit Richard daran hinderte, über sie herzufallen. Nach zwei vorangegangenen Fehlgeburten war dieses dritte Kind ihr wie ein Zeichen vorgekommen, obwohl oder gerade weil es in Richards Augen wieder »nur weiblichen Geschlechts« war. Katharina gehörte die ersten Lebensjahre ihr allein, bedankte sich für die Zuwendung der Mutter mit ausschließlich ihr zugedachtem zahnlosen Lächeln, in dem Greta eine Zeit lang alles Schöne dieser Welt sah. Dieses Baby machte es ihr leicht, es zu lieben! Sie hätte sich trotzdem mehr um Marta kümmern müssen, doch die hatte sich nach ihrer endgültigen Abreise aus Bouaké in eine eigene kleine Welt zurückgezogen, zu der sie keinem Menschen Zutritt gewährte. Marta schien nichts und niemanden zu brauchen. Selbst die deutsche Sprache verweigerte sie anfangs, schwieg hartnäckig, wenn sie jemand etwas fragte, und verbrachte ihre Freizeit damit, Leoparden, Affenbrotbäume, Spinnen und weitere Figuren aus den Baoulé-Geschichten zu zeichnen, die ihre Mutter nicht mehr mit ihr teilen wollte.

Ein ivorischer Arzt, mit dem Greta sich auf einer Abendeinladung bei Kollegen Richards in Abidjan lange unterhalten hatte, gab ihr das schmale Buch beim Abschied. »Das ist für Sie«, stand handschriftlich auf der Titelseite, »Sagen, Sprichwörter, Fabeln und Rätsel meines Volkes. Man hat erst dann in einem Land gelebt, wenn man einige seiner Geschichten kennt.«

Greta begann, den Mädchen daraus vorzulesen, und sie mochten eine Zeit lang nichts anderes hören, besonders Marta verlangte immer wieder nach den Mythen und Tiergeschichten. Greta fühlte sich Marta nie so nahe wie in diesen Momenten, wenn die Kleine mit angezogenen Knien auf dem Bett saß und gebannt an ihren Lippen hing, während Königin Aura Poku mit ihrem Volk durch den Comoe zog oder die Spinne der Eidechse ihre Schulden mit einem Loch bezahlte. Wie fröhlich sie gelacht hatte, wenn am Ende die Eidechse mit dem Spinnenloch vorliebnehmen musste, um nicht vom Adler gefressen zu werden. Die Spinne war so ihre Schulden für den Yams losgeworden, und Marta klatschte begeistert in die kleinen Hände ob der erfolgreichen List. Die geröteten Wangen des Kindes, das manchmal laut loskicherte, als sei alles um es herum in bester Ordnung. Sie schien dann ein normales, unbekümmertes Mädchen zu sein, dem seine Mutter eine Gute-Nacht-Geschichte vorliest, wie es in unzähligen friedvollen Kinderzimmern dieser Welt geschieht.

Greta erinnert sich beinahe wörtlich an die letzte Geschichte, die sie vorgelesen hat, bevor dieses Abendritual sein jähes Ende nahm. Sie hört noch die Stimme Martas, die die letzten Worte mit weit aufgerissenen Augen mitflüsterte: »Denn niemandem ist es gelungen, den Weg der Mondreise zu finden.« Wie sehr die Kleine an diesem Abend um eine weitere Geschichte gebettelt hatte: »Nur noch eine ganz kurze, eine von den Tieren!«

»Nein, Schluss für heute«, war Gretas Antwort gewesen, »morgen lese ich von den Tieren, du darfst dann wünschen, welche.«

Aber es gab kein Morgen für die Wunschgeschichte. Denn anschließend war Greta auf die Veranda getreten und hatte Martas Lied gehört.

Im Hinterland der Elfenbeinküste, dort, zwischen den Strömen Nzi und Bandama, wo die Savanne von Norden her wie ein breiter Keil in den südlichen Urwald stößt, liegt das Land der schwarzen Königin Aura Poku ...

Greta kann noch immer weite Teile auswendig.

Als sie eine ganze Weile nach Martas Fortgehen deren Zimmer betrat und das alte Buch auf dem Tisch liegen sah, ebenso verlassen wie sie selbst, begriff sie zum ersten Mal, dass Marta nicht vorhatte zurückzukommen, dass sie sämtliche Brücken hinter sich abbrechen wollte.

Wer weiß, was geschehen wäre, denkt Greta, hätte ich damals in Bouaké weiterhin diesen Geschichten meine Stimme geliehen, hätte ich angelesen gegen mein eigenes tägliches Getötetwerden. Allzu leicht hatte sie aufgegeben. Das Chamäleon, die Spinne, der Leopard, die Hyäne und nicht zuletzt Aura Poku selbst hätten ihre Verbündeten sein können auf dem Weg zu diesem verschlossenen Kind. Womöglich hatte sie den Schlüssel in der Hand gehalten, ohne es zu wissen, und die Geschichten, die Marta so mochte, waren ein Hinweis gewesen, den sie nicht zu deuten verstand.

Dieses Kind hatte sie ausgelöscht. Erst in seinen Liedern, später aus seinen Gedanken. *Aber ich lebe noch.*

Aura Poku sagte: »Otielele Osalo« – »Wenn lange Zeit vergangen ist, werde ich nicht mehr daran denken.«

Aus welchem Kapitel stammt noch dieses Zitat? Das Buch war, als Greta es später holen wollte, aus Martas verlassenem Zimmer verschwunden, und Greta hoffte so sehr, dass es nicht Richard war, der es an sich genommen hatte, sondern Sophia.

Nachdem Marta fortgegangen war, hatte Greta gewünscht, wenigstens Sophia würde Kontakt zu ihr aufnehmen können, aber keine von beiden unternahm den Versuch, auf die andere zuzugehen. Zumindest wusste Greta von nichts, und Sophia weigerte sich, die Flucht der Schwester zu kommentieren, geschweige denn, Fragen nach deren möglichem Verbleib zuzulassen, obwohl sie mindestens einmal vor allen anderen gewusst haben musste, wo Marta untergekommen war. Richard hatte die Adresse des Hauses in der Johannisstraße in Sophias Manteltasche gefunden und das »M!« richtig gedeutet.

Noch heute entzieht sich Sophia jedem Gespräch über Marta, wiegelt rasch ab, wenn ihr Name fällt, und beginnt von etwas anderem zu sprechen. Trotzdem hegt Greta nach wie vor die Hoffnung, dass auch die beiden eines Tages wieder miteinander reden würden und dass Sophia einen Weg zu ihr bahnen könnte. Sie hat Katharina neulich in einem günstigen Moment gebeten, Marta diskret Sophias Telefonnummer zukommen zu lassen. Für Marta würde es vielleicht leichter sein, Kontakt zu Sophia aufzunehmen statt mit ihrer Mutter. Katharina murmelte, sie glaube nicht, dass die ältere Schwester da mehr ausrichten könne als sie, versprach aber, daran zu denken, wenn sich die Gelegenheit ergebe. Greta hatte gestern Abend nicht mehr den Mut gefunden, Katharina zu fragen, ob sie die Nummer ausgehändigt hat.

Marta und Sophia standen einander einmal nahe, das konnte

nicht völlig ausgelöscht sein. Wenn Sophia von der Mutter erzählte, würde Marta vielleicht die Frau kennen lernen wollen, die es doch noch geschafft hatte, Richard hinter sich zu lassen, zu kämpfen, an sich zu arbeiten, ein eigenes Leben aufzubauen.

Ein heftiger Ruck lässt Greta nach vorne schnellen, der Mann neben ihr legt schützend den Arm um seinen Laptop.

»Meine Damen und Herren, wir erwarten einige Turbulenzen und bitten Sie, die Sicherheitsgurte anzulegen, die Tische hochzuklappen und Ihre Rückenlehnen gerade zu stellen.«

Greta blickt sich um und seufzt erleichtert, als sie feststellt, dass die Flugbegleiter den Service nicht einstellen. Solange das Bordpersonal sich noch nicht auf seinen Sitzen anschnallt, wird es nicht so schlimm sein, denkt sie und versucht sich wieder zu entspannen. Ihr Sitznachbar tippt unbekümmert weiter auf seiner Tastatur herum, ohne sich um die Ansage zu kümmern.

»Keine Sorge«, sagt er, als sein Blick auf Gretas um die Lehne geklammerte Hand fällt, »es passiert schon nichts.«

Sie nickt möglichst lässig und kramt nach ihrem Terminplaner und einem Kugelschreiber, um nicht weiter den Eindruck zu erwecken, in Panik zu sein. Allein mit ihren Bonusmeilen könnte sie mehrfach den Erdball umrunden, da wäre etwas mehr Gelassenheit schon angebracht, aber noch immer steigt sie in jeden Flieger mit dem Gedanken, es könnte ihr letzter Gang sein. Das zeugt nicht gerade von Souveränität, denkt sie und zeichnet mehrere Linien um das heutige Datum. Alles eine Frage des Willens und der Tarnung. Sie bemüht sich, ihren Atem auf Gleichmaß zu bringen, und studiert die Einträge des Tages:

12.10 h Landung München
13.30 h Mittagessen mit dem Shopleiter
15.00 h Showroom/Nachorder

18.00 h Calva-women Terminal 1
19.30 h Calva-men Terminal 2
ca. 21.00 Hotel (Order für Zürich, Mailingliste abarbeiten)
Ihr Flug am nächsten Tag geht erst mittags. Warum nicht Sophia anrufen und sie fragen, ob sie morgens Zeit für ein Treffen hat? Trotz Semesterferien erwähnte sie nichts von einer Urlaubsreise, die Chancen stehen gut, dass sie zuhause ist. Sie sollte ihre älteste Tochter öfter besuchen, wenn sie in München ist, denkt Greta. Dafür müsste sie morgen allerdings auf den nochmaligen Ortstermin im Men-Shop, den sie wegen eines Mitarbeiterproblems eingeplant hat, verzichten, was unklug sein könnte, falls die Situation weiter eskaliert ist.

»Meine Damen und Herren, wir werden in Kürze mit dem Landeanflug auf München beginnen ... Das Wetter in München ist mit 28 Grad sommerlich warm, es weht ein leichter Westwind.«

Die Stewardess geht mit prüfendem Blick durch die Reihen der Passagiere, ermahnt den Mann neben Greta streng, seinen Computer auszuschalten und den Tisch hochzuklappen.

Am gefährlichsten sind Start und Landung, denkt Greta und beginnt ihre Atemübung.

Im Ankunftsbereich herrscht Hochbetrieb, wie immer um diese Uhrzeit. Geschäftsleute in dunklen Anzügen eilen an ihr vorüber, Reisende drängeln sich um die besten Plätze an den Gepäckbändern, eine indisch aussehende Großfamilie setzt seidene Farbakzente in das Getümmel aus Menschen und Koffern. Stärkere Kontraste, denkt Greta, ob die Kreativen bei Calva wenigstens für die Zwischenkollektion ihre Anregungen aufgegriffen haben? Der türkisfarbene Sari einer der Inderinnen sticht gegen das Hellrot ihrer Gefährtin ab und zieht nicht nur Gretas Aufmerksamkeit auf sich; man wird gezwungen, die Frauen anzusehen, denkt sie. »Wenn für den eigenen Stil die Persönlichkeit zählt, reicht es völlig, als die wahrgenommen zu werden, die man ist«, hatte sie bei der Ladeneröffnung des zweiten Calva-Airport-Shops, für den sie bereits als Managerin fungierte, feierlich ins Publikum gesprochen und sich dabei wieder einmal als Blenderin gefühlt. »Der große Bluff«, war der sie täglich begleitende Gedanke, »ist mein Talent.«

Ein einziges Mal nur hatte sie dies einem Menschen gegenüber geäußert. Am Ende einer rotweinselig verplauderten Nacht auf der Veranda von Ernest Calvas Sommerhaus in der Nähe von Nizza hatte Greta ihm von ihrer Angst erzählt, dass ebendieser Bluff irgendwann zusammenfallen werde wie eines ihrer niemals gelingenden Grand-Marnier-Soufflés. Der alte Calva hatte laut gelacht, war dann, als er Gretas Verunsicherung bemerkte, sofort wieder ernst geworden: »Greta, meine Liebe, Sie werden mir doch nicht an sich selbst und Ihren herausragenden Qualitäten zweifeln? Ich verbiete Ihnen das ausdrücklich! Die ganze Branche ist ein großer Bluff. Wenn Sie darin eine Meisterin sind, umso besser! Das ist doch das Wunderbare an unserem Beruf. Das Geschäft wird gemacht von Blendern für solche, die geblendet werden wollen. Wie schön! Alle Beteiligten wissen das. Wir produzieren Illusionen, verkaufen Träume, gaukeln den Menschen etwas vor. Das wird von uns erwartet. Wir kleiden, verkleiden, verwandeln, kaschieren. Wir bieten den Menschen in jeder Saison neue Traumrollen an, in die sie schlüpfen können, um sich selbst neu zu erfinden. Und genau dafür werden wir geliebt!«

Er hatte sich in Begeisterung geredet, seine Hände flogen durch die Luft, zeichneten Linien und Kurven in die Nacht, blieben schließlich am Rotweinglas hängen, mit dem er Greta strahlend zuprostete. Sie stieß mit ihm »auf die Mode!« an und nahm sich vor, ihre Selbstzweifel fortan für sich zu behalten.

Die Inderin hebt einen schlichten Lederkoffer vom Gepäckband, wirft dabei einen Teil ihres Saris anmutig über die Schulter. Greta zieht ihren Notizblock aus der Tasche, schreibt »Türkis mit Hellrot« und zeichnet rasch ein in zwei Farbfelder unterteiltes Kleid mit unterschiedlichen Schraffuren. Ich werde ihnen wie üblich auf die Nerven gehen mit meinen Ideen, denkt sie, aber die Zahlen sprechen für mich, und Calva wird es mögen. Als Greta beim Verlassen des Terminals ihr Telefon einschaltet, sind mehrere Anrufe eingegangen. Die Shopleiterin in Zürich bittet um Rückruf, ihre Sekretärin fragt wegen eines Termins nächste Woche an, eine unbekannte Nummer von jemandem, der keine Nachricht hinterlassen hat, wird angezeigt und zweimal Katharinas Stimme auf der Mailbox, die sich später noch einmal melden will. Wahrscheinlich hat sie mal wieder Ärger mit der Stationsschwester und glaubt, ihrer Mutter den Vorfall in allen Einzelheiten erzählen zu müssen. Greta hat bereits mehrfach gebeten, solche Anrufe am späten Abend zu tätigen, da sie tagsüber selten Zeit für ein längeres Gespräch findet. Die Kleine scheint das nicht in ihren Kopf zu kriegen, glaubt womöglich, Greta könne ihre Zeit einteilen, wie es ihr beliebt. Vielleicht sollte sie dankbar sein, dass ihr wenigstens die Jüngste Anteil an ihrem Leben gibt. Wenn sie es recht bedachte, war sie wohl für keine ihrer Töchter das, was sie sich wünschten. Für Katharina war sie zu sehr mit ihrer Arbeit beschäftigt, für Sophia war sie jemand, den man eher aus Pflichtbewusstsein liebte, und für Marta war sie so etwas wie das schwarze Loch, um das man den größtmöglichen Bogen machte, die wünschte sich nicht einmal mehr etwas von ihr.

Sie könnte Katharina mehr Aufmerksamkeit schenken, mit Sophia wieder intensiver das Gespräch suchen und sehen, was dabei herauskommt. Was aber könnte sie im Hinblick auf Marta tun? Zunächst einmal nicht zulassen, dass die Ratlosigkeit sie völlig in Beschlag nimmt und handlungsunfähig macht. Damit ist niemandem geholfen.

Kurz entschlossen biegt Greta auf dem Weg zum Ausgang doch noch einmal ab, um vorab bei Calva-Women vorbeizuschauen. Oft waren überraschende Auftritte effektiver als die angekündigten Visiten.

Im Shop sitzt eine der Mitarbeiterinnen auf dem Hocker hinter der Kasse.

»Vanessa?«

Die junge Frau springt eilig hinter dem Tresen hervor, fährt sich durchs dichte blonde Haar und begrüßt ihre Vorgesetzte mit dem Lächeln eines ertappten Schulkindes. »Sie sind heute aber früh dran, Frau Wördehoff.«

»Und deswegen sitzen Sie untätig hinter der Kasse?«

»Nein, entschuldigen Sie, es war gerade nichts zu tun.«

»In unseren Geschäften haben die Mitarbeiter immer zu tun. Und wenn nicht, dann geben sie sich den Anschein, als hätten sie. Was soll eine Kundin denken, die hier hereinkommt? Dass Ihre einzige Aufgabe darin besteht, zu warten, bis sie Ihnen die Kreditkarte reicht?«

»Ich habe nur gedacht … Sie haben natürlich recht. Es kommt nicht wieder vor.«

»Ihre Umsatzzahlen sind rückläufig, und ich möchte das nicht auf Nachlässigkeiten dieser Art zurückführen müssen.«

Vanessa seufzt. »Nein, das ist nur ein vorübergehendes Zwischentief, sozusagen, wir holen das im nächsten Monat wieder auf. Ganz sicher! Das ganze Team wird sich stärker einbringen, wir sind alle sehr motiviert!«

»Gut, dann zeigen Sie mir das. Wo ist eigentlich die Kollegin Schwarzbach?«

»Hat sich heute Morgen krankgemeldet.«

Greta schnaubt ärgerlich, stellt den Rollkoffer im Büro ab und beginnt ihren Rundgang durch den Verkaufsraum. Es gibt einiges zu bemängeln: Hier fehlen zwei Größen bei den Blusen, dort wurde ein Regal mit T-Shirts nicht ordnungsgemäß aufgefüllt, weiter hinten wird ein Ständer mit der neuen Kollektion von einem mit älterer Ware verdeckt. »Auf den ersten Blick muss zu erkennen sein, was es Neues hier gibt«, mault sie, während sie Vanessa beim Verschieben der Aufsteller hilft. »So, jetzt begeben Sie sich mal zum Eingang und sehen Sie selbst, was die Umstellung für eine Wirkung erzielt.« Die Verkäuferin nickt ergeben, murmelt eine halbherzig bewundernde Bemerkung. Greta weiß, dass sie sich nicht unbedingt Sympathien erwirbt mit ihrem Perfektionismus, aber es macht den guten Ruf der Läden aus, die von ihr betreut werden, dass sie bis ins Detail durchdacht und wohl sortiert sind.

Richard war zusammengezuckt, als Greta mit neuer Haarfarbe und Frisur im maßgeschneiderten Calva-Kostüm vor Gericht erschien, die übergroße Ray Ban mit lässiger Bewegung in die Haare schob und es fertigbrachte, ihm geradewegs in die Augen zu sehen. Dass sie vorher etwas zur Beruhigung eingenommen hatte, mag seinen Teil dazu beigetragen haben, jedenfalls gelang ihr dieser schwierigste aller »Neue-Greta-Auftritte« ziemlich gut.

Bevor sie sich dazu durchrang, die Scheidung einzureichen und sich damit ein letztes Mal aus eigenem Entschluss mit Richards Gegenwart zu konfrontieren, war er noch einmal zur alten Form aufgelaufen, hatte versucht, ihr alles zu zerstören.

Nur widerwillig erinnert sich Greta an Richards Auftauchen am Flughafen, wenige Monate nach der Eröffnung des ersten Calva-Ladens. Jemand musste ihm berichtet haben, wo seine Frau tagsüber anzutreffen war, und er hatte sich volltrunken auf den Weg gemacht, um die Wahrheit über diese betrügerische Schlampe lauthals durchs Terminal zu brüllen. Greta war wie versteinert stehen geblieben, zu keiner Regung fähig, bis ein Verkäufer aus dem Nachbarladen herbeigeeilt war und sich zwischen sie und Richard gestellt hatte. Eine anwesende Kollegin brachte Greta derweil ins Hinterzimmer. Der Sicherheitsdienst musste gerufen werden, um den Mann, der fortdauernd wüste Beschimpfungen von sich gab, aus dem Gebäude zu entfernen. Greta verzichtete auf eine Anzeige und hoffte, dass das ausgesprochene Hausverbot, verbunden mit der Androhung, bei nochmaligem Auftauchen unverzüglich die Polizei zu rufen, seine Wirkung zeigte.

Nach Dienstschluss wurde sie zum Chef gebeten, wo sie erfuhr, dass in den vergangenen Wochen nicht nur bei ihr zuhause Anrufe mit Verleumdungen und Beschimpfungen sie betreffend eingegangen waren. Sie entschuldigte sich in aller Form für das Geschehene und wollte erklären, dass ihr Mann dazu neige, im Rausch Behauptungen über sie zu verbreiten, an denen nicht das Geringste der Wahrheit entspreche, aber Bremer winkte ab.

»Machen Sie sich keine Mühe, Frau Wördehoff, wir kennen Sie inzwischen gut genug, um den Inhalt solcher Telefonate richtig einschätzen zu können, und hier im Dienst wird er es nicht noch einmal wagen aufzutauchen. Wir stehen hier alle hinter Ihnen, aber Sie sollten sich zu Ihrer eigenen Sicherheit dringend von diesem offensichtlich kranken Mann scheiden lassen. Entschuldigen Sie, falls ich persönlich werde, ich möchte Ihnen nur behilflich sein. Haben Sie schon einmal bedacht, dass Sie als seine Ehefrau für seine Schulden aufkommen müssten, wenn er sich in den Ruin treibt? Mein Bruder ist Alkoholiker; ich weiß, wie diesen Menschen das Leben aus dem Ruder gerät. Man kann da nicht helfen, allenfalls verhindern, dass sie andere mit in den Abgrund ziehen.«

Ihr Vorgesetzter sprach lange auf Greta ein, und sie fühlte sich schrecklich. Schließlich gab er ihr die Adresse einer befreundeten Anwältin, der sie sich getrost anvertrauen könne. »Machen Sie reinen Tisch. Das ist für Sie und Ihre Karriere unabdingbar!«

Davon, dass Richard begonnen hatte, nachts in der Nähe ihrer Wohnung herumzulungern, dass sie vor Verlassen des Hauses stets kontrollierte, ob eine Gestalt hinter der Hecke versteckt war, sagte sie Bremer nichts, das hätte es noch schlimmer gemacht. Der Chef bestand darauf, sie an diesem Abend mit seinem Wagen nach Hause zu bringen, und nahm Greta das Versprechen ab, unverzüglich die Anwältin zu konsultieren. Die folgenden zwei Wochen waren ein Alptraum, der mit Richards Einlieferung in die Klinik sein vorläufiges Ende nahm. Nach seiner Entlassung begann er zwar, Katharinas Berichten zufolge, unmittelbar wieder mit dem Trinken, unterließ aber zunächst seine Nachstellungen sowie die nächtlichen Anrufe. Greta hoffte, dass ihm einfach die Kraft ausgegangen war, dass er kapituliert hatte vor ihrer Entschlossenheit und der Androhung strafrechtlicher Verfolgung, wagte es aber nicht, sich in Sicherheit vor ihm zu wähnen. Sollte der Tag kommen, an dem Richard endgültig alles scheißegal sein würde, wäre sie, Greta, die Erste, die er vernichten würde, davon war sie überzeugt.

Am Tag des Scheidungstermins war Greta so lange vor dem Gerichtsgebäude in ihrem Auto sitzen geblieben, bis sie beobachtet hatte, wie Richard durch den Haupteingang hineingegangen war. Sie hatte noch weitere zehn Minuten gewartet und sich dann auf den Weg durch die Treppenhäuser und Flure gemacht, stets wachsam um die Ecken schauend, ob er ihr nicht doch noch irgendwo auflauerte. Zimmer 312, die Anwältin kam ihr im Gang entgegen, legte ihr die Hand auf die Schulter und flüsterte irgendetwas, an das sich Greta später nicht mehr erinnern konnte. Sie hatte die Puderdose aus der Handtasche gekramt, um mit dieser Bewegung ihre Schulter frei zu bekommen, und gemurmelt »bringen wir es hinter uns«. Die Richterin war eine gut aussehende Frau Mitte vierzig, deren Sachlichkeit Greta entgegenkam. Richard saß bleich hinter einem der abgewetzten Holztische. Den Mann mit der schwarzen Anwaltsrobe an seiner Seite erkannte sie als einen seiner Bundesbrüder, dessen Namen sie vergessen hatte. Sie versuchte, sich auf das Geschehen zu konzentrieren, beantwortete die Frage, ob eine Wiederaufnahme der Ehe zu erwarten sei, mit einem klaren »Nein« und war erleichtert, als Richard umstandslos das Gleiche tat.

»Die Lebensgemeinschaft der Ehegatten besteht nicht mehr; ihre Wiederherstellung ist nicht mehr zu erwarten.«

Bei der Verkündung des Scheidungsurteils sank Richards Kopf nach unten, und Greta überkam fast so etwas wie Mitleid mit diesem nach Schnaps stinkenden Wrack, bis sie sich an seine dunkel lauernde Silhouette im Vorgarten ihres Hauses erinnerte und ihr die ins Telefon gelallten Worte wieder ins Ohr klangen: »Ich mach dich fertig, Miststück, ich bringe dich um!«

Mitleid mit einem Wrack, das über einen Waffenschein und die dazugehörigen Jagdgewehre verfügt, kann lebensbedrohlich werden. Geschieden, dachte sie, bin ich erst, wenn er tot ist.

Nach der Verhandlung bat Greta ihre Anwältin, sie bis zu ihrem Wagen zu begleiten. »Sie sind jetzt frei, Frau Wördehoff«, sagte sie ihr zum Abschied, und Greta wusste nicht, was sie darauf antworten sollte. Sie fuhr auf Umwegen zum Flughafen, wo sie den Rest des Tages und die halbe Nacht damit verbrachte, eine Inventur vorzubereiten, für die sie noch mehr als eine Woche Zeit gehabt hätte. Als sie weit nach Mitternacht die Sicherheitsschlösser hinter sich verriegelte, blieb sie mit dem Rücken an der Glasscheibe stehen, schaute ins Terminal, durch das vereinzelt übermüdete Reisende schlichen. Keiner von ihnen wies Ähnlichkeit mit Richard auf. Frei, dachte sie, das ist nun wirklich nicht das Wort, mit dem sich mein Zustand beschreiben lässt.

»Warum hast du ihn damals eigentlich geheiratet?«, hatte Sophia sie wenige Wochen nach der Scheidung gefragt, »hast du ihn wenigstens anfangs geliebt?« Greta hatte ausweichend geantwortet, obwohl ihr klar war, wie ungewöhnlich eine solch offene Frage von Sophias Seite war. »Ja, irgendwie schon«, hatte sie knapp geantwortet und dass sie noch viel mehr Abstand zwischen sich und die Geschichte ihrer Ehe bringen müsse, um sich ausführlichen Reflexionen darüber stellen zu können. Sophia hatte Verständnis gezeigt und nicht weiter nachgebohrt, wofür Greta dankbar war, auch wenn sie wusste, dass sie erneut eine Chance zum Gespräch mit der Tochter verpasst hatte.

Dem anderen Anteil zu geben an sich selbst, das war in dieser verdammten Familie etwas, das keiner von ihnen konnte. Eine Ansammlung von Einzelkämpfern waren sie, jeder hatte genug damit zu tun, sich selbst durchzubringen.

Warum sie Richard geheiratet hatte? Als ob sie sich die Frage nicht selbst unzählige Male gestellt hätte. Weil sie so schnell wie möglich ihrem Elternhaus entfliehen wollte, weil sie geschmeichelt war, sich für die Dauer eines Sommers begehrt fühlte von einem Mann, um den ihre Freundinnen sie beneideten, weil sie all das mit der Aussicht auf Liebe und Glück verwechselt hatte? Das wären kaum Antworten gewesen, die Sophia eine zufriedenstellende Erklärung gegeben hätten.

Sophia ist ihr und Richards erstes Kind; sie soll wenigstens an die Möglichkeit denken können, dass sie, trotz allem, was später geschehen ist, einer Liebesnacht ihr Dasein verdankt und nicht einem tragischen Missverständnis. Das ist das Mindeste, was sie ihr geben kann.

Wie das mit der Liebe gewesen war, zwischen ihr und Richard? Sie weiß es nicht mehr. Womöglich gab es da irgendwann mal etwas, verborgen unter einem Berg von Schutt, Scherben und Versagen, an das sie sich einfach nicht mehr erinnern kann. Oder will. Wie auch immer. Es ist vorbei. Sinnlos, dieses Geröll auseinanderzusortieren.

Aber es hat ihn gegeben: den Tag, an dem sie sich nichts sehnlicher wünschte, als Richard Wördehoffs Ehefrau zu sein.

Wie schön er gewesen war, als er das erste Mal vor ihr stand. Dichtes blondes Haar wellte sich um die klaren Konturen seines markanten Gesichts, aus dem zwei stahlblaue Augen beinahe beängstigend scharf auf sie herunterblickten. Ist es möglich, dass ein Mann im Laufe seines Lebens derart an Körpergröße verliert, oder war etwas mit ihrer Wahrnehmung nicht in Ordnung? So respektvoll war er zu ihr gewesen, der kleinen Studentin, die geschmeichelt zu dem Dozenten aufsah. Und er schenkte ihr seine Aufmerksamkeit, ihr allein, wie es schien. Die meisten ihrer Kommilitoninnen waren in diesen Mann verschossen, sobald er das erste Mal seine Aktentasche auf das Vortragspult gestellt hatte. Sie lauschten andächtig seinen Worten und bestürmten ihn nach jeder Vorlesung mit Fragen. Man munkelte, ihm stehe eine glänzende Karriere an der Universität bevor, aus der Gastdozentur könne bald eine Professur werden. Gerüchte gingen um, ein Ruf in die USA sei nicht unwahrscheinlich. Aber sie, Greta, war die einzige der Studentinnen, die er nach der kleinen Feier zum Semesterabschluss persönlich ansprach. Ob sie nachher noch gemeinsam etwas trinken gingen, fragte er, und Greta antwortete, sie müsse vor Mitternacht zuhause sein. Richard Wördehoff versicherte ihr, dafür zu sorgen, dass sie pünktlich sein werde, und alle konnten sehen, wie Greta in seinen Wagen einstieg.

Sie kehrte nach den Semesterferien nicht an die Universität zurück. Die massiven Bedenken ihres Vaters betrafen nicht nur den großen Altersunterschied, aber Greta wollte von alldem nichts hören. Ihrer Mutter war ohnehin egal, was sie tat; sie hatte das Studium der Tochter von Anfang an für eine Schnapsidee gehalten und war ob der Tatsache, dass Greta auszog, um den sicheren Ehehafen mit einem nicht mehr ganz so jungen Mann anzusteuern, eher erleichtert. Im Spätsommer, wenige Tage nach ihrem einundzwanzigsten Geburtstag, wurde Greta Richards Frau.

»Ein Mädchen wie du«, hatte er ihr ins Haar geflüstert, nachdem er ihr den Verlobungsring an den Finger gesteckt hatte, »habe ich immer gesucht.« Greta sonnte sich vor der Hochzeit noch weitere zwei Monate in Richards aufmerksamen Gesten, in seinen charmanten Komplimenten, die sie sich scheinbar mit nichts als ihrer Gegenwart verdiente, die sie zu nichts zwangen, bis sie in der Hochzeitsnacht unter ihm lag.

Einen Fehler wird sie nicht machen, das hat sie sich geschworen: Mit Klagen oder gar Details über ihre fürchterliche Ehe wird sie ihre Kinder nicht belasten. Die Töchter haben genug familiäres Elend mitbekommen. Selbstmitleidige Berichte über ein Lebensbündnis, dessen Traumbild bereits in der ersten Nacht zu bröckeln begann mit der Vermutung, dass hier zwei Menschen aufeinandergeprallt waren, die einander besser hätten meiden sollen, wollte und will sie ihnen nicht zumuten. Mit diesen Erinnerungen muss sie allein fertigwerden.

»Guten Tag, Frau Wördehoff!« An der Hotelrezeption lächelt ihr der ewig gleiche Portier entgegen, reicht nach wenigen Handgriffen die Karte nebst zwei eingegangenen Nachrichten und erkundigt sich, ob sie eine gute Anreise hatte. Greta nickt, während sie eine SMS in die Tastatur ihres Mobiltelefons tippt.

»Vierhundertacht, wie immer. Wann wünschen Sie morgen früh geweckt zu werden?« Greta dankt, sie wisse noch nicht genau, wie ihr Plan für den nächsten Tag aussehe, sie werde die Zeit später durchgeben, was den Mann kurz zu irritieren scheint. Der glaubt auch, ich bin eine perfekt durchorganisierte Maschine, die niemals aus dem Takt gerät, denkt sie, aber womöglich hat sie einfach nur wieder den Ton angeschlagen, den manche Mitarbeiter als »Wördehoffs Zickerei vom hohen Roß« bezeichnen. Das macht ihr nichts aus. Solange es allzu kontaktfreudige Mitmenschen in ihrem Umfeld auf Abstand hält und Angestellte dazu bringt, sich um Perfektion in der Erfüllung der ihnen gestellten Aufgaben zu mühen, erfüllt es seinen Zweck. ==Eine gut funktionierende Tarnung ist nicht das Schlechteste, auch wenn sie damit nicht alle Menschen für sich erwärmt.== Manchmal wäre sie trotzdem gerne wie Calva, der, wenn er im Betrieb auftaucht, den netten Seniorchef mit warmen Worten für jedermann geben kann. Als diejenige, die ständig mit der Optimierung der Geschäftsabläufe befasst ist, kann sie sich solche Gutmenschauftritte nicht leisten. Die Rollen sind klar verteilt: Calva wird verehrt und geliebt; Wördehoff wird gefürchtet und respektiert. Als Gesamtpaket funktionieren sie optimal, da sollte sie sich über ihren Part nicht beschweren. Sie als späte Quereinsteigerin muss ohnehin für den ihr entgegengebrachten Respekt härter arbeiten. Das ist in Ordnung.

Im vierten Stock kommt ihr der Verlagsvertreter entgegen, den sie bereits mehrfach im Sheraton getroffen hat.
»Na, gnädige Frau, auch wieder unterwegs?«
»Immer, Sie kennen das ja.«
Die altmodische Art, wie er »gnädige Frau« sagt, ist eigenartig, aber nicht unangenehm. Der kräftig gebaute Mann in den immer gleichen maßgeschneiderten dunkelblauen Hemden unterm perfekt sitzenden schwarzen Anzug, zu dem er hochwertiges Schuhwerk trägt, ist ihr sympathisch, seit Greta ihm das erste Mal im Hotelflur begegnet ist. Greta mag seine ruhige Ausstrahlung, seinen vom Kettenrauchen vergilbten Zeigefinger, die Geste, mit der er vor sich beim Frühstück dicke Bücher mit für sie unverständlichen Titeln aufschlägt, nicht ohne vorher säuberlich die Krümel vom Tisch zu fegen.

Als sie ihn vor Monaten einmal nachts an der Hotelbar hatte sitzen sehen, vom Qualm seiner nie verlöschenden Zigarette umwölkt und ausnahmsweise kein philosophisches Werk vor der Nase, hatte sie sich ihm, entgegen ihrer sonstigen Gewohnheiten, vorgestellt und nach dem Grund seines Hierseins gefragt. Erich Hausmann schien erfreut und berichtete, von gelegentlichen Hustenanfällen unterbrochen, über seine Tätigkeit als »Reisender in Sachen Kunst und Philosophie«. Nicht gerade ein einträgliches Geschäft, aber dennoch wirkte er nicht unzufrieden bei seinem »selbstredend aussichtslosen Kampf gegen die fortschreitende Verdummung unserer von Castingshows und Seifenopern eingelullten Gesellschaft«, wobei er ein warmherziges Lachen hinterherschickte, das Greta, die seinem Kulturpessimismus vorsichtig zu widersprechen versuchte, für ihn einnahm. Ob ihr Georg Simmels Abhandlung zur »Philosophie der Mode« bekannt sei, fragte Hausmann, nachdem er sich nach Gretas beruflichem Grund für ihre Dauerpräsenz in deutschen Hotels erkundigt hatte. Greta verneinte, sie sei eher praktisch mit Mode befasst, worauf er erneut lachte, sich dafür entschuldigte, dass er »es«, was auch immer er damit meinte, nicht lassen könne, und eine weitere Runde Pils für sie beide bestellte. Nur ein Zitat sei ihm gestattet, meinte er, Simmel hätte bereits im Jahr 1905 den schönen Satz geschrieben: »Es liegt aber der eigentümlich pikante, anregende Reiz der Mode in dem Kontrast zwischen ihrer ausgedehnten, alles ergreifenden Verbreitung und ihrer schnellen und gründlichen Vergänglichkeit, dem Recht auf Treulosigkeit ihr gegenüber.« Ob sie das auch so sehe? Greta bejahte und meinte, dass ihr das mit dem Recht auf Treulosigkeit gefiele, sie werde daran denken, wenn mit der üblichen künstlichen Aufregung die neue Kollektion vorgestellt werde. Leider verfüge sie nicht über die nötige Zeit, sich ausführlicher der philosophischen Auseinandersetzung mit dem Phänomen Mode zu widmen.

»Ist vielleicht auch besser so«, sagte Hausmann und lächelte milde.

Greta setzte zu einer Entgegnung an, entschied sich dann aber doch zu schweigen. Sie hatte keine Lust, sich auf eine Diskussion mit ihm einzulassen. Schon möglich, dass ihr Job oberflächlich war, dachte sie, aber nicht jeder konnte sich den Luxus erlauben, über Inhalte nachzudenken.

Nachdem der Kellner die frisch gezapften Gläser vor ihnen hingestellt hatte, erhob er seines, leerte es in einem Zug und bekam wohl erst beim Abwischen des Schaums von seiner Oberlippe mit, dass Greta wortlos aufgestanden war und die Bar verlassen hatte.

Am nächsten Morgen grüßte er sie mit der gleichen höflichen Distanziertheit wie immer, worüber Greta froh war. Sie beschloss, ihn weiterhin aus der Ferne zu mögen, und dies schien unausgesprochen auf Gegenseitigkeit zu beruhen.

Auch jetzt belässt Hausmann es bei einer unverbindlichen Frage nach dem »werten Befinden«, rasch angefügten »guten Wünschen für die Geschäfte« und verschwindet im Fahrstuhl.

Wir zwei Dauerreisenden wären ein interessantes Gespann, denkt Greta, und so entgegengesetzt sind unsere Aufgabenfelder auch wieder nicht. Er verkauft den Versuch, die menschliche Existenz zu deuten; ich versuche, sie schön einzukleiden.

Vom Besuch der Hotelbar wird sie heute Nacht trotzdem absehen.

Beim Betreten des Zimmers erwartet Greta der immer gleiche Obstkorb neben dem Blumengesteck auf dem Schreibtisch. Sie hebt den Rollkoffer auf den dafür vorgesehenen Platz, verstaut Kulturbeutel und Schminkutensilien im Bad, hängt zwei Blusen in den Schrank und wirft einen Blick auf die Nachrichten, die der Portier ihr ausgehändigt hat. In Budapest wünscht man eine Erweiterung des Sortiments im Bereich Accessoires, die Frankfurter Supervisorin schlägt eine Ergänzung der Gästeliste für die Feier zum zehnjährigen Bestehen des Shops vor und beschwert sich, zur Neueröffnung in Düsseldorf keine offizielle Einladung erhalten zu haben. Nichts, worum sie sich augenblicklich kümmern muss. Der Blick auf die Uhr sagt ihr, dass keine Zeit bleibt, eine Dusche zu nehmen.

»Sophia, ich bin's.«
»Mama, was gibt's?«
Manche sagen, die Stimme ihrer ältesten Tochter sei am Telefon nicht von der ihren zu unterscheiden, und Greta fragt sich,

ob auch bei ihr dieses leicht rauchige Timbre mitklingt, das sie am Klang von Sophias Stimme so mag.

»Ich bin in München, im Sheraton am Flughafen, und wollte mich einfach mal melden.«

»Das ist schön. Hast du viel zu tun?«

»Wir haben eine äußerst erfolgreiche Frühjahrssaison hinter uns gebracht und rackern uns nun ab, um das im Herbst noch überbieten zu können.«

»Ist das jetzt gut oder schlecht für dich?«

»Eher gut, würde ich sagen. Und bei dir?«

»Nichts Besonderes.«

»Können wir uns treffen? Wir haben uns so lange nicht gesehen. Vielleicht morgen früh?«

Die wenigen Sekunden Schweigen zu viel, um die sich Sophias Antwort verzögert, lassen Greta verunsichert die Luft anhalten.

»Ich habe um elf einen Termin, aber wenn du zu mir in die Stadt kommst, mache ich uns Frühstück.«

»Großartig! Gegen neun? Ist das zu früh?«

»Perfekt. Ich freue mich.«

»Wirklich?«

»Was soll die Frage? Alles in Ordnung mit dir, Mama?«

»Alles gut, entschuldige, ich vermisse nur in letzter Zeit manchmal meine Töchter und bin wahrscheinlich gerade dabei, mich in eine sentimentale alte Schachtel zu verwandeln.«

»Bleib locker, das steht dir besser. Klingelt da noch ein Telefon?«

»Mein Fahrer. Bis morgen, Liebes.«

»Wir sehen uns.«

»Sophia?«

Der lang gezogene Ton plärrt ihr das Ende der Verbindung ins

Ohr. »Bleib locker«, äfft Greta vor sich hin, während sie ihre Unterlagen zusammenrafft.

Beim Aufheben ihrer Handtasche fällt ihr der Terminkalender vor die Füße. Greta bückt sich, schlägt das morgige Datum auf und überkritzelt mit kräftigem Kugelschreiberstrich die Einträge von »8.00 h Tel. Ord. Hmbg.« bis »12.10 h Ende Besp. Mü.« »Klare Prioritäten setzen«, predigt sie ihren Shopleitern regelmäßig. Heute verschiebt sie die ihren und fühlt sich überraschend gut.

»Ich vermisse meine *Töchter*«, hatte sie zu Sophia gesagt, und die Zahl, die dabei in ihrem Kopf mitschwang, war drei gewesen. Ich vermisse alle meine *drei* Töchter, und nicht: Ich vermisse *dich!* Ihre kluge Älteste mochte genau das herausgehört haben. Fraglich, ob nach dieser Bemerkung das »ich freue mich« noch immer seine Gültigkeit hat. Sophia ist diejenige von uns, die am wenigsten zu egozentrischer Beleidigtheit neigt, denkt Greta und wundert sich. Da hat sich doch tatsächlich das Wort »uns« eingeschlichen.

Das Hoteltelefon meldet erneut den wartenden Fahrer.

Greta rennt auf dem Weg zum Aufzug beinahe in das Zimmermädchen, das sich gerade dranmacht, eine Putzkarre in die Nachbarsuite zu schieben.

»Haben Sie zufällig ein Aufladegerät dabei, Herr Langer?«, fragt Greta, als sie nach mehreren Stunden, die sie mit Mitarbeitergesprächen, Nachorder und Zwischenbilanzen zugebracht hat, wieder in den Wagen steigt. Der Chauffeur, der sie fast jedes Mal fährt, wenn Greta in München ist, verneint entschuldigend.

»Was soll's, dann müssen die Telefonate eben warten.«

Im Rückspiegel kann Greta sehen, wie Langer zustimmend nickt und ein lustiges Blinzeln hinterherschickt.

»Recht haben Sie, Frau Wördehoff. Soll ich Musik anmachen?«

»Nein, ich werde einfach eine halbe Stunde Stille genießen.«

»Ich kann langsam fahren, wenn Sie möchten. Ist für heute meine letzte Tour.«

»Fahren Sie wie immer, Herr Langer, ich werde um achtzehn Uhr erwartet, aber danke, sehr freundlich von Ihnen.«

Greta greift nach ihrer Ledermappe, legt sie nach kurzem Zögern wieder weg, streift die Pumps von den Füßen und lässt sich seufzend in die Sitze sinken. Sie sollte eigentlich die Fahrzeit zum Bearbeiten von Order oder Korrespondenz nutzen, denkt sie und dass irgendetwas irgendwie aus den Fugen geraten könnte, wenn sie sich weiter so hinreißen lässt. Aber das wirklich Besorgniserregende daran ist, dass es ihr für den Moment vollkommen egal zu sein scheint. Sie schließt die Augen, lässt sich von den ruhig dahinschaukelnden Fahrbewegungen der Limousine wiegen.

Ich sage einen Geschäftstermin ab, ohne ernsthaft krank zu sein. Stattdessen frühstücke ich morgen früh bei meiner ältesten Tochter.

Eigentlich das Normalste der Welt.

Bis zu sechzehn Stunden täglich ist sie an den meisten Tagen im Dienst, die Wochenenden verbringt sie größtenteils mit Eventplanung, Umbaumaßnahmen und der Entwicklung neuer Konzepte. Ein Privatleben ist nicht vorgesehen. Bislang kam ihr das entgegen.

»Supervisorin z.b.V.«, hatte Calva sich bei den ersten Personalüberlegungen für Greta ausgedacht und nennt sie gelegentlich heute noch »meine besondere Verwendung«.

Shopleitung, Sortimentsgestaltung, Präsentation, Warennachschub, Personal, Krisenmanagement, Kassenabrechnung, Inventur und mehr fiel mit dem »z.b.V.« in ihre Zuständigkeit. Ein halbes Jahr Intensivschulung bis zur Eröffnung, dann stand sie als Verantwortliche vor Ort zwischen den Regalen mit der ersten Calva-Airport-Kollektion und »lernte beim Machen«, wie Calva es gern ausdrückte. Greta ging vor sieben Uhr morgens aus der Wohnung und kam oft genug erst in der Nacht zurück. Sie fühlte sich dabei wunderbar. Die Umsatzzahlen sprengten sämtliche Erwartungen, man hatte, wie Bremer es bei den Feierlichkeiten zu »ein Jahr Calva-Airport« ausdrückte, einen Nerv getroffen: »Kosmopolitische Mode, Stilbewusstsein und Klarheit, verknüpft mit unkonventionellem Denken: eine Kollektion, die der in Leben und Beruf erfolgreichen Frau alle Möglichkeiten eröffnet.«

Greta war es gleich, in welch pathetische Worte die Festredner es packten; was sie interessierte, war der Erfolg, der nicht zuletzt auf ihr Engagement zurückging, und die Tatsache, dass Calva gewillt war, weitere Läden zu planen, die unter ihrer Regie aufgebaut werden sollten. Im Laufe von sieben Jahren eröffneten sie acht weitere Shops, und Greta hatte kaum Zeit, die große Altbauwohnung in bester Lage, an die sie über einen mit Calva bekannten Immobilienmakler gekommen war, fertig einzurichten. Wie im Rausch ging die Zeit dahin zwischen Flughäfen, Hotels, Showrooms, Modemessen, Personalgesprächen, Planungssitzungen, Events, wieder Flughäfen, wieder Hotels, immer so weiter.

Nachdem Calva seinen ersten Herzinfarkt hatte, zog er sich mehr und mehr aus dem täglichen Geschäft zurück und überließ es fortan Greta, ihn regelmäßig über den Stand der Dinge zu informieren.

Die nicht eingereichten Urlaubstage belaufen sich auf über hundert, sie hat aufgehört, darüber Buch zu führen. Daran, ihre wöchentlichen Arbeitsstunden zu zählen, hat Greta nie gedacht. Ihr ist es gut damit ergangen, sich völlig von einem Job vereinnahmen zu lassen, der auf sie und ihre Fähigkeiten maßgeschneidert ist, der Talente zum Vorschein gebracht hat, von denen sie die ersten vierzig Jahre ihres Lebens nicht einmal geahnt hatte, dass sie über sie verfügt. Noch immer geht sie so gut wie jeden Morgen dankbar aus dem Haus. Der Gedanke, »Zeit für mich selber« einzufordern, wie manche Kollegen es gelegentlich taten, stets mit dem gleichen seufzend-bedauernden Tonfall, war ihr bislang fremd. Was sollte das überhaupt heißen? Ihre Arbeit tun zu dürfen empfindet sie als Privileg, von dem Dispens zu erbitten ihr beinahe ungehörig vorkommt.

Ich bin mein Job. Merkwürdig, dass dieser Satz, der bis letzte Woche noch leicht über ihre Lippen ging, heute einen fremden Beigeschmack hat. Ein Baustein hat sich auf unerklärliche Weise verschoben, um eine Nuance bloß, aber man wird eventuell die Statik des gesamten Gebäudes neu berechnen müssen.

Da ist ein Foto, auf das Marta keinen Blick werfen wollte, der kastanienbraune Haarschopf, dem sie heute Morgen unreflektiert gefolgt ist, alte Szenen und Bilder, die aus längst vergessen geglaubten Winkeln hervorgekrochen kommen, Mütter, Töchter, vier Frauen, die ein Gespräch aufnehmen sollten, das sie vor langer Zeit versäumt haben.

Ich brauche keine Zeit für mich selbst, aber vielleicht gibt es Wichtigeres zu tun als dies hier.

Greta fasst sich an die Stirn, versucht den Schwindel aufzuhalten, der in ihre Schläfen vordringen will.

»Könnte ich bitte ausnahmsweise in Ihrem Wagen ...« Hektisches Hupen in verschiedenen Tonlagen verschluckt das Ende des Satzes.

Ich bin müde.

Vielleicht sollte sie Calva vorschlagen, dass sie eine weitere Kraft einarbeitet, jemand Jüngeren, der sukzessive einen Teil ihrer Aufgaben übernehmen könnte, bevor ihr doch einmal die Kräfte schwinden. Aus ihrer Stelle lassen sich ohnehin zwei machen, das hat selbst Seebacher junior neulich zugegeben. Die Pläne für einen weiteren Shop liegen bereits auf ihrem Schreibtisch, der Konzern scheint zu glauben, dass Gretas Tag über doppelt so viele Stunden verfügt wie der anderer Arbeitnehmer. Immerhin, denkt Greta, werde ich bald neunundfünfzig. Wer weiß, wie viel Zeit mir noch bleibt. Ein Job ersetzt keine Menschen, ein Mensch ist kein Job.

»Stau!«

Der Fahrer lässt mit einem Klatschen die Handflächen auf seine Oberschenkel fallen.

»Tut mir leid, Frau Wördehoff, aber um diese Uhrzeit ...«

»Ist nicht so schlimm, Herr Langer, meine Mitarbeiter kommen dann eben mal ohne mich zurecht.«

Langer lächelt erfreut in den Rückspiegel, lässt die Fensterscheiben herunterfahren und reicht Greta eine Packung Gauloises nach hinten. Sie rauchen schweigend, während die Limousine sich im Schritttempo über die Stadtautobahn schiebt.

Mit mehr als einer Stunde Verspätung betritt Greta den Calva-Shop im überfüllten Terminal 1 und fragt den nicht wenig erstaunten Betriebsleiter, warum er nicht bereits mit der Besprechung angefangen habe.

»Nun, ich dachte, ohne Sie ...«

»Wir sollten einmal gemeinsam mit der Konzernleitung überlegen, Herr Fischer, wie wir den einzelnen Shopleitern vor Ort mehr Entscheidungsbefugnis einräumen können. Schließlich kann ich nicht überall gleichzeitig sein, und ab und zu bin auch ich entbehrlich.«

Der hochgewachsene Mann, den Greta vor etwa vier Jahren

bei der Konkurrenz abgeworben hat, widerspricht höflich, zeigt sich aber doch angetan. »Es wäre eine Überlegung wert, schon allein zu Ihrer Entlastung.«

»Na ja, noch bin ich ja ganz gut beisammen.«

»So war das doch nicht gemeint, Frau Wördehoff!«

»Schon gut, Herr Fischer, war ein Scherz. Lassen Sie uns einfach unsere Arbeit machen. Was liegt denn bei Ihnen an?«

Nachdem der Shopleiter, wie immer bestens vorbereitet, die einzelnen Themen von seiner Liste abgelesen hat, wirft Greta einen Blick in die Bilanz, notiert sich hier und da etwas und schüttelt den aufkommenden Gedanken ab, dass ihr Gegenüber von seiner Ausbildung her wesentlich qualifizierter wäre als sie. Calva würde ihr jetzt sicher einen seiner Vorträge halten über Qualifikation im Allgemeinen und Begabung im Speziellen, ergriffe die Gelegenheit, ein weiteres Mal die Geschichte seiner Anfänge zum Besten zu geben. Wie er, ein kleiner Schneider, im Atelier seines Vaters die Damen der wohlhabenden Bürger eines Pariser Vororts mit innovativen Schnitten beglückte, um dann mit Cleverness, Fleiß und Kreativität nach und nach eine Nische in der Hauptstadt der Mode zu erobern, die er zu einem Weltkonzern ausbauen konnte. Calva würde Greta verbieten, sich mit jemandem zu vergleichen, der auf dem Papier vielleicht besser ausgebildet war, er würde sagen, was sie zu einer so besonderen Mitarbeiterin mache und dass sich ebendies in keiner Schulung vermitteln ließe.

»Frau Wördehoff?«

»Ich höre, Herr Fischer. Sie haben Probleme mit dem Warenwirtschaftssystem. Was kann ich da für sie tun?«

Als Greta gegen zweiundzwanzig Uhr erschöpft die Hotellobby durchquert, grüßt der Nachtportier über den Rand seines Bildschirms, ohne zu ihr hinzusehen. Auf dem Weg zum Aufzug erkennt sie weiter hinten an der Bar den rauchumwölkten Rücken des Vertreters, zögert kurz und drückt auf den Knopf für den vierten Stock. Im Zimmer angekommen, streift sie die Kleider ab, dreht die Dusche auf, lässt volle zwanzig Minuten Wasser über ihren Körper laufen, bis ihr einfällt, dass sie seit mittags versäumt hat, ihre Mailbox abzuhören. In den weichen Hotelbademantel gehüllt, lässt sie ihren Laptop hochfahren, während Katharinas Stimme an ihr Ohr dringt, die weinerlich fragt, warum sie nicht zurückgerufen werde. Sie sei gestern bei ihrem Vater im Krankenhaus gewesen, es ginge ihm sehr schlecht. »Papa liegt im Sterben«, jammert sie, ob die Mutter nicht endlich ihren Frieden mit ihm machen wolle, er sei wirklich sehr elend und bedaure alles von Herzen. Greta legt auf, bevor Katharina fertig ist, löscht eine weitere Nachricht, ohne sie vorher anzuhören.

Frieden schließen mit Richard, die Kleine muss übergeschnappt sein. Ein Bedauern seinerseits ist so glaubwürdig wie die Ankündigung von Steuerbefreiung für den Einzelhandel. Weder sie noch er brauchen diesen Frieden, zum Leben oder zum Sterben, je nachdem. Im Übrigen: Es ist nicht das erste Mal, dass sie eine Nachricht über den lebensbedrohlichen Zustand ihres Exmannes erreicht, und jedes Mal hat er sich wieder aufgerappelt. Richard ist zäh, so schnell stirbt er nicht. Und wenn schon. Sie hat hart dafür gekämpft, dass sie das nichts mehr angehen muss. Katharina ist seine Tochter, sie mag sich Sorgen machen, aber ein Ende Richards wäre sicher für alle, ihn selbst eingeschlossen, eine Erlösung. Der beruhigende Gedanke, dass er vielleicht nie wieder die Kraft haben wird, sich auf den Weg zu ihr zu machen; sie braucht ihren Wagen bei Nacht nicht mehr im Halteverbot direkt vor der Haustür abzustellen; sorglos kann sie ein paar Minuten durchs Dunkel gehen, wenn sie Lust dazu hat, ohne panisch auf sich nähernde Schritte zu achten, Gretas Name könnte gefahrlos wieder im Telefonbuch stehen.

»Wie herzlos du bist«, hatte ihr die Jüngste bei einer früheren Gelegenheit vorgeworfen, als es um die Krebserkrankung Richards ging und Greta jegliche Anteilnahme verweigert hatte. »Was ihn angeht, stimmt das«, war Gretas Entgegnung gewesen.

Katharina hatte sich abgewendet und hinter einen Berg vollgeheulter Taschentücher zurückgezogen. Greta war nicht in der Lage gewesen, auch nur versuchsweise mit einem Wort des Trostes herauszurücken, sie hatte keine mitfühlenden Worte für Katharina, jedenfalls nicht, was Richard betraf. Nach ihrem Auszug aus dem gemeinsamen Haus war Katharina drei Mal zu ihm zurückgekehrt und hatte jeweils nach einigen Wochen wieder zerknirscht bei Greta vor der Tür gestanden, wenn der Vater im Suff etwas zertrümmert, ihr Männerbesuch untersagt oder den Geldhahn aufgrund irgendeines Fehlverhaltens abgedreht hatte. Die Tochter wurde stets kommentarlos wieder aufgenommen, aber der Geschmack von Verrat ließ sich nicht tilgen.

Soweit Greta weiß, ist auch die Wohnung, die Katharina derzeit bewohnt, ein Geschenk des Vaters. Entweder hat sie sich kaufen lassen, oder … Was? Ihr kann das eigentlich egal sein.

Herzlos. Das mag stimmen, aber es kümmert sie nicht. Gefühlslöcher, die einer eigenen undurchschaubaren Logik folgen, aber helfen bei dem Versuch, nicht verrückt zu werden.

Arme kleine Kati. Sie sieht glückliche Familien in der Werbung und glaubt, es müsste ein Rezept zu finden sein: Für den Pudding ebenso wie für die heile Welt. Man muss nur wollen, es riecht nach warmer Schokolade und »piep, piep, piep, alle ha'm sich lieb…«

Soll er doch verrecken.

»Oh!«

Sie schätzt den fremden nassen Mann, der lächelnd und mit nichts als einem Handtuch bekleidet vor ihr steht, auf etwa Anfang zwanzig Er sieht gut aus, wenn auch nicht auf klassische Weise schön: groß gewachsen, schmale Hüften, das Kinn etwas zu breit, die Augen ein wenig zu nah beieinander, aber ausdrucksvoll. Angezogen könnte der etwas hermachen, denkt Greta und sagt: »Ist Sophia da?«

»Unter der Dusche.«

»Darf ich hereinkommen?«

Mit einladender Geste tritt der Mann zur Seite und schließt hinter Greta die Tür.

»Kaffee?«

Bevor Greta antworten kann, ist er an ihr vorbeigeschlüpft. Die Abdrücke seiner Füße ziehen eine feuchte Spur zur Küche.

»Hallo Mama!«

Sophia steht, mit einem ausgeleierten T-Shirt bekleidet, in der geöffneten Badezimmertür und rubbelt sich mit einem Handtuch in der gleichen Farbe wie jenes, das ihren Besucher, oder was auch immer er ist, nur notdürftig verhüllt, die blonde Mähne.

»Guten Morgen, störe ich?«

»Wir sind doch verabredet. Nick geht gleich.«

»Nick?«

»Er schreibt gerade bei mir seine Magisterarbeit über die poetologischen Grundaussagen im Briefwechsel Uwe Johnssons.«

»So nennt man das also.«

Das freundliche Lachen hinter Greta klingt eine Oktave tiefer als erwartet. Der angehende Magister, inzwischen mit einem eindeutig feminin anmutenden Bademantel angetan, reicht ihr eine dampfende Tasse. Sophia geht einige Schritte auf Greta zu, haucht ihr einen Kuss an der Wange vorbei.

»Habt ihr euch nicht vorgestellt?« Ihre Stimme klingt ungehalten.

»Bis jetzt noch nicht. Greta Wördehoff, ich bin Sophias Mutter.«

Er ergreift Gretas Hand und schüttelt sie herzlich.

»Angenehm! Ich bin Nick, bis vor einigen Stunden war ich noch nichts als Frau Doktor Wördehoffs Student.«

»Das bist du immer noch!«

Nick scheint sich nichts aus Sophias Zurechtweisung zu machen, sagt, er werde sich mal rasieren, wirft ihr auf der Schwelle zum Bad einen Handkuss zu und dreht pfeifend den Wasserhahn auf.

Sophia schüttelt den Kopf. »Der soll sich bloß nichts einbilden.«

»Wieso, er scheint doch ganz nett zu sein.«

»Ist er auch, leider, und wirklich brillant.«

»Worin?«

Sophias Miene heitert sich auf: »Also wirklich, Mama!«

Greta grinst zurück und hält Sophia die Tüte mit den Brötchen und die Prosecco-Flasche entgegen, die sie auf dem Weg erstanden hat.

»Das ist aber nett! Bring das schon mal in die Küche, ich ziehe mir rasch etwas an.«

Zwei Weingläser stehen auf der Spüle, daneben Pappkistchen mit Resten von japanischem Essen, ein Korken schwimmt in einer Pfütze, die Greta als mit Reiskrümeln durchsetzte Sojasauce definiert, bevor sie sie in den Ausguss schüttet.

»Du musst hier nicht aufräumen!«

»Weiß ich.«

Sophia hat sich ein leichtes Baumwollkleid übergezogen, das Haar mit dem Handtuch zu einem Turban gedreht, der ihr ein exotisches Aussehen verleiht. Wie schön meine Tochter ist, denkt Greta und beginnt die Teller auf dem Tisch zu verteilen. Sophia nimmt ihr den dritten aus der Hand. »Wir sind zu zweit. Nick verschwindet.«

»Ich wollte wirklich nicht stören.«

»Du störst nicht! Höchstens mit solchen Bemerkungen.«

»Entschuldige.«

»Damit auch.«

Greta seufzt, nimmt den Brotkorb von der Anrichte, schüttet die Brötchen hinein. Sophia legt ihr die Hand auf die Schulter und stellt das Honigglas neben ihren Teller.

»Finde dich damit ab, dass ich mich freue, dich zu sehen, Mama.«

Sophias Lächeln wärmt sie. Greta schließt zwei Wimpernschläge lang die Augen, wünscht sich, diesen Moment einfrieren zu können, zum Mitnehmen.

Bin ich froh, dass es dich gibt!

Nie würde sie es wagen, diesen Satz auszusprechen. Er würde die Tochter sofort zurück hinter den Panzer aus Lässigkeit und Ironie treiben, den abzulegen sie sich so gut wie nie erlaubt.

»Kopfschmerzen«, sagt sie stattdessen, »habe die halbe Nacht gearbeitet.«

»Willst du Aspirin?«

»Danke, geht schon.«

Sophia fischt sich ein Brötchen aus dem Korb, schneidet es auf und beginnt, Butter darauf zu schmieren. So sollte es öfter sein, denkt Greta: ein Zimmer voll morgenmüder Stille, die nach Kaffee und frischen Brötchen duftet, in der nichts weiter zu geschehen hat, als dass zwei Frauen gemeinsam ein Frühstück einnehmen.

Im Flur knallt eine Tür, und Nick steht frisch rasiert vor ihnen, nunmehr mit Jeans und einem T-Shirt angetan, das seine besten Tage eindeutig hinter sich hat.

»Ich mache mich auf den Weg. Wir sehen uns eines schönen Tages im Seminar, Doc. Vermutlich darf ich nicht darauf hoffen, dich diese Woche nochmals dazu überreden zu können, meine Literaturliste mit mir durchzugehen?«

»Wir haben eine klare Absprache. Geh jetzt bitte!«

»Frau Wördehoff, es hat mich gefreut, Sie kennen zu lernen. Unter den gegebenen Umständen erscheint es mir allerdings anmaßend zu sagen: ›Auf Wiedersehen‹. Schade.«

»Hat mich auch gefreut, Nick, machen Sie's gut.«

»Ich mach's immer gut!«

Sophia verdreht entnervt die Augen.

»Raus!«

Nick verneigt sich theatralisch, schultert eine abgewetzte Ledertasche, in der sich allerhand Papier zu befinden scheint, und dreht sich auf dem Absatz seines Turnschuhs um. Durch den Flur erklingen sauber gepfiffen die ersten Takte von »No women no cry«, von der Wohnungstür her tönt noch einmal seine tiefe Stimme bis in die Küche: »Und danke für die Nacht!« Scheppernd fällt die Tür ins Schloss und verkündet Nicks endgültigen Abgang.

Sophia stöhnt. »Ich bin so bescheuert!«

»Gar nicht. Wie alt ist er?«

»Zehn Jahre jünger, falls du das sagen wolltest.«

»Fragen, nicht sagen. Es ist deine Sache, mit wem du … ich meine … entschuldige … kann ich noch Kaffee?«

Sophia nähert sich mit der Kanne, gießt Greta und sich ein, reicht Milch und Zucker. Aus dem Turban hat sich eine dicke Strähne gelöst, die kurz ins heiße Schwarz von Gretas Tasse eintaucht.

»Du hast dieselbe Haarfarbe, wie ich sie früher hatte.«
»Ich dachte, deine wären heller gewesen.«
»In natura waren sie genau wie deine.«

Hastig stopft sich Sophia die Locke unter den Turban, wobei er derart ins Wanken kommt, dass ihr das Handtuch vom Kopf gleitet. Achtlos wirft sie es auf einen freien Stuhl und steckt sich die noch feuchten Haare mit einer Spange hoch.

»Ich war immer froh, dass ich deine blonden Locken abbekommen habe. Ich frage mich, warum du deine seit Jahren so zurechtmachen lässt. Versteh mich nicht falsch; du siehst klasse aus, aber man erkennt dich auf den alten Fotos nicht wieder.«

»Das ist gut!«

Sophia nickt. »Verstehe.«

Das Geräusch von Zähnen, die sich in knusprige Brötchenkrusten bohren, während das Schweigen langsam seinen Klang verändert. Was vor Minuten noch schön und einfach war, nimmt an Schwere zu. Die Peinlichkeit, die einen dazu bringt, die Stille mit überflüssigen Worten zu beenden, um ihrem Sog zu entkommen, erreicht zuerst bei Greta ihren Höhepunkt.

»Was macht eigentlich dieser Journalist, mit dem du im vergangenen Jahr zusammen warst?«

Falsche Frage, denkt Greta, aber Sophia scheint daran keinen Anstoß zu nehmen.

»Henk. Wir sind immer noch zusammen, irgendwie. Er ist für ein halbes Jahr in Amsterdam, recherchiert für ein Buchprojekt.«

»Klingt interessant.«

»Klingt nach Fernbeziehung.«

Greta ist über Sophias Kichern so erleichtert, dass ihr eigenes eine Spur zu schrill gerät.

»Ich finde das mit dem Jungen nicht problematisch. Warum sollst du nicht deinen Spaß haben?«

»Na ja.«

»Kompliziert?«

»Vergiss es einfach. Nimmst du noch eins?«

Sophia schiebt ihr den Korb mit den Brötchen zu, beginnt sich selbst ein weiteres aufzuschneiden. Etwas Lebendiges schmiegt sich an Gretas Beine. Erschrocken fährt sie von ihrem Stuhl auf, was das kleine Tier dazu bringt, mit einem Satz auf die Anrichte zu springen.

»Seit wann hast du eine Katze?«

»Kater. Er gehört Henk. Ich habe ihn nur zur Pflege, ein gefräßiges, eigensinniges Biest.«

Greta nähert sich langsam, streckt die Hand aus, krault den Kater hinter den Ohren, der sich das schnurrend gefallen lässt. Als sie wieder zu ihrem Stuhl zurückkehrt, läuft er mit erhobenem Schwanz neben ihr her und installiert sich umgehend auf Gretas Schoß, als wäre dieser Platz von jeher seiner.

»Schönes Tier. Wie heißt er?«

»Olivier. Er scheint dich zu mögen.«

»Ganz meinerseits, Olivier, willst du ein Stück Fleischwurst?«

»Hast du uns nicht immer verboten, die Hunde vom Tisch zu füttern?«

»Katzen kann man sowieso nicht erziehen.«

»Aber *ver*ziehen schon.«

Der Kater klärt die Lage mit einem gezielten Hieb, der Greta das Stück Wurst aus der Hand schlägt und einen tiefen Kratzer am Zeigefinger hinterlässt.

»Ich hab dich gewarnt: er ist ein Monster!«

»Macht nichts.«

Greta steckt kurz den Finger in den Mund, wickelt ein Papiertaschentuch um die blutende Kuppe. Olivier rollt sich ungerührt

wieder auf ihren Knien zusammen, nimmt erneut sein lautes Schnurren auf, während Greta ihm mit der anderen Hand über den hellen Rücken streicht. Wohlig streckt er eine seiner dunkel abgesetzten Pfoten aus, reibt seine Schnauze, die eine gleichmäßig ausgeformte schokoladenbraune Maske ziert, an Gretas Bauch. »Ja, du bist ein Schöner!«
»Er hat dich gerade verletzt!«
»Ach, der kleine Kratzer. Orientalische Katzen sind eigen. Die meisten von ihnen benehmen sich reichlich verrückt. Aber sie sind die Schönsten, die es gibt, und das dürfen sie gnadenlos ausnutzen. Man kann ihnen nicht böse sein.«
Sophia verzieht die Mundwinkel und schüttelt den Kopf.
»Ich hol dir ein Pflaster.«
Während Sophia in einer Schublade kramt, lässt Greta ihren Blick durch den Raum schweifen, betrachtet an den Kühlschrank gepinnte Postkarten mit den üblichen Sonnenuntergangsszenarien über fernen Meeren, einer nächtliche Ansicht von Los Angeles, »Greetings from Amsterdam«, eine nach bretonischer Felsküste aussehende Landschaft. Darunter sind mehrere Fotos angebracht, die sie gerne näher betrachten würde.
»Hier. Geht das?« Sophia schiebt sich ins Blickfeld, reicht ein Stück Pflaster mit merkwürdig hölzerner Geste. »Oder soll ich ...?«
»Ich mach das schon, danke.«
Als Greta den Streifen um ihren Finger klebt, glaubt sie Erleichterung in Sophias Zügen zu entdecken. Was wäre so schlimm daran gewesen, wenn die Tochter ihr den Finger verbunden hätte, fragt sie sich.
»Kann kein Blut sehen«, murmelt Sophia, als hätte sie ihre Gedanken gelesen, und lächelt verlegen. Greta lächelt zurück, schluckt die Idee einer absurden Entschuldigung rechtzeitig hi-

nunter und sieht Sophia zu, die sich daranmacht, ihr Frühstück fortzusetzen.

An der gegenüberliegenden Wand entdeckt Greta eine Maske aus Ebenholz, die ihr bekannt vorkommt. Eine leichte Asymmetrie gibt dem ansonsten friedvollen Gesicht eine Innenspannung, die ebenso verstörend wie faszinierend ist. Die lang gezogene Nase über dem viel zu kleinen Mund, die Augen groß und mit zwei Schlitzen versehen, könnten einen Zustand zwischen Trance und Schlaf andeuten. Vielleicht hätte sie sich mehr mit der Baoulékunst beschäftigen sollen, als noch Gelegenheit dazu war, denkt Greta. Sie hat Jahre in diesem Land verbracht, umgeben von Masken, Statuetten, kunstvoll gewebten Stoffen, Goldgewichten, Elfenbeinschnitzereien, aber nie auch nur den Versuch unternommen, die einfachsten Zeichen zu lesen.

»Hing die nicht …?«

Sophia folgt ihrem Blick, nickt und wischt sich einen Marmeladenklecks vom Kinn.

»Im alten Wohnzimmer, ja. Ich habe sie neulich in Vaters Keller gefunden und mitgehen lassen. Als ich klein war, hat sie mir immer Angst gemacht. Jetzt mag ich sie ganz gerne.«

»Hast du viel Kontakt zu ihm?«

Die winzige Bewegung, mit der Sophia ihre Schultern krümmt, die Falten, die sich zwischen ihren Augenbrauen bilden. In Gretas Magen krampft sich etwas zusammen, falsch, denkt sie, wieder falsch, und hält den Atem an.

»Eher selten, zum Geburtstag, zu Weihnachten, nicht der Rede wert. Wieso interessiert dich das?«

Greta atmet langsam aus, bemüht sich, möglichst lässig die Serviette zu einem Quadrat zu falten.

»Einfach so. Hast du ihn in letzter Zeit gesehen?«

»Kati rief bei mir an, heulte mir die Ohren voll, wie schlecht es Papa geht, dass sie nicht weiß, was sie mit ihm machen soll. Ich habe ihr gesagt, sie soll doch einfach die Ärzte machen lassen, was die für richtig halten, dem Alten sei so am besten geholfen. Musste mir daraufhin mal wieder anhören, was für eine herzlose Person ich bin.«

»Tröste dich, das habe ich letztens auch vorgeworfen bekommen.«

»Was ihn angeht, hast *du* jede Berechtigung dazu. Letzte Woche bin ich in der Klinik vorbeigefahren, weil ich in der Nähe war. Kein schöner Anblick, aber das erspare ich dir lieber.«

Greta setzt sich ruckartig gerade, was den Kater dazu veranlasst, mit einem empörten Maunzen seine Krallen haltsuchend in ihre Oberschenkel zu schlagen.

»Du hast ihn erst vor ein paar Tagen besucht?«

»Herrgott, jetzt bleib mal locker! Warum fragst du überhaupt?«

»Ich weiß es selbst nicht.«

»Dir braucht er nicht leidzutun, aber ich bin immer noch seine Tochter, auch wenn er ein Arschloch war.«

»War?«

»Jetzt ist er ein Haufen Elend. Lass uns lieber nicht von ihm sprechen. Das bringt nichts, hat noch nie etwas gebracht.«

Greta nickt und kann dennoch nicht verhindern, dass ihr der nächste Satz über die Lippen kommt.

»Katharina hat mir gestern eine Nachricht hinterlassen, in der sie sagte, er wünscht, seinen Frieden mit mir zu machen.«

Sophia zuckt mit den Schultern. »Kann ich mir nicht vorstellen.«

Sie erhebt sich, wie um deutlich zu machen, dass dieses Gespräch nun definitiv zu Ende ist, und beginnt ihr Gedeck zusammenzuräumen. »Bist du fertig?«

»Ja.« Greta greift nach ihrem Teller, gibt Olivier einen sanften Schubs und trägt Butter und Marmelade zum Kühlschrank. Eines der Fotos zieht ihre Aufmerksamkeit auf sich: leicht vergilbt vor dem üppig blühenden Hintergrund einer Hibiskushecke: zwei Mädchengesichter, ihre Mädchen, kaum älter als fünf oder sechs Jahre, Sophia und Marta, eine blond, eine dunkel, beide über einen winzigen Gegenstand gebeugt, der in Martas Hand den Blicken der Betrachterin verborgen bleibt. Olivier startet an Gretas Waden einen weiteren Annäherungsversuch, während ihr das Herz bis zum Hals schlägt.

»Das ist Marta!«

»Marta und meine Wenigkeit, wenn man's genau nehmen will.«

»Ihr beide. Woher hast du das Bild? Und warum …?«

Energisch zieht Sophia die Kühlschranktür auf und damit das Foto aus Gretas Reichweite. Die Frage bleibt im Raum, verfängt sich im Geklapper von Flaschen und Marmeladengläsern, die Sophia etwas zu hastig und geräuschvoll in den vollgestopften Fächern unterzubringen versucht. Während sie mehrmals zum Tisch geht, macht sie keine Anstalten, die Tür wieder zu schließen, lehnt sich, als es schließlich nichts mehr wegzuräumen gibt und jeglicher Vorwand für einen offen stehenden Kühlschrank beseitigt ist, wie beiläufig mit dem Rücken dagegen.

»Du kannst gerne hier drin rauchen, mir macht das nichts aus.«

Sie deutet auf den Aschenbecher, der am anderen Ende des Raums auf der Fensterbank steht.

»Danke. Ich mache das Fenster auf.«

»Lieber nicht. Der dusselige Kater ist mir letzte Woche rausgesprungen, und ich habe fast eine halbe Stunde gebraucht, bis ich ihn unter einem parkenden Auto hervorgezerrt hatte.«

»Ich passe auf.«

Greta holt die Zigarettenpackung aus ihrer Handtasche, schlendert zum Fenster, den Kater stets an ihren Fersen. Ein leichter Wind weht herein, als sie den rechten Flügel öffnet und die erste Wolke ihrer frisch angezündeten Zigarette in Oliviers Richtung bläst, der sich beleidigt davonmacht. Mühsam unterdrückt sie den Impuls, dem Tier zu folgen, es um Vergebung zu bitten oder ihm mehr Wurst zukommen zu lassen, damit er sie wieder mag. Das ist bloß eine Katze, denkt Greta, nichts weiter als ein leicht übergewichtiger Siamkater, es kann mir egal sein, ob er mich liebt oder nicht. Ihre Lungen füllen sich mit Rauch. Von draußen dringt das Geräusch eines monoton gegen die Hauswand getretenen Balls herein, Kindergelächter, weiter weg das Heulen eines Notarztwagens. Greta schaut auf die Uhr. Noch etwa zehn Minuten, dann sollte sie sich ein Taxi rufen. Bis zum Flughafen muss sie eine knappe Stunde einplanen, wenn sie ganz sichergehen will. Sophia verschwindet im Bad, taucht kurz darauf frisiert wieder auf.

»Musst du los?«

»Bald.«

»Ich wollte mir gleich ein Taxi rufen.«

Greta zündet sich eine weitere Zigarette an. Der Kater hat sich auf den Esstisch gesetzt, den dunklen Schwanz elegant um die Vorderpfoten gelegt. Seine blauen Augen sind streng auf Greta gerichtet, die den Blick abwendet. Schleim liegt auf ihren Stimmbändern, als sie zum Sprechen ansetzen will, sie räuspert sich, hustet rau und heftig.

»Du solltest weniger rauchen.«

»Ich überlege, ob ich Kontakt zu Marta aufnehmen sollte.«

Sophia setzt sich neben Greta auf die Fensterbank, zieht ihre Knie zum Kinn. »Mach doch.«

»Wie: mach doch?«

»Was soll ich denn sonst sagen?«

»Hast du es mal versucht?«

»Nein.«

»Warum eigentlich nicht?«

Sophia lässt ihre Beine von der Fensterbank gleiten, fährt unwirsch mit der Hand durch die Luft.

»Hör zu, Mama, wenn du dich um Marta bemühen möchtest, finde ich das in Ordnung. Meinen Segen – den du selbstverständlich nicht dazu benötigst – hast du, aber ansonsten möchte ich mich da raushalten. Marta ist gegangen, wollte nichts mehr von uns wissen, das habe ich zu respektieren. Ich laufe niemandem hinterher. Sie hat sich aus dem Staub gemacht und uns den ganzen Scheiß überlassen. Vielleicht musste sie das tun, was kümmert es mich, das ist ihre Sache. Ich kann mir mit dieser alten Geschichte keinen neuen Stress machen.«

Fahrig greift sie sich ihren Rucksack, stopft Schlüssel, Kalender und einen Schnellhefter hinein, wirft ihn in Richtung Tür. Als sie sich Greta wieder zuwendet, verflüchtigt sich der Zorn langsam aus ihrem Gesicht, als würde der Sommerwind, der jetzt stärker hereinweht, sie milder stimmen.

»Martas Telefonnummer kann ich dir geben, aber frag mich nicht, woher ich die habe.«

Gretas Augen füllen sich mit Tränen. »Aber das Foto«, flüstert sie.

»Hat keine Bedeutung!«

»Es ist alles meine Schuld!«

»Mama, das ist Blödsinn!«

Sophias Stimme klingt erschrocken. Sanft legen sich ihre Hände auf Gretas Schultern. Während Greta sich die Nase putzt, breitet sich eine Mischung aus Unsicherheit und Ärger in Sophias Zügen aus. »Nicht weinen, bitte!«

»Entschuldige, Kleines, ich höre schon auf.«

Erleichtert rückt Sophia von Greta ab, versucht sich an einem aufmunternden Lächeln, das ihr nicht recht gelingen will.

»Gut! Ist besser, wenn du das gelassen angehst.«

»Sicher.«

Sophia verlässt den Raum, kommt mit einem schräg vom Block abgerissenen Stück Papier zurück, faltet es zweimal und drückt es Greta in die Hand. »Hier.« Sie klopft ihr kurz auf den Oberarm, als gälte es, einen überspannten Vollblüter zu beruhigen.

»Und du meinst, ich sollte es versuchen?«

»Keine Ahnung, warum nicht? Aber pass auf dich auf, und lass dir nicht wehtun.«

»Manchmal muss man sich Schmerz zufügen lassen …«

Das verächtliche Schnauben formt Sophias Gesicht für eine Sekunde zur Fratze, vor der Greta beinahe zurückgewichen wäre.

»Katharina hat mir dringend abgeraten.«

»Ach, Kati, was weiß die schon. Ich durchschaue nicht, was für ein Spiel sie spielt. Ich will ihr nichts unterstellen … Wie gesagt: ich halte mich da raus. Tu einfach, was *du* für richtig hältst.«

Greta nickt. »Rufst du mir ein Taxi?«

»Ich bringe dich hin, um die Ecke ist ein Taxistand, der liegt auf meinem Weg.«

Greta schließt sorgsam das Fenster, während Sophia ihre restlichen Sachen zusammensucht. Olivier hockt noch immer auf dem Küchentisch, weicht vor Gretas Hand zurück, als sie versucht, ihn im Vorübergehen zu streicheln.

Sophia grinst.

»Mach dir nichts draus, der leidet unter Stimmungsschwankungen, die jedem Hysteriker Ehre machen würden.«

Greta fühlt sich ertappt, ärgert sich gleichzeitig darüber und sagt gequält: »So sind sie eben.«

»Katzen oder Hysteriker?«

»Beide.«

Sie verlassen die Wohnung mit einem gemeinsamen Lachen. Immerhin, denkt Greta und fühlt nach dem Zettel in ihrer Handtasche.

Zweieinhalb Tage später steigt sie müde die vier Stockwerke zu ihrer Wohnung hinauf, der Rollkoffer holpert von Stufe zu Stufe, unter der Achselhöhle klemmt ein Stapel Post, mit der Linken umklammert sie einen halbvollen Pappbecher mit dem fade schmeckenden Kaffee aus dem Coffeeshop im Nachbarhaus. Um an das vibrierende Handy in ihrer Jackentasche heranzukommen, bräuchte sie einen weiteren Arm. Beim nächsten Umzug, denkt Greta, wähle ich ein Haus mit Aufzug, man wird nicht jünger. Vor der Wohnungstür fischt sie umständlich nach dem Schlüsselbund, den sie im Außenfach ihrer Handtasche vermutet. Der Rollkoffer knallt gegen die Wand, Briefe und Wurfsendungen flattern zu Boden, ein heißer Schwall Milchkaffee läuft ihr in den Ärmel.

»Scheiße!«

Endlich findet sich der Schlüssel unter allerlei Kram. Mit dem Knie stößt Greta die Tür auf, befördert mit einem Tritt den Koffer ins Innere, rafft, nachdem sie den tropfenden Becher um die Ecke geschoben hat, die Post zusammen. Kontoauszüge, mehrere Werbebroschüren, ein Schreiben von der Versicherung, ein Brief von Calva persönlich, Rechnungen, ein größerer wattierter Umschlag, der Sophias Absender trägt.

In den Räumen: abgestandene Luft und funktionale Leere.

»Hier sieht's immer aus, als wärst du gestorben«, war eine von

Katharinas weniger taktvollen Bemerkungen gewesen. Vielleicht sollte sie sich einen flauschigen Teppich kaufen, denkt Greta, oder Kunstdrucke über die kahlen Wände verteilen, Bücher anschaffen, die Besuchern den Eindruck vermitteln könnten, hier würde ein Leben stattfinden. Es ist ein Basislager, nur für gelegentliche Zwischenlandungen genutzt, freie Ankunft und Abflug bleiben dank fehlender Ansammlung überflüssiger Sachen gewährt. Allein der Kleiderschrank könnte etwas über die Bewohnerin erzählen. Greta mag ihre Wohnung, so wie sie ist.

Sie streift die Schuhe von den Füßen, zieht den braunen Umschlag aus dem Poststapel und reißt ihn auf. Ein kleines Buch kommt ihr entgegen, an den Ecken abgestoßen, die Seiten vom vielen Blättern ausgefranst, der Schutzumschlag eingerissen und mürbe. Sophia hat eine formlose Notiz hineingelegt, Make the most of now in Tomatenrot hat irgendein findiger Werbetexter am Kopf des Blatts hinterlassen. Darunter Sophias kaum leserliche Handschrift:

Dies hatte ich für dich aufgehoben – vielleicht hilft's – würde mich freuen. Liebe Grüße! S.

Greta schlägt das Büchlein auf, steckt kurz ihre Nase zwischen die Seiten, zieht die Luft ein, liest.

Die Spinne nahm eines Tages eine Kalebasse, sagte das Wort »Wahrheit« hinein, hängte sie auf den Rücken und machte sich auf den Weg – irgendwohin.

Sie weiß, wie die Fabel weitergeht: Die Spinne glaubt, die Wahrheit nun mit sich herumzutragen und fortan stets das Richtige zu wissen. Das erweist sich als Irrtum: die Kalebasse wird im Zorn auf einem Stein zerschmettert, die Spinne muss sich den Spott der anderen Tiere gefallen lassen.

Greta lächelt.

»Dort«, flüstert sie, »zwischen den Strömen Nzi und Bandama, wo die Savanne von Norden her wie ein breiter Keil in den südlichen Urwald stößt, liegt das Land der schwarzen Königin Aura Poku ...«

Sie klappt das Buch zu und geht zur Küchenzeile, die so unbenutzt aussieht wie am Tag ihres Einbaus. Im Kühlschrank findet sie eine Flasche Grauburgunder. Greta schenkt sich ein, trinkt hastig, denkt, dass sie etwas essen sollte, und füllt das Glas ein weiteres Mal.

Der Zustand totaler Erschöpfung, der über sie fiel, als ihre Tochter im Rückspiegel des Taxis immer kleiner wurde, lähmt ihr noch immer die Glieder. Da muss kein Zusammenhang sein, denkt sie, vermutlich bin ich krank oder überarbeitet oder beides.

Greta schiebt eine CD in die Stereoanlage, beginnt den Koffer auszupacken, lässt sich ein Bad ein.

Sie war auf dem Flug von München nach Düsseldorf wie betäubt gewesen, hatte dieses dumpfe Pochen in den Schläfen gespürt und beschlossen, dies für Symptome einer beginnenden Erkältung zu halten, die sie gewöhnlich mit einer gehörigen Ladung GRIPPOSTAD in Schach hält oder schlicht ignoriert.

Hektik und Pannen bei der Generalprobe für den Catwalk hatten sie ebenso wenig berührt wie der hysterische Anfall der zukünftigen Shopleiterin, die der Überzeugung gewesen war, nichts würde so funktionieren, wie sie sich das für die Eröffnungsfeier vorgestellt hatte. Greta, die die Feierlichkeiten im Vorfeld wie immer akribisch geplant hatte, stand merkwürdig unbeteiligt im Getümmel, vergaß, beruhigende Worte zu sprechen, zuckte nur mit den Schultern und verabschiedete sich von den verblüfften Mitarbeitern mit den Worten, sie müsse noch etwas schlafen, es werde am kommenden Tag schon alles gut gehen.

So war es dann auch, selbst wenn sie keinen nennenswerten Anteil daran hatte. Seebacher junior hielt beim Sektempfang eine Rede, der artig applaudiert wurde, der zuständige Supervisor versuchte witzig zu sein.

Greta war es mit Mühe gelungen, das Gähnen zu unterdrücken. Irgendwie hatte sie dann ihre eigene Ansprache, die wie immer so knapp und pointiert wie möglich konzipiert war, hinter sich gebracht und warf anschließend während des gesamten Defilees keinen Blick auf die im »klassisch-natürlichen Laufstil« an ihr vorbei präsentierte Kollektion.

Seebacher hatte sie öfter nachdenklich von der Seite betrachtet, das immerhin war ihr nicht entgangen, aber es hatte sie nicht weiter beschäftigt.

Den Smalltalk nach dem offiziellen Teil umging Greta hart an der Grenze zur Unhöflichkeit, indem sie sich mehrfach zum Rauchen verabschiedete und die gängige »Zigarettenlänge« so weit hinauszögerte wie möglich.

Beim Abschied nahm Seebacher Greta auf die Seite, begann ein Gespräch über Calvas zunehmend Besorgnis erregenden Gesundheitszustand, dem Greta etwas rüde mit dem Hinweis auf die fortgeschrittene Stunde ein Ende bereitete.

Seebacher junior ist der Letzte, mit dem sie sich darüber unterhalten mag, was aus der Airport-Linie wird, wenn Ernest Calva nicht mehr da sein sollte. Dass er das Projekt gern in jüngere Hände legen würde, ahnt sie schon länger, noch kommt er an ihr nicht vorbei. Aber im Grunde verliert auch das an Bedeutung.

Der Schaum beginnt über den Rand der Wanne zu kriechen, sie dreht mit hastigen Bewegungen das Wasser ab. Viel zu heiß!

Sachte lässt sie sich ins Wasser gleiten, streckt die müden Beine aus und betrachtet ihre Zehen, die eine Pediküre vertragen könnten. Auch ein Friseurtermin wäre fällig. Übermorgen muss sie früh um vier wieder los, wenn sie sich nicht doch krankmeldet. Egal, heute braucht sie das nicht mehr zu entscheiden. Aus dem Wohnzimmer tönt Juliette Gréco: »Sous le ciel de Paris.« Greta legt ihren Kopf zurück, schließt die Augen und zieht genussvoll den Rauch einer leicht angefeuchteten Zigarette ein, deren Asche in den Schaum rieselt. »Heute muss ich gar nichts mehr«, erzählt sie den dunkelblauen Fliesen, während das Telefon nun schon zum dritten Mal klingelt.

Als sie nach dem Hörer greift, sieht sie ihre nassen Fußspuren auf dem dunklen Parkett eine Linie vom Bad zum Flur ziehen und muss an diesen jungen Mann bei Sophia denken, Nick. Vielleicht gerät deshalb ihr »Ja, bitte?« eine Spur freundlicher als gewöhnlich.

»Mama …« Es dauert eine ganze Weile, bis Greta aus den schluchzend hervorgebrachten Worten so etwas wie eine Nachricht heraushören kann: »Papa ist gestorben … Das Krankenhaus hat angerufen … Ich weiß nicht, was ich tun soll …«

»Weiß ich auch nicht. Ruf Sophia an.«

Das Schluchzen verstummt augenblicklich.

»Wie bitte?«

»Sag deiner Schwester Bescheid.«

»Hab ich schon.«

»Und?«

»Sie sagt, sie kümmert sich von München aus um die Beerdigung, auch was das Finanzielle angeht, ich soll mir da keine Sorgen machen.«

»Na also.«

Katharinas Atem stockt, setzt dann schnaufend wieder ein.

»Das ist alles, was du dazu zu sagen hast?«, faucht sie.

Zorn ist noch immer das beste Mittel gegen Trauer, denkt

Greta, hält den Hörer etwas von ihrem Ohr ab und lässt den Ausbruch ihrer Tochter über sich ergehen.

»Weißt du was, du bist unmöglich! Mein Vater ist gestorben, und ich hätte eine Mutter gebraucht, die mir hilft, mit dieser Situation umzugehen. Du aber speist mich mit deiner Kaltblütigkeit ab. Du kannst mich mal! Den ganzen Tag versuche ich dich zu erreichen, aber du scheinst es ja nicht für nötig zu halten, mich zurückzurufen. Ignorierst du neuerdings meine Anrufe vollkommen? Was habe ich dir eigentlich getan? Niemand ist hier, um mir beizustehen, keiner hält es für angebracht, sich von ihm zu verabschieden, ich muss jetzt allein in die Klinik fahren. Das ist so ungerecht!«

»Tu das nicht, Kleines.«

»Was?«

»Fahr nicht dorthin, schau dir seine Leiche nicht an!«

»Ich bin Krankenschwester, er wäre nicht der erste Tote, den ich zu sehen kriege.«

»So meine ich es nicht.«

Katharina antwortet mit Schweigen, dem Greta nichts entgegenzusetzen weiß. Das Klopfen in ihrem Kopf setzt wieder ein, am liebsten würde sie auflegen.

»Katharina, bist du noch dran?«

Ein beleidigtes Schnaufen am anderen Ende der Leitung. Gretas Blick fällt auf das Buch, das sie auf dem Wohnzimmertisch abgelegt hat. *Vielleicht hilft's*, hatte Sophia geschrieben.

»Kommst du wenigstens zur Beerdigung?« Katharinas Stimme klingt gereizt, denkt Greta, meine Kleine geht von einem klaren Nein aus und macht sich bereit, mit Entrüstung zu kontern.

Als Aura Poku gestorben war, kamen alle Baoulé nach Sakassu, und jeder Stamm blieb mindestens eine Woche, um zu tanzen, zu essen, zu feiern.

»Ich weiß noch nicht«, antwortet Greta und wundert sich.
»Überlegst du es dir ernsthaft?«
Zur Beerdigung … was denkt sie sich nur?
»Nicht jetzt, nicht heute Abend.«
»Wie du meinst. Übrigens: Marta habe ich verständigt, aber die scheint es auch nicht für nötig zu befinden, sich bei mir zu melden.«

Es klickt in der Leitung. Gretas Stimme versagt ihren Dienst, sie hält noch eine Weile den Hörer, bis ihr einfällt, ihrerseits aufzulegen. Sie lässt sich mit dem Rücken an der Wand zu Boden gleiten, bleibt dort sitzen, die Stirn auf die Knie gepresst.

Die Gréco singt noch immer.
Si tu t'imagines, si tu t'imagines, fillette fillette,
si tu t'imagines, qu'ça va, qu'ça va, qu'ça va durer toujours …
Ich muss jetzt erleichtert sein, denkt sie, die Angst vor ihm, sie wird aufhören. Sie sollte … Die Erlösung kommt nicht mit einem Schlag, sie lässt auf sich warten. Richard. Tot. Das glaubt sich nicht so leicht. Die Leiche zu identifizieren: das wäre ihre, Gretas, Aufgabe gewesen, der sicherste Beweis, dass es diesmal wahr ist. Wie herzlos du bist, kaltblütig! Wenn Katharina sie jetzt sehen könnte. Sophia, Marta. Der Vater meiner Kinder. Dieser Mistkerl! Er wird nicht länger unser Leben vergiften.

Alles hätte sie erwartet, wenn die Nachricht von Richards Tod sie eines Tages erreichen sollte, nur eines nicht: Tränen.
Ce que tu te goures fillette fillette
Ce que tu te goures ….
Wie du dich da täuschst.

Sie weiß nicht, wie lange sie so dagesessen hat, das Gesicht in den Händen vergraben. Als sie aufsteht, ist Juliette Gréco verstummt.

Greta geht zur Küche, will gerade Wein nachschenken, als sie die Flasche in der Bewegung zum Glas stoppt und auf die Marmorplatte zurückstellt. Sie läuft zu ihrer Handtasche, gräbt das Handy aus, deaktiviert mit wenigen Handgriffen die Rufnummerunterdrückung und beginnt auf der Tastatur zu tippen:

LIEBE MARTA, ICH WERDE RESPEKTIEREN, WENN DU WEITERHIN NICHTS MIT MIR ZU TUN HABEN WILLST. DENNOCH: ER IST TOT. SOLLTEN WIR IHN NICHT ZUSAMMEN BEERDIGEN? GRETA

IV

Eine Familie

Seit zehn Minuten sitzen sie schon so da: die Ältere auf der Fensterseite, die Jüngere, mit dem Rücken zu ihr, an der Bar, beide rauchend, jede mit einem Glas vor sich, in dem die Eiswürfel schmelzen. Sie sind für achtzehn Uhr verabredet. Die Anzeige neben der Kasse blinkt 17:56 h.

Eine Gruppe Jugendlicher in durchnässten T-Shirts betritt unter Gelächter das Café, einige lassen Umhängetaschen und Rucksäcke zu Boden knallen, andere schütteln sich wie junge Hunde und scheuchen eine alte Frau auf, die bis dahin friedlich ihren Cognac schlürfte.

»Pass doch auf!«

»Entschuldigung!«

Die Alte wischt kopfschüttelnd Tropfen von Ärmel und Schulter, schimpft leise vor sich hin, während sie samt Schwenker und riesiger Handtasche unweit von Marta einen der Barhocker erklimmt.

Es regnet immer noch, denkt Marta und wirft erneut ihren Blick in einen der Spiegel, die in schweren Goldrahmen die Wände verkleiden. Sie ist dünn. Marta fragt sich, ob das schon immer so war. In nichts ähnelt sie der Frau, an die Marta sich erinnern kann. Und doch hat sie sie sofort erkannt. Wenige Sekunden nachdem Marta sich auf dem Barhocker niedergelassen hatte, ist ihr die schmale Gestalt aufgefallen, deren Profil das Spiegelbild leicht verzerrt. Greta ist schön, eine auffällige Erscheinung, die sich dessen nicht bewusst zu sein scheint. Sie sieht aus dem Fenster, dann auf die Uhr, greift nach der nächsten Zigarette. Der Schlitz ihres knöchellangen Rockes gibt eine Wade frei, was das Interesse eines Mannes am Nachbartisch weckt. Unverwandt schaut er auf die Stelle, an der bei der nächsten Bewegung die Sicht auf ihr Knie eröffnet werden könnte.

Greta ignoriert seinen Versuch, ihr Feuer zu reichen. Sie lässt seine Hand in der Luft stehen, greift hinter sich in das Jackett, das sie über den Stuhl gehängt hat, zieht ein schmales silbernes Feuerzeug hervor und führt die Flamme zum Gesicht. Ihre Hände zittern. Erst beim dritten Anlauf gelingt es ihr, die Spitze der Zigarette zu treffen, hastig saugt sie am Filter, die Rauchsäule verwirbelt im Flattern ihres Atems. Ein großer Ring blitzt auf, als ein Lichtschein ihren Handrücken trifft. Plötzlich schnellen ihre Augen durch den Raum wie die eines kleinen Raubtieres, das die Umgebung auf mögliche Gefahren absucht. Für einen Moment zielt ihr Blick frontal auf den Spiegel, driftet weg, hakt sich nochmals ein, dreht sich wieder zum Fenster. Asche fällt auf die Tischplatte.

Kein Zweifel: Greta hat Angst.

17.58 h.

Wie begrüßt man seine Mutter nach siebzehn Jahren? Ein wortloser Händedruck, ein lässiges »Hallo«, gar nicht?

Ein paar sachliche Nachrichten sind zwischen ihnen hin- und hergegangen: Datum, Treffpunkt, Uhrzeit, mehr nicht. Gretas SMS stets in Großbuchstaben, kein Versuch, Marta ihre Stimme aufzudrängen, das Wort *Mutter* wurde nicht benutzt.

Jetzt beträgt der Abstand zwischen ihnen etwa sechs Meter. Sie beäugen sich in den Unschärfen eines alten Spiegels, warten darauf, dass etwas passiert.

Komme ich zu dir oder du zu mir?

Noch gibt es auch die Möglichkeit, einfach wieder zu verschwinden.
Wir sind beide zu alt für solche Spielchen.
18:02 h.
Marta stellt sich vor, wie sie langsam durch den Raum schlendert, ihre Tasche neben dem Stuhl ablegt, die Hand an der Rückenlehne: »Darf ich?«
Nein, so geht es nicht, denkt sie, stemmt die Ellenbogen fester auf die Theke, deutet mit dem Zeigefinger auf ihr Glas. Der Mann hinter der Bar nickt und tippt die Bestellung in die Kasse. Auch Greta hat sich nicht von der Stelle gerührt. Ihre Hand wandert zur anderen Jackentasche, zieht ein Telefon heraus, hält es ans Ohr. Marta meint, ihre Ringe klappern zu hören, was bei dem Lärm rings umher nicht sein kann. Gretas Haltung strafft sich, ein kurzes Lächeln, als sie lebhaft in den Hörer spricht, gibt ihr für einen Moment das Aussehen einer Frau, die weiß, was sie will. Dann drückt sie fahrig etwas in die Tastatur, wirft das Gerät achtlos in ihre Handtasche. Augenblicklich ist der Ausdruck von souveräner Freundlichkeit verschwunden. Marta weicht rechtzeitig aus, bevor sich die Spiegelblicke erneut treffen können.
»Hast du vielleicht eine Zigarette für mich?«
Die alte Frau an der Bar ist bei dem Versuch, sich Marta zuzuwenden, so weit in Schieflage geraten, dass sie vom Hocker zu fallen droht. Mit einem gezielten Griff nach ihrem Ellenbogen zerrt ein Kellner sie in die Senkrechte zurück.
»Au! Lass mich!«
»Ich habe dir gesagt, du sollst die anderen Gäste nicht anschnorren.«
Marta lässt ihre Packung über den Tresen schlittern. »Ist schon in Ordnung.«

Die Alte macht sich über die Schachtel her, zieht eine, dann eine zweite Zigarette heraus, hält sie in die Höhe.

»Auch zwei?«

Marta nickt.

»Danke, du bist nett!«

Der entnervte Blick des Kellners besagt das Gegenteil. Marta zuckt entschuldigend mit den Achseln und schiebt der Frau ihr Feuerzeug hin, die es hastig ergreift und schnaufend zu rauchen beginnt.

»Wirklich nett! Wie heißt du?«

Marta überhört die Frage. Die Aufmerksamkeit der Alten wird von der Flasche in der Hand des Barmanns abgelenkt, die sich über ihr Glas senkt.

»So, einen kriegen Sie noch aufs Haus, dann gehen Sie brav woandershin.«

Ihre Antwort ist ein unverständliches Gemurmel. Der Kellner macht hinter ihrem Rücken dem Barmann Zeichen und zischt ärgerlich, als eine Reaktion ausbleibt.

Die Frau stürzt den Cognac herunter und schiebt das leere Glas bis zur hinteren Kante der Theke. Den Kopf schief gelegt, versucht sie ein aufforderndes Lächeln, doch der Barmann verneint: »Finito!« Die Alte nickt und beginnt die verbliebene Zigarette liebevoll in ein Tuch einzuwickeln, das sie aus ihrer bunt bedruckten Tasche gezogen hat. Martas Packung rutscht zurück, gefolgt vom Feuerzeug.

»Wiedersehen.«

Der Geruch von alkoholversetztem Schweiß weht herüber, vermengt sich mit dem süßlichen Duft einer Mischung aus Moschus und Patschuli.

Die Alte schlurft zum Ausgang, hebt noch einmal grüßend die Hand, ohne sich umzuwenden, und verschwindet im Regen.

»Der Laden hat früher ihrem Mann gehört«, meint der Barmann erklären zu müssen. »Es fällt mir schwer, sie wegzuschicken, aber was soll ich machen?«

Marta nickt und registriert erleichtert, dass der Mann ihr Schweigen richtig deutet und darauf verzichtet, die Geschichte im Detail zu erzählen.

Als sie aufschaut, ist der Platz, an dem Greta gesessen hat, leer.

Greta ist lange vor der verabredeten Zeit da, vergewissert sich bei der Bedienung, dass dies die richtige Adresse ist: *Café la dolce vita*, unter den S-Bahn-Bögen, direkt am Bahnhof *Hackescher Markt*. Sie steht eine Weile in der Mitte des Lokals, bis sie sich für den Platz am Fenster entscheidet. Von dort aus kann sie die Eingangstür im Auge behalten, ohne sich zu verrenken. Warten ist gut, denkt sie, solange ich warte, sind alle Möglichkeiten offen. Eine halbe Stunde vergeht im Gleichmaß der Atemzüge, im Kommen und Gehen der Gäste, in der Hoffnung auf etwas, dem sie keinen Namen zu geben wagt. Aus irgendeinem Grund war sie sich sicher, dass Marta später als vereinbart erscheinen würde; ein beiläufiges Aufmerken, als sich wieder etwas am Eingang rührt, erwischt sie kalt und unvorbereitet.

Sie erkennt sie sofort. Schon als Marta noch hinter der Glastür steht, weiß Greta, dass sie es ist, die nach der Klinke greift. Ihre Bewegungen ähneln so sehr denen von Sophia, dass Greta erschrickt. Meine Tochter, denkt sie, da kommt diejenige von meinen Töchtern, deren Mutter ich nicht sein soll. Ein leichter Schwindel verwischt die Konturen, schraubt sich ins Hirn, drängt für Sekunden Zeit und Raum beiseite. Reiß dich zusammen, denkt sie und: das Schlimmste ist überstanden. Selbst wenn Marta beim Anblick ihrer hyperventilierenden Mutter die Flucht

ergreifen sollte, sie war da, ist an einen Ort gekommen, von dem sie wusste, dass sie dort von ihr erwartet wird.
Sie ist einmal nicht vor mir weggelaufen, sondern zu mir hin.
Als Greta meint, wieder klar zu sehen, und sich suchend umschaut, sitzt Marta mit dem Rücken zu ihr an der Bar. Der erste Versuch, das Glas zum Mund zu führen, scheitert kläglich unter den verwunderten Blicken ihres Tischnachbarn. Beim zweiten Mal geht es besser.
Ich veranstalte Events mit fünfstelligem Etat, werde selbst von den Geschäftsleitern gefürchtet, entscheide über Sieg oder Niederlage einer Kollektion, und jetzt mache ich mir vor Angst ins Hemd angesichts einer Begegnung, die ich mir seit Jahren herbeiwünsche.
Greta schaut aus dem Fenster, sieht einer Passantin zu, die verzweifelt an ihrem zusammengeklappten Schirm zerrt. Mechanisch greift sie nach dem Telefon, will den Anrufer wegdrücken, nimmt das Gespräch dann doch entgegen. Valerie, Calvas Sekretärin, hat den Auftrag, sich nach Gretas Befinden zu erkundigen und einen Termin für ein Treffen Ende des Monats in Paris zu vereinbaren. Greta versichert, auf dem Weg der Besserung zu sein, eine lästige Sommergrippe, nächste Woche sei sie wieder einsatzfähig. Valerie rät, sich auszukurieren, Monsieur Calva habe das auch gesagt, er selbst sei nach der Reha gesundheitlich wesentlich besser dran und freue sich, mit Madame Wördehoff demnächst seine neueste Idee besprechen zu können. Greta lacht. »Es geht ihm wirklich besser.« »Ja«, sagt Valerie, »ich bin sehr froh.« – »Ich auch!«
Als das Gespräch beendet ist, schaltet Greta das Telefon ab.
Marta ist hier, ich muss jetzt nicht erreichbar sein.
Ihr Atem ist ruhiger geworden, der Schwindel hat sich ver-

flüchtigt, nur die Hände verweigern noch den vollen Gehorsam.

Im Spiegel kann sie Martas Gesicht erkennen: Die dunklen Augen, das kräftige kastanienbraune Haar. Eine Strähne, die sich selbständig macht, schaukelt bedenklich nahe an der glühenden Zigarettenspitze vorbei, wird hinters Ohr gestrichen mit einer Geste, die eher einer Züchtigung gleicht. Die Ähnlichkeit mit Sophia ist mit einem Mal verschwunden. Greta hatte sie kleiner in Erinnerung, weniger kantig. Auch die Stimme wird sich mit den Jahren verändert haben. Marta hat Gründe genug, wütend zu sein.

Mein Kind ist eine erwachsene Frau geworden, ohne dass ich dabei sein konnte.

Die Blicke treffen sich beinahe, finden keinen Halt auf der Flucht voreinander. Greta wundert sich nicht.

Ich muss noch warten.

Martas Rücken dreht sich leicht nach rechts zu der ungepflegt aussehenden alten Frau hin, die bis vor kurzem noch an einem Tisch neben der Kuchenvitrine gesessen hat. Sie sprechen miteinander, Kellner und Barmann schalten sich ein. Marta gibt der Frau von ihren Zigaretten, schaut freundlich auf die bemitleidenswerte Gestalt. Der Kellner entfernt sich kopfschüttelnd. Vier Minuten über der verabredeten Zeit.

Während die Alte mühsam vom Barhocker steigt, macht Greta sich auf den Weg.

Ich gehe jetzt.

Marta dreht sich nicht um. Das Geräusch von energisch aufs Parkett gesetzten Absätzen nähert sich, verlangsamt kurz, hält an. Deutlich leiser setzen sich die Schritte wieder in Bewegung, stoppen in unmittelbarer Nähe. Jemand nimmt links von ihr an der Bar Platz.

Gepflegte, rot lackierte Fingernägel umschließen ein Glas, in dem ein einsames Stück Orangenschale zittert.

Der Barmann schaut fragend hin. »Noch einen?«

Der Versuch eines »Ja« erstickt in Räuspern, sie presst das Glas auf die Thekenplatte, als drohe es nach oben wegzuspringen, sobald sie es loslässt.

Sie hat Angst. Vor mir.

Marta sieht sich noch immer nicht zu ihr um, schaut den Händen zu, die jetzt das leere Glas gegen ein volles tauschen. Ihr Atem ist deutlich zu hören.

Meine Mutter. Ich habe sie umgebracht, unzählige Male, Abend für Abend. Ausgelöscht, erst in Geschichten, dann endgültig.

»Mit der Endgültigkeit, das ist so eine Sache«, hatte Paul am Strand gesagt.

Bearbeiten – Rückgängig: eine Tastenkombination, die jeder beherrschen sollte. Aber selbst am Rechner ist die Rücknahme eines Befehls unter Umständen nicht ausführbar, und dann bleibt das Dokument verschollen.

Was mache ich hier?

Die Auslöschung eines Vaters hat sich aus dem Bereich der Möglichkeit bewegt, ist eine Tatsache geworden. *Alle Menschen sind sterblich*, ein Gemeinplatz, den man gerne vergisst, in seine Berechnungen einzubeziehen.

Vielleicht bin ich deshalb gekommen.

Es hat womöglich etwas mit jenem Ende der Auseinandersetzung zu tun, das man Tod nennt, buchstäblich ohne zu wissen, was dahintersteckt. Auch wenn viele hoffen, die Endgültigkeit könnte relativ sein, setzt der Tod einen Schlusspunkt, dem kein weiteres Kapitel, kein Nachwort, hinzugefügt werden kann. Die Frage, ob das gut oder schlecht oder egal ist, bringt niemanden weiter.

Schert man sich zeitlebens nicht um das vierte Gebot, braucht

man sich um die Ausformung nicht vorhandener Trauer dann auch nicht mehr zu kümmern. Was hat das mit Greta zu tun?
Meine Mutter lebt und sitzt neben mir, und ich sollte endlich irgendetwas sagen.
Stapelweise offene Rechnungen, die Waagschale fällt scheppernd nach unten. Schuldig. Eine schöne, eigenartige Frau zittert vor Angst, sieht aus wie eine, die gestraft genug ist. Jemand lügt im Hintergrund: Es gibt keine Schuld. Jetzt nicht die Nerven verlieren. Sie ist diejenige, die Angst hat.

»Greta.«

Und sie sind doch eher grau als blau, ihre Augen, Marta wusste es. Der Rest ist fremd und seltsam vermischt mit Teilen von Vertrautheit, von denen keines zu einem anderen passt. Scherben, deren Verbindungsstücke verloren gegangen sind.

»Marta. Entschuldige, ich bin nervös und weiß nicht, was ich sagen soll. Alles scheint so ...«

»Falsch.«

»Nein. Oder doch. Ich meine die Worte ...«

»Fehlen.«

»Genau.«

Waagschalen sind Schwachsinn, immer schon gewesen.

»Mir auch.«

Greta seufzt erleichtert, als sei irgendetwas geschafft.

Marta zupft eine Zigarette aus der Schachtel, hält Greta das Päckchen hin: »Auch eine?«

»Danke.«

Sie beugt sich zu der Flamme, füllt ihre Lungen mit einem tiefen Zug, bläst den Rauch aus.

»Und jetzt?«

»Was?«

»Was passiert jetzt?«

»Es ist doch schon was passiert.«
Beinahe hätten sie beide gelächelt.
Marta entzündet eine weitere Zigarette, obwohl die letzte noch im Aschenbecher glüht.
Die Musik wird lauter, »Happy Hour vorbei«, ruft der Barmann, Greta leert ihr Glas in wenigen Zügen.
Eine Gruppe älterer Touristen, mit Stadtführern und Ampelmännchen-T-Shirts versehen, fällt ein und stürzt sich auf die freien Plätze. Ein Witzbold versucht zu berlinern: »Bring mich ma ne' Linie wejen dem Schietwetter, wa?« Der Kellner verdreht die Augen und knallt einen Satz Speisekarten auf den Tisch. »Sie können bestellen, was auf der Karte steht. Alles andere haben wir nicht.«
Greta beobachtet die Szene und schüttelt den Kopf: »Fragt sich, welcher von beiden der größere Schwachkopf ist.«
Marta greift nach ihrer Tasche, legt einen Geldschein auf den Tresen. »Lass uns gehen. Ein wenig durch die Stadt laufen. Willst du?«
Greta nickt: »Gern.«
Als sie in die Abenddämmerung treten, hat es aufgehört zu regnen. Stumm gehen sie nebeneinander her, weichen Pfützen aus, halten so viel Abstand, dass entgegenkommende Passanten zwischen ihnen hindurchlaufen. An der S-Bahn-Unterführung sitzt ein Punkmädchen und spricht sie an: »Habt ihr etwas Kleingeld?« Greta bleibt stehen, kramt in ihrer Handtasche, lässt einige Münzen in die Hand des Mädchens fallen. »Oh, danke!«
Greta geht in die Hocke und streichelt einen der Welpen, die sich auf der schmutzigen Decke an die Punkerin drängen. Das Mädchen lächelt, als eines der Tiere beginnt, Gretas Hand zu lecken. »Er mag Sie. Möchten Sie ihn mitnehmen? Ich mache Ihnen einen guten Preis.«

Greta lächelt zurück. »Ich bin zu oft unterwegs, um mir ein Tier zu halten. Leider.«

Als sie sich aufrichtet, sieht sie Marta einige Meter weiter vorne gegen eine Mauer gelehnt stehen, die Hände in den Hosentaschen vergraben, den Blick auf ihr ruhend, weder abweisend noch wohlwollend, aber da. Das ist mehr, als Greta noch vor einer Woche zu hoffen gewagt hatte. Sie geht einige Schritte auf Marta zu, bleibt kurz vor ihr stehen und schaut ihre Tochter an.

Wir müssen reden, denkt Greta.

Wir sollten weiter schweigen, denkt Marta.

Sie nicken einander zu, als hätten sie sich eben zufällig getroffen: zwei Frauen, die es sich zur Gewohnheit gemacht haben, einander wortlos beim Bäcker zu grüßen, ohne dass eine den Namen der anderen kennt.

Stumm setzen sie ihren Weg fort, schlendern durch nasse Straßen, auf denen sich das Licht der Laternen zu spiegeln beginnt, lassen fröhlich miteinander lachende Schülergruppen beiseite, ignorieren Handzettelverteiler und Straßenzeitungsverkäuferinnen. Auf der Museumsinsel steht ein Saxophonspieler, dem Greta gerne zugehört hätte, dann verliert sich der Maßstab für Zeit in den unterschiedlichen Rhythmen ihrer Schritte.

Einmal stoßen ihre Ellenbogen aneinander, als sich eine Gruppe junger Männer in Anzügen und Krawatten hastig an ihnen vorbeidrängt. Als Greta später über einen losen Pflasterstein stolpert, greift Marta reflexartig nach ihrem Arm und zieht sofort die Hand zurück, als Greta wieder Halt gefunden hat.

Wie zwei Seifenblasen, denkt Greta und fragt, während Marta noch überlegt, wie diesem nächtlichen Marsch ein Ende gesetzt werden könnte: »Hast du Hunger?«

Beim Betreten des Restaurants schlägt ihnen der Duft von gegrilltem Fleisch entgegen. »Wunderbar!«, seufzt Greta, »ich habe seit heute früh nichts gegessen.«

Sie bestellen reichlich, nehmen zur Kenntnis, dass sie es beide extrascharf mögen, kneten beim Warten synchron die Serviette, bis sie es bemerken und sich verlegen angrinsen.

»Immer noch nervös?«

»Hungrig.«

»Ich auch.«

Die Vorspeisenplatte wird aufgetragen, der türkische Kellner bringt Rotwein und schenkt Greta einen Schluck ein. »Frau Mama wird probieren?« Zwei erstaunt aufmerkende Augenpaare treffen ihn. Er weicht irritiert einen Schritt zurück, schraubt dann ein Lächeln in sein Gesicht und fängt heftig gestikulierend an, sich zu entschuldigen: »Schwester natürlich, sieht man ja, tut mir leid, gnädige Frau ist viel zu jung für so große Tochter, meine Augen waren, wie sagt man? Tomaten? Ja? Aber die Ähnlichkeit habe ich gleich gesehen.«

Nach einem schnellen Blick auf Marta, die amüsiert zu sein scheint, lacht Greta ihn an. »Ist schon gut, macht nichts.«

Nochmals eine Entschuldigung murmelnd entfernt er sich.

Greta hebt ihr Glas. »Worauf trinken wir?«

Martas Mine verfinstert sich augenblicklich.

»Glaub nicht, jetzt findet die große Versöhnungsszene statt!«

Um sie herum wird es plötzlich still. Gespräche verstummen, Köpfe drehen sich ihnen zu, der Mann am Tresen hält im Polieren der Marmorplatte inne. Greta lässt ihr Glas auf die weiße Tischdecke sinken, schließt die Augen, atmet langsam ein und wieder aus.

Nicht anfangen zu heulen. Auf gar keinen Fall!

»Nein«, sagt sie nach einer Weile leise, »kein Versöhnungsgetue, schon klar. Wir haben uns getroffen, wir essen miteinander, unterhalten uns.«

»Wir können aber nicht einfach so ausblenden, was war.«

»Richtig.«

Marta schaut sie an, studiert dieses Gesicht, in dem die bebenden Nasenflügel die Ruhe der Stimme Lügen strafen, registriert Einzelheiten: die Narbe auf dem Wangenknochen, die trotz Make-up und Rouge deutlich zu erkennen ist, die geschwungenen tiefroten Lippen, die Augen, deren Grau vom üppig aufgetragenen Lidschatten fortgesetzt wird, die schwarz glänzenden Bögen ihres Haaransatzes, eine Braue liegt etwas höher als die andere. Irgendwo hat sie einmal gelesen, dass leichte Asymmetrien ein Gesicht in der Wahrnehmung des Betrachters attraktiver erscheinen lassen als perfekt ausgeformte Gleichmäßigkeit.

Wenn ich jetzt anfange, sie zu mögen, was dann? Das Mutter-Tochter-Programm können wir nicht installieren; unsere Betriebssysteme würden sich als das erweisen, was sie immer schon waren: inkompatibel. Fehlermeldung – kein Datenaustausch möglich.

Marta schüttelt den Kopf. Jetzt imitiert sie schon Pauls Angewohnheit, das Innenleben seines Computers für Erklärungen des menschlichen Zusammenlebens heranzuziehen.

Ich werde langsam irre, eine seltene Art von Wurm ist eingedrungen, hat sich in mein Hirn vorgearbeitet und bringt nun die Windungen durcheinander; bald werde ich die Worte rückwärts und in Spiegelschrift denken; siebzehn Jahre werden einundsiebzig, und wir sind beide schon lange tot.

SOLLTEN WIR IHN NICHT ZUSAMMEN BEERDIGEN?

Marta hatte sofort verstanden, wusste dennoch nicht zu sagen, was genau. Als sie vor noch nicht einmal achtundvierzig Stunden und ca. 1500 Kilometer von hier entfernt feststellte, dass sie nicht darüber nachgedacht hatte, wieso sie nicht darüber nachdenken *wollte*, war die Option *Senden* schon keine mehr und ihre Antwort unterwegs.

Nun sitzt diese Person vor ihr, die eine entfernte Ähnlichkeit mit dem Bild ihrer Mutter aufweist, deren schimmernde Seidenbluse vermutlich mehr gekostet hatte, als Marta in einem halben Jahr für Kleidung ausgibt. Eine Erscheinung, die Aufmerksamkeit erheischt, ohne diese einzufordern, die man gerne kennen lernen würde, wenn man sie zufällig auf einer Party träfe, obwohl Kontaktfreudigkeit das genaue Gegenteil von dem ist, was ihr Spiegelbild noch vor zwei Stunden ausstrahlte. Wenig später zitterte sie dermaßen vor Angst, dass Martas Furcht oder Zorn, oder woraus auch immer dieses Gemisch bestand, in sich zusammenfiel wie eines von diesen Bierdeckelgebilden, die ein wortkarger Stammgast jeden Samstagvormittag im Café vor sich aufbaut, während er einen Fernet nach dem anderen trinkt. Je länger er sitzt, desto kleiner wird das Bierdeckelhaus, bevor seine Bestandteile über die Tischplatte flattern.

Greta schiebt sich eine Scheibe Tomate in den Mund, kaut bedächtig. Sie macht nicht den Eindruck, als warte sie darauf, dass Marta einen Gesprächsfaden aufgreift, und sieht seltsam zufrieden aus. Die Bewegungen ihrer Hände sind ruhig geworden. Sie bekäme jetzt eine Pappdeckelkonstruktion über mehrere Etagen hin.

Während sie umhergewandert waren, haben sich die Zeichen der Angst verloren, und nun benimmt sie sich, als hätten sie stumm die Sachlage geklärt, obwohl Klarheit das Letzte ist, was hier herrscht.

Sie soll verschwinden – sie soll bleiben – sie soll verschwinden – sie soll ... Fremdschaft – Freundheit – die Dinge mischen sich. Wir können nichts auslöschen, kein Vergeben, kein Vergessen.

Das alberne Spiel mit den Blütenblättern hinterlässt ergebnisunabhängig eine zerfetzte Blume.
Greta tunkt ein Stück Fladenbrot in die Sauce.
Entweder ist ihre Tarnung wieder gut aufgestellt oder sie wiegt sich in Sicherheit. Warum sollte sie?
Chanelrote Farbspuren auf Gretas Serviette geben Marta den Rest.
»Als Mutter warst du beschissen!«
Jetzt wird sie verschwinden.
»Ja«, sagt Greta. »War ich.«
Sie sagt es ohne dramatische Untertöne. Fast so, als hätte man festgestellt, dass sie eine schlechte Schülerin gewesen ist oder ihr Leben lang zu mager. Sie lässt dabei nicht einmal den Blick sinken, schaut Marta direkt an, beinahe gelassen, wie eine, die diese Feststellung schon unzählige Male selbst gemacht hat, so dass die Worte aus dem Mund der Tochter lediglich eine Bestätigung des eigenen Gedankens bedeuten: *Als Mutter warst du beschissen.*

Marta weiß nicht, wie es ist, ein Kind zu haben, aber wenn sie eines hätte, wäre dieser Satz vermutlich der schlimmste, den sie sich aus dessen Mund denken könnte. Der größte anzunehmende Unfall, von absoluter Zerstörungskraft. Wie kann Greta so ruhig bleiben?

Wäre nicht jegliche Farbe aus ihrem Gesicht gewichen, man könnte meinen, sie fände das in Ordnung so.

Marta widersteht dem für sie unbegreiflichen Drang, Greta etwas Freundliches, die vorigen Worte Abschwächendes zu sagen, gibt vor, auf die Toilette zu müssen. Sie hätte ohnehin nichts gefunden, was die Brutalität ihrer Aussage zurücknehmen könnte. Sie ist nicht mit der Absicht gekommen, ihrer Mutter diesen Satz ins Gesicht zu schleudern, aber das kann Greta nicht wissen.

Als hätte sie darauf gewartet.

»Wer aber von euch ohne Schuld ist …« Einer der Werfer konnte nicht rechtzeitig innehalten: Der erste und letzte Stein traf; man beschloss, ihn, ob der andernfalls verschenkten Pointe, zu verschweigen. Der Chronist erklärte sich einverstanden, sagte: »Wenigstens sind seine Hände jetzt leer«, und begann mit der Niederschrift.

Ich sollte doch wieder auf Computerterminologie zurückgreifen: die Gefahr der Entgleisung ist deutlich geringer. Die Schuldfrage existiert in der digitalen Welt nicht.

Im Waschraum lässt sich Marta Wasser über das Gesicht laufen, betrachtet im Spiegel, wie ein kleines Rinnsal an ihrem Nasenbein herunterwandert, sich im winzigen Flussbett ihres Mundwinkels sammelt, von der Wölbung des Kinns kurz abgebremst wird und auf ihrem Hemdkragen endet. Der Versuch, die Wasserflecken mit dem Handtuch zu trocknen, scheitert und garniert den Kragen mit weißen Fusseln, die auf dem dunkelblauen Stoff wie Pilzsporen oder Schuppen aussehen. Das ist ihr jetzt auch schon egal. Sie muss wieder an diesen Tisch zurück und hat keinerlei Vorstellung, wie sie den Auftritt gestalten soll.

Ich habe ein paar Worte verloren, könnte ich sie bitte zurückhaben?

Um Positionen geht es nicht.

Die Sonne hatte in das geblümte Zimmer geschienen, als Paul von seiner Morgenrunde mit dem Hund zurückgekommen war und Marta auf der Bettkante über ihr Telefon gebückt vorgefunden hatte, den gepackten Koffer neben sich. Sie hielt ihm das Display vor die Nase und sagte: »Ich reise heute ab.«

Paul las, sah sie verständnislos an, deutete dann auf die Nachricht. »Deswegen?«

»Ja. Ich habe für vierzehn Uhr einen Flug bekommen. Mit dir und Yannis im Auto zurückzufahren würde zu lange dauern. Richard wird übermorgen schon beerdigt.«

»Du gehst mit ihr hin?«

»Ich will mir Greta erst mal anschauen.«

Paul lächelte, und Marta fauchte, was dieses Grinsen solle.

»Ich finde das gut.«

Sie zuckte mit den Schultern und begann ihre Beine in die engen Stiefel zu zwängen.

»Doch, das ist mutig und vielleicht der richtige Zeitpunkt. Du bist in der besseren Position: Sie will etwas von dir, sie muss zuerst etwas auf den Tisch legen. Und du kannst vor Ort entscheiden, ob du auch etwas von ihr willst.«

»Was kann ich von ihr schon wollen.«

»Weiß ich doch nicht.«

Marta verschwand im Bad, um dem Gespräch ein Ende zu setzen, und Paul machte bei ihrer Rückkehr keine Anstalten, es wieder aufzunehmen. Er teilte ihr mit, dass er in drei bis vier Tagen nachkomme, sie könnten ja telefonieren. St. Malo und den Mont St. Michel wolle er sich noch ansehen, eventuell einen Abstecher nach Metz machen und in Straßburg bei einem Freund übernachten, der schon lange auf einen Besuch von ihm warte. Er müsse streng genommen erst am Mittwoch wieder in Berlin sein. Marta konnte sich nicht entscheiden, ob sie ihm dankbar sein sollte, dass er keinen Versuch unternahm, ihr Beistand zu leisten, oder nicht. Später wunderte sie sich über sich selbst, als sie feststellte, wie gut es ihr tat, dass er sie beim Abschied am Flughafen in seine Arme nahm und sagte: »Melde dich, wenn du mich brauchst. Und sei es nur, um dich auszukotzen.« Es war ihr schwergefallen, ihn loszulassen und allein durch die Sicherheitskontrolle zu gehen. Vor dem Start hatte sie noch eine Nachricht für Paul in ihr Telefon getippt, vorerst aber nur auf *Als Entwurf sichern* gedrückt.

Ich war auch schon mal besser im Einzelkampf, denkt sie und lässt sich auf den Toilettensitz fallen. *Lisa ruf mich an!* hat jemand auf die Klotür gekritzelt; die Buchstaben verschwimmen, fallen einzeln aus dem Zusammenhang, Marta hält sich am Rand der Klobrille fest, um das Gleichgewicht nicht zu verlieren. Zu viel Alkohol und Nikotin auf nüchternen Magen, denkt sie und dass es noch eine Weile dauern wird, bis sie geraden Schrittes an den Tisch zurückkehren kann.

Auch wenn sie recht hat, ist das nicht die Wahrheit, denkt Greta und nickt, als Marta sagt, sie ginge aufs Klo.
 Der Rücken ihrer Tochter verschwindet hinter einer Säule, taucht zwischen zwei Tischen wieder auf und wird beim Betreten der Treppe federnd aus ihrem Blickfeld gezogen. Als Greta den wippenden Pferdeschwanz bemerkt, krampft sich ihr Kehlkopf zusammen. Ist das wirklich erst wenige Tage her?
 Ein heftiger Schmerz fährt ihr durch den Unterbauch, Greta schnappt nach Luft, beugt sich nach vorne und presst ihre Fäuste ins weiche Fleisch, um nicht vom Stuhl zu fallen. Als der Krampf nachzulassen beginnt, richtet sie sich langsam wieder auf und versucht ruhig ein- und auszuatmen. Eine Frau am Nachbartisch schaut besorgt zu ihr herüber, Greta zwingt ein Lächeln hervor, »alles gut, es geht schon wieder«. Die Frau runzelt ungläubig die Stirn, wendet sich dann wieder ihrem Gesprächspartner zu.
 Das Schlimmste ist gesagt.
 Wenn sie zurückkommt und sich wieder hinsetzt, haben wir eine Chance.
 Marta braucht lange, denkt Greta, aber da hängt ihre Jacke

über der Stuhllehne; sie wird noch einmal auftauchen. Greta greift nach ihrer Zigarettenschachtel, schaut zu dem Mann am Tresen, der den Kopf schüttelt: »Bedaure!«

Als Greta die Packung in ihre Handtasche zurückgleiten lässt und nach einer anderen Beschäftigung für ihre Hände sucht, knistert der braune Umschlag, den sie ohne weiter darüber nachzudenken eingesteckt hatte, bevor sie heute früh ihre Wohnung verließ. Der Buchblock hat genau die Dicke von Gretas kleinem Finger. Sie lässt ihn an den Seiten entlanggleiten, spürt leichte Unebenheiten, die sich rau und tröstlich anfühlen. Ein Beweismittel, auf dem sich keine Verteidigung aufbauen lässt. Möglicherweise könnte es dennoch Hinweise geben, in einem Prozess, von dem Greta hofft, dass er nie stattfinden möge. Beim Aufschlagen fällt ihr ein getrocknetes Blatt entgegen; nicht alt genug, um noch aus Bouaké zu stammen. Die Stelle ist mit einem Pfeil markiert:

Eines Tages, in der Zeit vor den Zeiten, rief der Niamye sämtliche Lebewesen der Erde zu sich. Als sie nun alle bei ihm versammelt waren, sprach er: »Ein jeder soll sagen, was er auf der Erde besitzen will. Ich werde es erlauben.« Da verlangte der Mensch, in einem Dorf zu leben und die Felder zu bestellen; die Tiere wünschten, im Busch wohnen zu dürfen; nur das Chamäleon schwieg. Niamye wandte sich ihm zu und fragte: »Und was begehrst du?« Das Chamäleon antwortete: »Ich will, dass ein jeder Ort, auf dem ich mich niederlasse, der meine sei.«

So kommt es, dass die Menschen in Dörfern leben und die Tiere im Busch. Das Chamäleon aber wechselt seine Farbe nach dem Ort, an dem es sich gerade aufhält.

Am Rand eine handschriftliche Notiz: <u>Chamäleon</u>, *Dornseiff-Bedeutungsgruppen: 2.8 Tierarten 5.25 Veränderlich 7.27 Bunt 9.9 Unbeständig.*

Sophia hat darin gelesen, zumindest mit diesem einen Text sogar gearbeitet. Sie muss das Buch irgendwann aus Martas Zimmer genommen haben, bevor Richard es zu einem weiteren Gästezimmer umbauen ließ, in dem nie jemand einquartiert wurde. Martas Spuren waren nicht so gründlich beseitigt worden, wie Richard dachte.

Meine liebe Sophia.
Warum das Chamäleon seine Farbe wechseln kann.
Gretas Lieblingsgeschichte.
Einen Brief habe ich meiner ältesten Tochter nie geschrieben.
Einmal hatten sie und die Mädchen nach dem Vorlesen ein Gespräch über ihre Lieblingstiere geführt. Die Grillen waren an diesem Abend so laut gewesen, dass das Fenster geschlossen werden musste, damit sie einander verstehen konnten. Marta wollte sich nicht zwischen Leopard und Kobold entscheiden und wurde ärgerlich, als Greta ihr erklärte, Letzterer sei gar kein Tier. Sophia hatte die Hyäne genannt, und Greta erklärte das Chamäleon zu ihrem Favoriten, was die Mädchen zum Lachen brachte. »Das ist doch so hässlich!« – »Gar nicht hässlich«, hatte Greta erwidert und den beiden einen Zoobesuch beim nächsten Deutschlandaufenthalt versprochen; sie würden schon sehen, es gäbe sehr schöne Exemplare, kleine und große, und alle seien in der Lage, ihre Augen unabhängig voneinander zu bewegen, lustig sei das. »Lies lieber noch eine Geschichte«, riefen zwei helle Kinderstimmen, und Greta vertröstete sie lachend auf den nächsten Abend. Das war wenige Tage, bevor Greta auf der Veranda Martas Gesang gelauscht hatte und zu der Überzeugung gekommen war, die Liebe dieses Kindes nie und durch nichts gewinnen zu können. Ihr Versagen wurzelt womöglich darin, dass sie das als Tatsache hingenommen hatte.

Sophia war nur Zuhörerin; die Schöpferin der zahlreichen Todesarten, die ihr, der Mutter, zugedacht wurden, ist Marta gewesen.

Wir hätten die Fenster nachts immer geschlossen halten sollen. Ich hätte es überhören, ignorieren und in jedem Fall längst vergessen haben müssen.

Das alles ist viel zu lange her.

Im Zoo sind sie nie gewesen. Chamäleons sind Einzelgänger; hält man mehrere in einem Terrarium, kann es geschehen, dass sie sich gegenseitig umbringen. Wahrscheinlich hätte der Anblick der schuppigen Echsen den Kindern Angst gemacht.

Das Buch liegt ihr zugewandt auf dem Tisch, als Marta wieder Platz nimmt. Greta schaut kurz auf, »das habe ich dir mitgebracht«, und heftet ihren Blick augenblicklich wieder auf ein kleines elektronisches Gerät, in das sie mit fliegenden Fingern Zahlen und Buchstaben tippt.

»Bin gleich fertig.«

Marta legt die Hand auf den Einband und zieht das Buch zu sich heran.

Dort, zwischen den Strömen Nzi und Bandama ...

Der Rhythmus von Gretas Fingern verlangsamt sich, kommt zum Stillstand, als Marta das Buch aufklappt. Ein Seitenblick zwingt die graublauen Augen zum Rückzug. Tarnung, denkt Marta, damit kenne ich mich aus, und beginnt zu lesen.

Einmal, zu der Zeit, als die Tiere noch bei Niamye im Himmel lebten, vollbrachte die Spinne eine Tat, für die sie belohnt werden sollte. »Eine Frau aus Gold schenke ich dir«, sagte Niamye, aber die Spinne wollte keine Goldfrau. Niamye wunderte sich, war dies doch das kostbarste unter den Geschenken. »Gib mir lieber die Kalebasse da«, bat die Spinne, und Niamye wunderte sich noch mehr. »*Du lehnst eine Frau aus Gold ab und willst dich mit einer Kalebasse zufriedengeben?*«

Die Spinne aber wusste, dass diese Kalebasse als Gefäß für die Märchen diente, und begehrte sie aus diesem Grund. »Nun gut«, sagte Niamye, »du kannst sie haben.« Glücklich machte sich die Spinne mit ihrer Belohnung davon. Als sie aber in ihrem Übermut über eine Wurzel stolperte, fiel die Kalebasse zu Boden, brach in tausend Stücke, und all die Märchen rannten in den Dschungel. Da weinte die Spinne auf und schrie in ihrer Verzweiflung: »Wenn ihr schon vor mir geflohen seid, so muss ich wenigstens in vielen von euch vorkommen!«

Seit diesem Tag gibt es die Spinnengeschichten.

Goldfrau oder Märchenkalebasse und am Ende keines von beiden.

»Dumme Spinne«, hatte Sophia gekichert, aber Greta hatte ihr widersprochen: »Ein Platz in Geschichten bewahrt davor, vergessen zu werden.« Die Traurigkeit der Mutter war ihnen gelegentlich auch schlichtweg auf die Nerven gegangen.

Marta hält das Buch dicht an ihre Nase.

Damals schon hatten die Seiten diesen leicht muffigen Geruch von Kleidern, die zu lange in wurmstichigen Schränken sparsamer Großmütter gelagert worden waren.

Die Spinne hatte keine von ihnen zum Liebling erkoren. Obwohl sie listiger als viele der anderen Tiere war, wurde auch sie gelegentlich hereingelegt. Sophia gefiel es besonders, wenn die Spinne über ihre eigenen Ränke stolperte. Wie sie gelacht hatte bei der Geschichte mit dem Schimpansen.

Und so musste die schlaue Spinne an ihrer eigenen List zugrunde gehen ...

Gretas Stimme war höher gewesen, klarer, trug noch nicht die Spuren von jahrzehntelang im Übermaß an ihren Bändern vorbeigezogenem Rauch. Eine gute Vorleserin: fesselnd und virtuos. Sie gab den Tieren verschiedene Tonlagen: ein schrilles Keifen für die Spinne, tiefes Brummen für den Leoparden, schräges Quäken für das Chamäleon und ein warmer Hauch für Niamye, obwohl die Mädchen stets ein Donnergrollen erwarteten. »Nein«, pflegte Greta zu sagen, »Niamye ist ganz sanft.«

»Auch wenn er zornig ist?«

»Sein Zorn ist so fürchterlich, dass er, würde er laut vorgetragen, die Welt mit einer Silbe zerstören könnte. Deshalb schreit Niamye nie. Dem wirklich Mächtigen genügt ein Flüstern.«

Die Mädchen verstanden nicht, was sie meinte, liebten es aber, wenn Greta gelegentlich die Geschichten weiterspann, Fabelwesen dazuerfand und sie verrückte Dinge tun ließ. Das kam nicht oft vor, aber wenn es so war, wusste Marta, dass dies kein Tag gewesen war, an dem die Mutter geweint hatte.

Wo sind diese Szenen die ganze Zeit gewesen?

Eines Tages hieß es überraschend, die Kinder seien nun alt genug, um alleine ins Bett zu gehen, sie könnten sich ja gegenseitig Geschichten erzählen, dafür bräuchten sie die Mutter nicht. Das Buch lag noch lange unberührt auf dem Nachttisch zwischen Sophias und Martas Bett, bis Marta es bei der Abreise aus Bouaké, in ihr rotes Baumwollkleid eingewickelt, mit nach Deutschland nahm. Irgendetwas musste passiert sein, weswegen Greta niemals mehr daraus vorlesen wollte. Sophia hatte noch mehrmals darum gebeten, aber Greta war ohne Begründung bei ihrer Ablehnung geblieben. Sie hatte stumm den Kopf geschüttelt und dabei Marta angesehen. Marta wusste, dass es ihre Schuld sein musste, worin diese Schuld aber bestand und warum sie zum Ende ihres abendlichen Beisammenseins führte, erfuhr sie nicht. Vielleicht hätte sie fragen sollen, was sie so unverzeihlich falsch gemacht haben könnte. Schließlich hatte sie kein Kapitalverbrechen begangen. Jedenfalls nicht in der Wirklichkeit. Wie schwer wiegt ein ausgedachter Tod in gesungener Form? Morden für das Liederhaus: In gewisser Weise hatte es funktioniert; nachhaltiger, als es je ihre Absicht war.

Sing ich dir ein Lied,
denk ich dir ein Haus,
bau ich dir ein Heim aus Liedern draus!
Und die Mutter durfte nicht ein einziges Mal mit.

Nein, Greta kann davon nicht wissen. Oder doch? Warum, denkt Marta, bin ich nie auf diese Möglichkeit gekommen? Sophia? Die hat es ihr nicht verraten, das nicht.

Eine Zigarette an der frischen Nachtluft, die Veranda geht rund ums Haus, die Fenster offen, der Schall einer Kinderstimme schlüpft durch die Maschen eines Moskitonetzes. So könnte es gewesen sein.

Greta hätte der Rolle, die ihr in Martas Geschichten zugedacht war, wohl doch das Vergessen vorgezogen.

Ich war keine acht Jahre alt, da ist Schuldfähigkeit faktisch nicht vorhanden. Hirngespinste eines phantasiebegabten kleinen Mädchens, wie Kinder halt so sind. Selbst wenn Greta etwas davon mitbekommen hatte, sie kann das nicht ernsthaft zum Anlass für irgendwas genommen haben. Das wäre absurd.

Aber eine mögliche Erklärung.

Mit Martas Augen ist etwas nicht in Ordnung: ein Brennen zwingt Feuchtigkeit auf die Netzhaut, die entfernt werden muss, bevor sie sich selbstständig machen kann; flatternd gerät die Luftaufnahme aus dem Takt.

Es war kein Spiel. Die Erzählerin ist immer der Mörder. Elternmord verjährt nicht.

Greta hätte ihr, wenn sie darum wüsste, diese alten Fabeln

nicht mitgebracht, obwohl die streng genommen mit den Bedingungen für die Errichtung des Liederhauses nichts zu tun hatten. Sie waren nur eine Zeit lang der erste Teil eines Abendrituals gewesen, für dessen zweiten Teil die Abwesenheit der Mutter erforderlich war, um mit ihrem Tod die Türen zu einem abenteuerlich schönen Leben öffnen zu können.

Wenn etwas zerstört werden konnte, muss vor diesem Zeitpunkt etwas da gewesen sein. Nichts davon ist sicher: weder das eine noch das andere.

Und fragst du mich, was mit der Liebe sei, so sag ich dir: Ich kann mich nicht erinnern.

In einem von Gretas Büchern hatte sie einmal diesen Satz gefunden und nicht verstanden, was er bedeuten könnte, obwohl ihr die Worte gefielen. Die Stelle war unterstrichen und mit einem Ausrufezeichen versehen, und Marta hatte sich gewundert. Auf die Idee, mit Greta darüber zu sprechen, wäre sie nie gekommen. Einige Wochen nach diesem Fund war sie ohnehin fort gewesen.

Solange ich denken kann, war ich der Überzeugung, dass Greta keine Ahnung von mir hat. Aber ich habe auch keinerlei Vorstellung davon, wer sie ist.

Die Feststellung, man habe einander verpasst, setzt den vorausgegangenen Versuch einer Annäherung voraus.

Ich weiß nichts. Ich bin hier. Ich kann wieder gehen.

Marta klappt das Buch zu, steckt es behutsam in ihre Tasche.

»Danke.«

Ich sollte mehr dazu sagen, denkt sie, es nicht bei einem kühlen »danke« belassen. Die Stimme könnte ihren Dienst versagen, der Zugriff auf ein ordnungsgemäßes Zusammenspiel von Muskeln und Bändern muss neu geordnet werden, bevor wieder verlässlich mit dem Instrument umgegangen werden kann.

»Bitte!«, sagt Greta. »Ich dachte, vielleicht hast du Freude daran.«

Marta bemerkt, dass das, was von der anderen Tischseite herüberweht, Erleichterung ist.

Kein vernünftiger Mensch macht sich Gedanken über etwas, das man als kleines Kind gesungen hat.

»Ja, habe ich bestimmt. Diese Geschichten hatte ich fast vergessen.«

Der lackschwarze Scheitel senkt sich wieder über den elektronischen Terminkalender. Musik tönt verhalten aus den Lautsprechern über ihnen; das Klappern von langen Fingernägeln auf poliertem Edelstahl mischt sich mit derStimme eines türkischen Popsängers.

»Tippst du was Geschäftliches?«

Greta lässt die Hand mit dem Gerät in ihren Schoß fallen, grinst ertappt und bewegt ihr Kinn von einem Schlüsselbein zum anderen.

Marta fliegt ein Lächeln übers Gesicht, das wieder verschwindet, als Gretas Blick doch noch bei ihr ankommt, als hätte jemand ein Fenster geöffnet und den Luftzug gleich wieder unterbrochen.

Die Bedienung trägt die Hauptgerichte auf, erkundigt sich, ob eine weitere Karaffe vom Roten gewünscht werde. »Ja, bitte.« Fleischspieße mit Gurkensalat und Bulgur, Knoblauch-Köfte in Tomatensauce mit Bratkartoffeln. Die Teller so groß, dass die Gläser zwischen ihnen kaum noch Platz finden. »Afiyet olsun! Guten Appetit!«

Dampf steigt auf und verwischt die Konturen des Gegenübers.

»Was sollen wir jetzt machen?«

»Essen«, antwortet Greta, »das wird sonst kalt.«

»Keiner da.«

Die kleine Friedhofskapelle ist leer. Der durchdringende Geruch von Lilien, der Marta an verwesende Leichen denken lässt, mischt sich mit dem Duft von Paraffin, in der Luft stehen Überreste billig parfümierter Frauen. 4711 versus TOSCA. Greta rümpft die Nase.

»Wir sind zu spät.«

Auf einer der vorderen Bänke liegen kopierte Handzettel: *Aussegnungsgottesdienst für Richard Wördehoff.*

»Aussegnung. Komisches Wort.«

»Immerhin ein schriftlicher Beweis.«

»Sind wir zur Beweisaufnahme gekommen?«

»Hier steht: ›Gegen 15.30 Uhr: Gang zur Ruhestätte und Beisetzung im Anschluss‹.«

»Dann los.«

Sie waren länger unterwegs gewesen als geplant.

»Wir gehen zu dieser Beerdigung«, hatte Greta unvermittelt beim Nachtisch gesagt. Eine Tonlage zwischen Frage und Feststellung, und Marta war froh gewesen, dass sie noch an einem zuckrigen Blätterteig-Gebäck zu kauen hatte und einige Sekunden Aufschub gewann.

»Sieht so aus. Wie kommst du hin?«

»Mit dem Auto.«

»Ist eine weite Strecke.«

»Vier Stunden, maximal fünf. Ich habe lieber meinen Wagen dabei. Für alle Fälle.«

»Verstehe ich. Was fährst du?«

»Einen Z4.«

»Nettes Auto. Mein Saab ist zurzeit leider ohne mich in Frankreich unterwegs.«

Greta zögerte, nahm einen Schluck Wein und verschaffte sich ihrerseits Zeit, die Frage so lässig wie möglich klingen zu lassen.

»Ist das eine Vorlage für mich, dich zum Mitfahren einzuladen?«

Die nervös mit dem Löffel spielende Hand verriet sie, und Marta sagte: »Hast du einen Platz frei?«

»Klar.«

»Wo ist dein Hotel?«

Greta versuchte, das Strahlen wieder aus ihrem Gesicht zu nehmen, ihre Finger schlossen sich fest um den Löffel, ein Restlächeln blieb.

»Am Alexanderplatz. Das Hochhaus, auf dem die riesige Leuchtreklame prangt; ich vergesse immer den Namen.«

»Wann soll ich dort sein?«

»Halb acht müsste reichen. Aber ich kann bei dir vorbeikommen. Das ist einfacher.«

Marta nannte ihre Adresse und verzichtete darauf, sich zu wundern, warum Greta weder Straße noch Hausnummer notierte.

Am Morgen sah Marta vom Küchenfenster aus den silbergrauen Wagen vorsichtig in eine Parklücke steuern und wählte Gretas Handynummer, um mit der Information, dass sie bereits unterwegs sei, Gretas Erscheinen an ihrer Wohnungstür zuvorzukommen. Als sie an die Beifahrertür klopfte, stieg Greta aus, kam zu ihr herüber und hielt den Schlüssel hoch. »Willst du fahren?« Marta nahm dankbar an und fragte sich, welches Adjektiv wohl angebracht wäre: berechnend, gedankenlos, aufmerksam, unbekümmert, durchtrieben, freundlich? Oder gar keines. Jedenfalls hatte Greta, bewusst oder unbewusst, die Wiederholung einer Szene vermieden, an die wohl keine von ihnen gerne zurückdachte. Als Marta sich in den Ledersitz sinken ließ und das Armaturenbrett betrachtete, pfiff sie durch die Vorderzähne, was Greta derart mit kindischer Freude erfüllte, dass Marta es augenblicklich bereute.

»Ein Sportgerät mit der Ausstrahlung eines Juwels«, rief Greta feierlich aus.

»Wie bitte?«

»Steht im Werbeprospekt.«

»Aha.«

»Klingt bescheuert, oder?«

»Ziemlich.«

»Es ist ein Dienstwagen.«

»Ja, dann.«

Sie schwiegen bis zur Autobahnauffahrt. Als Marta den Wagen auf der Überholspur in wenigen Sekunden auf eine Geschwindigkeit beschleunigte, die sie mühelos an sämtlichen anderen Fahrzeugen vorbeigleiten ließ, konnte sie nicht umhin, einen Laut der Begeisterung von sich zu geben, den Greta sofort aufgriff.

»Fährt sich gut?«

»Kann man sagen!«

Greta lehnte sich zufrieden zurück, und Marta vermied es, den Blick von der Straße zu nehmen.

Zum ersten Mal ist dieses Angeberauto wirklich mal zu etwas nutze, dachte Greta und beobachtete ihre Tochter von der Seite. Ohne zu zögern, hatte sie das Angebot zu fahren angenommen und war souverän durch die Stadt gesteuert, als ob sie in ihrem eigenen Wagen säße. Marta fuhr viel schneller, als Greta es gewagt hätte, aber sie dachte nicht daran, Angst aufkommen zu lassen. Ihnen würde nichts passieren. Und wenn schon.

Greta kramte im Handschuhfach, zog eine Pappschachtel *Aspi-*

rin Direkt hervor und drückte eine Tablette aus der Folie. Marta grinste. »Kater?«

»Wir waren ganz schön betrunken.«

»Ein oder zwei Raki zu viel.«

»Mindestens. Willst du auch eine?«

Marta nickte, und Greta hielt ihr die Packung hin. »Moment.« Ein Lastwagen scherte vor ihnen aus, Marta bremste ab und tastete seitwärts. »Ich mach schon.« Greta drückte eine weitere Tablette heraus, bewegte ihre Hand in Richtung von Martas Mund, die heftig zurückwich.

»Entschuldige!«

»Kein Grund, sich zu entschuldigen. Gib sie mir einfach in die Hand.«

Greta hatte nicht gedacht, alles sei gut, als sie nachts in ihrem Hotelzimmer aufs Bett gefallen war, aber einen Anfang, den hatte sie gesehen und war glücklich gewesen wie schon lange nicht mehr. Möglicherweise war der Grund für diesen Zustand in einer Überdosis Anisschnaps zu finden. Was sie jetzt sah, war, dass eine wesentlich weitere Strecke vor ihnen lag als die knapp vierhundertfünfzig Kilometer bis Frankenberg und dass auch diese Vorstellung nicht traf. Für das, was gerade geschah, gab es keine Vergleiche, keine Bilder, keine Kriterien, keine Vorlagen. Womöglich existierte auch die weitere Wegstrecke nicht. Man konnte die Situation nur als das nehmen, was sie war: Zwei Frauen im Auto, unterwegs von hier nach da, die eine fährt, die andere schaltet das Radio ein. Was nachher sein könnte, entzog sich jeder Vorhersage, jetzt saßen sie hier. Marta scheute vor einer vermeintlichen Geste der Vertrautheit zurück wie eine halbwilde Katze, das war in Ordnung. Schließlich hatten sie noch mehrere Stunden in der Enge eines Wageninneren zu verbringen, da konnte sich einiges ereignen.

»Marta. Wir sollten miteinander reden.«

»Wir sprechen doch.«

»Du weißt, was ich meine.«

Marta schüttelte unwillig den Pferdeschwanz von einer auf die andere Schulter, gab ein Geräusch von sich, das sich wie ein lang gezogenes reizbares »F« anhörte.

»Du willst dich mit mir aussprechen, ja? Gut. Ich fang an: erste Frage: Warum hast du mich damals nicht abgesetzt, als ich dich darum gebeten habe?«

Greta wollte zu einer Antwort ansetzen, doch Marta fiel ihr in den Atemzug.

»Wäre es nicht genug gewesen, dass du zugesehen hast, wie er mich zusammenschlagen und abtransportieren ließ, als wäre ich ein Stück Vieh? Hätte das nicht gereicht? Hättest du mich danach nicht einfach an irgendeinem verdammten Bahnhof oder einer Telefonzelle absetzen und in Ruhe lassen können? Wenigstens das?«

Eine Ohrfeige wäre Greta lieber gewesen. Das Gelände, auf dem sie beide sich sicher würden bewegen können, gab es nicht. Nichts würde jemals gut sein. Im Rückblick hatten sie nicht die allergeringste Chance, dachte sie, nie gehabt.

»Ich wollte dich beschützen. Wenn ich nicht dabei gewesen wäre, hätte er dich womöglich totgeschlagen. Er hatte gesagt, er würde versuchen, dir nicht wehzutun. Deshalb bin ich mitgekommen. Es war falsch, heute weiß ich das, aber meine Angst vor ihm ... Ich konnte nicht anders, ich musste ihm gehorchen, sonst hätte er mich vernichtet und dich auch. Damals habe ich das geglaubt.«

»Aber danach, im Auto, da waren wir allein, er war nicht da, um dir oder mir etwas anzutun. Du warst nicht gezwungen, mich in dieses Internat zu bringen.«

»Doch. Ich musste wieder zurück zu ihm. Außerdem dachte ich, dort würdest du in Sicherheit sein.«

Ein verächtliches Schnauben Martas ließ Greta zusammenzucken. »Sicherheit«, fauchte sie, »unglaublich!«

»Er hatte mir versprochen, dich fortan in Ruhe zu lassen. Er hätte allen erzählen können, seine Tochter besuche eine Eliteschule, und wäre mit dieser Lösung zufrieden gewesen, er hätte seine schwachsinnige Ehre wiederhergestellt. Ich konnte dich nur schützen, indem ich dafür gesorgt habe, dass du weit weg von uns kamst und indem ich bei ihm geblieben bin. Ich hatte keine Wahl.«

»Du hattest keine Wahl? Und später, als du ihn verlassen hast, da hattest du dann plötzlich eine?«

»Da hatte ich auch keine Wahl, aber das war etwas anderes. Als ich ihn verlassen konnte, warst du schon zu lange weg, war alles zu spät für dich und mich, da konnte ich nur noch mich selbst retten. Du ahnst nicht, gar nicht, wie leid …«

»Kein Melodrama bitte!«

»Entschuldige.«

»Hör auf, dich zu entschuldigen.«

»Ja, was soll ich denn machen!« Der Schrei kam so laut aus einer Schicht weit unterhalb von Gretas Kehle, dass der Wagen unter Martas Händen zu schlingern begann. »Was auch immer ich dazu sage, kann nur falsch sein. Ich weiß, dass ich versagt habe. Entschuldigungen willst du nicht, ok, sie würden auch nichts ungeschehen machen. Aber hast du nur einmal darüber nachgedacht, wie es für mich war? Nichts weißt du! Das Leben mit diesem Mann, die Sache mit dir, alles! Du hast dich davongemacht, warst mich endlich los, wie du es dir immer gewünscht hast und …« Ein Schluchzen drängte sich hoch; beim Versuch, es hinunterzuwürgen, kroch ein hässlich röchelnder Laut aus Gretas Mund.

Marta schüttelte den Kopf.

»Es war dein Vorschlag, dass wir reden. Du hast nicht ernsthaft erwartet, dass ich deine Sicht auf die Dinge einnehme?«

Sie drosselte die Geschwindigkeit, reihte sich auf der rechten Spur hinter einem Kombi ein und atmete tief durch.

Greta starrte aus dem Beifahrerfenster, sah eine malerische Flusslandschaft vorbeiziehen, Wiesen, durchsetzt mit schwarzen und braunen Farbtupfern, deren Gattungsbezeichnung nicht in ihrem Hirn ankam. Sie wusste nicht zu sagen, wie viel Zeit vergangen war, bis sie die Wagentür zuschlagen hörte und Marta hinterhersah, die, ihren Rucksack über die Schulter gehängt, in der Raststätte verschwand.

»Um dir Schuld anzulasten, kenne ich dich zu wenig.« Der Satz klang noch in Gretas Ohren nach, aber sie war nicht sicher, ob Marta ihn beim Aussteigen wirklich gesagt hatte.

Der Schlüssel steckte, eine launige Moderatorenstimme warnte vor herumliegenden Eisenteilen auf der A2 kurz vor dem Kreuz Magdeburg. Das war auch keine Lösung.

Greta stieg aus, lehnte sich an die Motorhaube und zündete eine Zigarette an. Sie hatte bereits mehrere Züge von der zweiten geraucht, als sie hinter der Glasfront eine Person ausmachte, die ihr zugewandt vor den fließenden Umrissen einer dunkelblauen Tasse saß. Greta hob mit den Schultern beide Arme, winkelte die Ellenbogen ab und drehte die offenen Handflächen nach außen, bevor sie sie mit einem Klatschen schlaff auf ihre Oberschenkel fallen ließ. Die Gestalt hinter der Scheibe wiederholte die Geste mit leichter Verzögerung. »Ich weiß es doch auch nicht«, flüsterte Greta, ging zur Fahrertür und tastete nach dem Zündschlüssel.

Beim Gang durch die Raststätte passierte sie den Kaffeeautomaten, legte der Kassiererin einige Geldstücke hin und schob, als sie an Martas Tisch Platz genommen hatte, den Autoschlüssel mittig zwischen die einander gegenüberstehenden Tassen.

»Alte Rechnungen bringen uns nicht weiter«, sagte Greta, und Marta warf ihr einen irritierten Blick zu. »Du nennst das ›alte Rechnungen‹?«

»Nein. Ich will bloß sagen: Lass uns keinen Prozess gegeneinander führen, den ich zwangsläufig verlieren würde.«

»Das ist nicht gesagt.«

»Lass uns anders beginnen, bitte. Wie wäre es, in Betracht zu ziehen, dass es unterschiedliche Sichtweisen gibt, von denen wir wissen sollten? Sozusagen als Basis. Wäre das eine große Zumutung für dich?«

»Wollen wir das denn?«, fragte Marta, und Greta wusste das Lächeln um ihre Mundwinkel nicht einzuordnen.

»Was?«

»Eine Basis?«

Sie sahen sich an, nirgends die Spur eines Fluchtreflexes. Das war neu. Etwas hatte sich verändert; sie wussten nicht, wie oder was, aber das spielte keine Rolle.

»Lass uns nach Frankenberg fahren und nachsehen, ob sie diesen Sarg tief genug in der Erde versenken«, sagte Greta.

Marta nickte, streckte den Arm aus und zog den Schlüssel zu sich heran. »Du bist froh, dass er tot ist.«

»Du nicht?«

Marta zuckte mit den Schultern. »Im Grunde kann er einem leidtun: Ein armer alter Mann, der verwahrlost und allein in seiner heruntergekommenen Villa vor sich hin krepiert ist.«

»Er ist im Krankenhaus gestorben«, sagte Greta ungehalten.

»Von mir aus. Soweit ich weiß, war jedenfalls niemand bei ihm. Kannst du dir vorstellen, dass irgendjemand seinen Tod betrauert?«

Greta schien einen Moment verwirrt, schob den Ring von ihrem Mittelfinger und ließ ihn auf dem Tisch kreisen. »Irgendwer wird sich schon gekümmert haben, was geht uns das an?«, murmelte sie, den Blick fest auf den roten Stein in der Goldfassung gerichtet. Ich kenne diesen Ring irgendwoher, dachte Marta und sagte: »Da hat jemand drei Töchter gehabt, und wenn es stimmt, was du gestern Abend erzählt hast, hat keine von ihnen weinend am Sterbebett gesessen. Und soweit man Kati Glauben schenken kann, hat er die letzten Jahre damit verbracht, im Unterhemd am Küchentisch zu hocken und sich um den letzten Rest seines Verstands zu saufen. Wenn das kein armseliges Ende ist!«

Der Ring wurde mit einem Ruck an seinen ursprünglichen Platz zurückgebracht, Greta sah Marta an, ließ ihre Augen wieder sinken. Sie räusperte sich: »Er hat uns allen das Leben zur Hölle gemacht, und du empfindest Mitleid mit ihm?«

Marta hob die Schultern, ließ sie fallen. Sie wehrte sich gegen den Gedanken, dass es Greta war, mit der man Mitleid haben konnte. Diese von Kopf bis Fuß durchgestylte Frau mit dem Topjob wirkte mindestens so bitter und verletzt, wie sie es viel zu lange von sich selbst angenommen hatte. Es schien plötzlich falsch und dumm, dass sie all die Jahre, in denen sie mit ihrem Hass auf Greta beschäftigt gewesen war, tatsächlich nicht darüber nachgedacht hatte, was es für ihre Mutter bedeutet haben mochte, im Alptraum dieser Familie zu leben. »Ich hatte keine Wahl«, waren Gretas Worte gewesen, womöglich stimmte das; zumindest aus ihrer Sicht. Die Frage, wer von ihnen mehr unter ihm gelitten hatte, war ebenso infantil wie absurd.

»Du konntest dich doch auch aus dieser Hölle befreien«, sagte Marta so milde, wie es ihr möglich war.

»Befreien?«, fuhr Greta sie an. »Ich habe ihn verlassen, ja, zu spät, aber besser als nie. Ich habe Arbeit gefunden, mich alleine durchgeschlagen, Karriere gemacht, wunderbar. Aber die Jahre, die ganzen Jahre, die ich Idiotin mir von ihm habe stehlen lassen, sie sind weg. Sieh mich an: Ich bin neunundfünfzig Jahre alt und habe noch bis vor wenigen Tagen Panikanfälle bekommen, wenn ich im Dunkeln Schritte hinter mir hörte, habe mich bei jedem Gang aus dem Haus vergewissert, dass er mir nicht auflauert. Freiheit sieht anders aus.«

Ich weiß genau, was du meinst, hätte Marta gerne gesagt, fand aber weder Ton noch Raum.

Gretas Wangen hatten sich gerötet. Sie nahm einen Schluck Kaffee, tupfte sich die Lippen mit einer Papierserviette ab und fragte leise: »Hast du denn keine Angst vor ihm gehabt?«

»Jeden verdammten Tag!«

Gretas Hand wanderte in Richtung von Martas Gesicht, rettete sich rechtzeitig an den Hals einer Blumenvase, die sie sinnlos auf die andere Seite des Tisches schob. Marta tat, als merke sie es nicht.

Zehn Minuten später saßen sie zu zweit rauchend auf der Motorhaube und schauten auf die verlassenen Kaffeetassen hinter der Scheibe.

Weiter hinten, am Ende des Kieswegs, ist eine Gruppe von Menschen zu erkennen, halb verdeckt von Buschwerk und den herunterhängenden Zweigen der obligatorischen Trauerweide, die mittig den kleinen Dorffriedhof ziert. Gretas Absätze versinken im feuchten Untergrund, als sie und Marta die Wiese überqueren und sich der Beerdigungsgesellschaft nähern. Etwa dreißig schwarze Mäntel, die meisten mit Hut, dazwischen schimmert unerwartet Rotes. Greta bleibt wie angewurzelt stehen.

»Ach du Schande.«

»Was meinst du?«, fragt Marta, während sie zusieht, wie Greta sich bei dicht bewölktem Nachmittagshimmel eine Sonnenbrille ins Gesicht schiebt.

»Es gibt also einen Lebensbund, der ihm bis zum Grab erhalten blieb.« Sie deutet auf die Versammlung, »Ehre, Freiheit, Vaterland«, und beginnt hektisch in ihrer Handtasche zu wühlen.

»Häh?«

»Richards Studentenverbindung.«

»Ach du Schande!«

»Sag ich doch!«

Nach einem prüfenden Blick auf Gretas eben angelegte Tarnung muss Marta lachen. Sie greift ins Vorderfach ihres Rucksacks und hält exakt das gleiche Modell in die Höhe: »Ray Ban 4068 Shiny Black!«

»Gibt's ja nicht!«

Greta freut sich, als hätte sie soeben einen lang ersehnten Vertrauensbeweis erhalten. Marta schiebt sich ihrerseits die dunklen Gläser ins Gesicht: Breites Grinsen in doppelter Ausführung. Sie werfen einander nicht mehr sichtbare Blicke zu: Transmissionsgrad achtzehn Prozent. Marta hat einen Spruch der *Blues Brothers* auf der Zunge, schluckt ihn gerade noch herunter und überlegt, wie oft sie in den letzten achtundvierzig Stunden den Totalverlust ihres Verstands in Betracht gezogen hat und warum sie das jetzt erstmals witzig findet.

Mit schlurfenden Schritten kommt eine junge Frau in grüner Arbeitskleidung und kniehohen Gummistiefeln des Wegs. »Kann ich helfen?« Sie hat eine Harke geschultert, die sie, obgleich noch am Leben, als dem Ort zugehörig ausweist, und mustert mit einer Mischung aus Verwunderung und Freundlichkeit die beiden Frauen, die albern kichernd mitten auf dem Rasen stehen.

»Wir wollen zur Beerdigung von Richard Wördehoff.«

Die Friedhofsgärtnerin hebt die Harke leicht an und bewegt sie schwungvoll nach vorne. »Es findet heute nur eine Beisetzung bei uns statt; also wird die da vorn die richtige sein.«

Die richtige Beerdigung, denkt Greta und bedankt sich etwas zu überschwänglich.

Marta sieht eine Lanze durch die Luft fliegen, hektisch schreiend flüchtet die Trauergemeinde nach allen Seiten, aus dem rechteckigen Loch ragt das Ende eines Gartengeräts.

»Kommst du?«

Marta folgt Greta. Die junge Frau entfernt sich leise pfeifend, die Harke nach wie vor geschultert.

»Richard Wördehoff ist durch den Tod von uns genommen worden. Wir sind voll Trauer und suchen Trost in den Worten der Schrift …«

Die Stimme lässt auf einen jüngeren Pastor schließen. Als Marta und Greta sich der Gruppe nähern, bleibt er hinter einer Reihe dunkler Männerrücken unsichtbar.

»Warum sind hier so viele Leute?«, fragt Marta.

»Wir befinden uns in einem Dorf«, antwortet Greta. »Der Herr Architekt, der in der Fremde Großes geleistet hat, ist einer von ihnen gewesen. Wen kümmert es da, was er seiner Familie angetan hat?«

»Du klingst zynisch.«

»Mag sein. So wie es aussieht, sind die meisten eigens angereiste Mitglieder seiner Studentenverbindung.«

»Er hatte also doch noch Freunde.«

»Ich weiß nicht, ob man das so nennen kann.«

Einer der Herren in der letzten Reihe dreht sich nach ihnen um, lächelt freundlich und tritt zur Seite, um Platz zu machen. Unter seinem Mantel ist ein schmales Stoffband zu sehen, das

Marta bekannt vorkommt. Richard trug gelegentlich das gleiche. Es zog sich schwarz-rot-golden von seiner rechten Schulter über die Krawatte bis etwa zwei Hand breit unter die linke Achsel, wo es von einem Emailleknopf zusammengehalten wurde. Ein Wappen mit ineinander verschlungenen Initialen war darauf zu sehen, das Marta schön und geheimnisvoll fand. Einmal hatte sie Richard gefragt, was es bedeutet, dass hinter dem Schnörkel, den er auch in manchen Briefen hinter seinen Namen malte, ein Ausrufezeichen stand, aber Richards Antwort hatte sie vergessen. Fragen zu seiner Verbindung stimmten ihn milde, und die Tage, an denen er das Stoffband anlegte und die rote Mütze mit dem schwarzen Lederschirm aus dem Schrank nahm, waren meist von guter Laune geprägt. Das hatte es gegeben: Einen Vater, der Witze machte, den Mädchen die Mütze mit den goldumstickten Löchern auf den Kopf setzte und lachte, wenn sie ihnen bis auf die Nase hing, einen Vater, der Marta das Band um die Schulter legte und sang:

»Germania, dir gehör ich, mit Herz und auch mit Hand.

Auf deine Farben schwör ich, das schwarz-rot-güldne Band.«

Seit sie wieder in Deutschland wohnten, hatte die Familie jährlich geschlossen beim sogenannten Stiftungsfest zu erscheinen, wo sich seltsame Trinkrituale mit vaterlandsverherrlichenden Liedern mischten, deren Texte Marta erst später hassen lernte. Greta saß dann steif auf einer der Bierbänke, widmete sich der kleinen Kati, sobald jemand mit ihr in Kontakt zu treten versuchte, und schaute ab und zu regungslos auf Richard, der den geselligen Familienvater mimte. Sophia und Marta ließen sich von ihm Limonade spendieren, spielten die höflichen Wördehofftöchter, von denen eine, Sophia, bereits mit zwölf als blonde Schönheit von den Herren umworben wurde und die meisten Süßigkeiten einheimste. Den Blicken der Mutter, die sie ansah wie Verräterinnen, wichen sie aus. Auf der Rückfahrt gab es stets heftige Beschimpfungen über Gretas Arroganz, die sie, stumm den Wagen lenkend, über sich ergehen ließ, während die Mädchen auf dem Rücksitz so taten, als schliefen sie fest.

Beim letzten Fest, das Marta im Stiftungshaus erlebte, war sie vierzehn, und Richard ermunterte sie, ruhig mit den »Burschen« Kontakt aufzunehmen. Er, der wegen »möglicher Kontakte intimer Art« grundsätzlich gegen die Teilnahme an Klassenfahrten war und den Besuch von Schulkameraden männlichen Geschlechts strengstens untersagt hatte, selbst wenn es nur um das Lernen von Lateinvokabeln ging. Nein, diese Proleten in Röhrenjeans sollten seinen Töchtern nicht zu nahe kommen. Wenn er schon keinen Stammhalter hatte, wollte er einen Schwiegersohn geliefert bekommen, der seiner Kaste entsprach. So trachtete er danach, jede seiner Töchter zu gegebener Zeit, leidlich gebildet und im Stande der Jungfräulichkeit, zwecks staats- und kirchenrechtlich gesegneter Begattung an einen jungen Bundesbruder zu übergeben. Dem würde sie Kinder und gepflegte Gespräche schenken und einmal im Jahr das Ergebnis sorgfältiger Erziehung und Wördehoffscher Fruchtbarkeit auf dem Stiftungsfest präsentieren. Bis dahin: keine Klassenfahrten, keine Partys, keine Jungs auf dem Zimmer.

Burschen heraus! Lasset es schallen von Haus zu Haus!
Wenn es gilt für Vaterland,
treu die Klingen dann zur Hand,
und heraus mit mut'gem Sang,
wär' es auch zum letzten Gang!

So sangen junge Männer von Stand und akademischer Würde, die früh als potentielle Schwiegersöhne Umgang mit den Töchtern pflegen durften. Was hätte er dazu gesagt, dass einer der ehrenwerten Burschen versucht hatte, seine Hand zwischen Sophias Schenkel zu drängen, als sie im dunklen Flur vor den Toiletten an ihm vorbeischlüpfen wollte? Marta kam wenige Sekunden später nach, ihre Zähne hinterließen eine blutige Spur im Arm des Studenten. Auf die Idee, den Vorfall ihren Eltern zu berichten, wären sie nie gekommen. Richards Haltung dazu war vorauszusehen: Wenn einem jungen Mädchen so etwas passierte, lag dem mit Sicherheit eine Provokation ihrerseits zugrunde. Ansonsten machten die Jungs in Bierlaune schon mal die eine oder andere Dummheit, Burschenstreiche eben.

»Sind doch selber schuld, die Weiber, wenn sie vergewaltigt werden.« Hatte sie einmal den Vater im Suff diesen Satz grölen hören? War er begleitet von Gretas Schluchzen, hielt sie sich die brennende Wange im Ausschnitt eines Schlüssellochs?

Ich bringe Erinnerungen und Erfindungen durcheinander.

Marta schüttelt sich angewidert. Wenn sie vorher nachgedacht hätte, hätte sie auf die Szenerie gefasst sein können. Bei dieser Beerdigung aufzutauchen war die dämlichste Idee überhaupt. Sie könnte jetzt schön mit Paul am Meer sitzen, Muscheln mit Pommes essen, und die einzige Entscheidung, die anstünde, wäre, ob man danach schwimmen geht oder lieber gleich ins Bett.

Zwei weitere Bandträger bitten Greta und Marta weiter nach vorne, einer von ihnen stutzt, schaut Greta länger an und unternimmt den Versuch, ihr die Hand zu reichen. Gretas Kieferknochen treten scharf hervor, als sie die Geste ignoriert.

»Kennst du den Mann?«

Die Stimme des Pfarrers lässt Gretas Gemurmel untergehen.

»Hilf der Familie und allen, die über seinen Tod trauern ...«

Greta entfährt ein Schnauben, das Marta fast schon vertraut vorkommt. Jemand schnäuzt geräuschvoll ins Taschentuch.

»Erika!«, flüstert Greta und weist mit dem Kinn nach rechts. »Wenn die mich in die Finger kriegt ...«

»Was soll die blöde Kuh schon von dir wollen«, antwortet Marta mit einer Gelassenheit, die sie selbst überrascht. Richards Schwester ist noch fetter geworden und älter und hässlicher und wird kaum mehr in der Lage sein, jemanden am Hemd festzuhalten, geschweige denn, in ein Auto zu zerren.
Guck mal, hier bin ich. Ihr habt mich nicht gekriegt.

Irgendwo zwischen Plouha und Frankenberg ist ihr die Angst abhandengekommen. Sie wird sich nicht auf die Suche danach machen und hoffen, dass sie mitsamt der Feigheit in einem Straßengraben verfault, bevor sie den Weg zurück zu ihr finden kann. Nein, so dämlich war die Idee gar nicht.
Gleich werden sie Erde auf deinen fest verschraubten Sarg fallen lassen. Arschloch! Das Lebensbundprinzip dieser Querbandträgerkollegen als Ersatz für Liebe und Freundschaft, das ist nicht viel. Armer einsamer alter Mann. Mein Vater ist gestorben, früher, vor langer Zeit, habe ich ihn gelegentlich »Papa« genannt.

Der Pfarrer sagt: »Lasset uns beten.«

Sie waren von der Raststätte gefahren, und Marta hatte eben den Wagen auf 180 beschleunigt, als Greta fragte: »Hast du vorhin gesagt, du kennst mich zu wenig?«

»Ist eine Tatsache«, erwiderte Marta und bemühte sich, dem Vordermann zu signalisieren, dass er Platz machen möge.

»Darf ich dir etwas von mir erzählen?«

Marta zögerte.

»Kein Melodrama, keine Analyse, reine Beschreibung«, beeilte sich Greta hinzuzufügen und scheiterte an dem Versuch, ein schalkhaftes Lächeln zu produzieren.

»Von mir aus.«

Greta ließ sich tiefer in den Sitz rutschen. Sie begann mit dem Tag, an dem sie die Stellenanzeige auf dem Tisch gefunden hatte, erzählte von ihrem Eindringen ins Personalbüro, von den Tagen in Richards Keller, wo der Redefluss wieder ins Stocken kam.

»Nervt das, wenn ich dich so zuquatsche?«

»Es nervt, wenn du das fragst. Erzähl weiter!«

Sie berichtete vom Reinigen der Kleiderbügel, ihren ersten Schritten ins neue Leben, wie sie es nannte, dem Glück, das sie von da an gehabt hatte.

Glück, dachte Marta, also doch.

Ernest Calva hatte seinen Auftritt, bekam wesentlich mehr Platz eingeräumt als die Tage im Keller oder die Zeit in der ersten billigen Wohnung, geschweige denn Katis Lavieren zwischen Mutter und Vater, das Greta knapp mit einem galligen Unterton andeutete, so dass Marta sich die Nachfrage für später aufhob. Gretas Miene hellte sich wieder auf, als sie weiter von ihrem beruflichen Aufstieg berichtete: Zürich, Budapest, Paris, Berlin, Hamburg, Frankfurt, immer wieder Glück. Läden wurden konzipiert, Kollektionen präsentiert, Geschäftsabläufe optimiert, Arbeitsbesprechungen an der Côte d'Azur abgehalten, Reisen zu den wichtigsten Modemessen rund um den Globus unternommen, mit goldener Senatorcard in eine Welt, die ihr ebenso freundlich wie respektvoll entgegenkam. Dass sie das Ganze nur mit an Selbstaufgabe grenzendem Einsatz für den Job und eiskalt an Leistung orientierter Personalpolitik erreicht hatte, konnte Marta sich denken, auch wenn es bei Greta anders klang. Sie hatte eine Chance bekommen und in Gold verwandelt, war dankbar, war fleißig, *war jemand*, wie sie selbst es mehrmals formulierte: »Plötzlich war ich jemand!« Sollte man nun davor Respekt haben? Wer oder was war Greta? Die nach teurem Parfum duftende Lady, die Mutter, die zusammengekauert am Frühstückstisch gesessen hatte, die Person, die gestern zitternd neben ihr auf dem Barhocker Platz nahm? Sie passten nicht zusammen.

Marta hörte zu, war verwirrt, war ratlos. »Reine Beschreibung«, hatte Greta gesagt, und vielleicht waren die Stränge ihrer Erzählung nur so nebeneinander zu betrachten: Man nahm sie zur Kenntnis, man musste sie nicht verstehen.

»Irgendwann bist du dann geschieden worden, oder?«

Was Greta erzählte, kroch Marta ins Hirn, setzte sich dort fest und begann sich auszubreiten, Greta sollte weiterreden, möglichst alle Versionen, die sie war, vor ihr ausbreiten, damit irgendwann vielleicht eine dabei herauskommen würde, für die Marta Respekt empfinden könnte und … Nein, nicht dieses zerbrechliche, autoimmunkranke Wort; dafür war es zu früh und zu gefährlich.

Das Verkehrsaufkommen hatte sich gegen Mittag verdichtet, Marta drosselte die Geschwindigkeit, und sie rauchten aus dem offenen Fenster, während Greta ausführte, wie Richards letzte Jahre im Bauamt verlaufen waren: trostlos und immer auf Pegel. Kam er abends nach Hause, ließ er seine Frustration an seiner Frau aus, die heimlich damit begann, Schlaftabletten zu horten. Kurz hinter Braunschweig bezog Greta in ihrer Erzählung die erste eigene Wohnung, fürchtete sich davor, in der Abenddämmerung mit der Waffe bedroht zu werden, speicherte Richards Anrufe zur Weitergabe an die Anwältin auf Band.

»Bist du eigentlich sicher, dass er vor deinen Fenstern herumlungerte, weil er dir etwas antun wollte?«, fragte Marta zwanzig Kilometer vor Kassel.

»Was denn sonst?«

Marta zuckte mit den Schultern: »Könnte ja sein.«

Greta holte zu einem umfassenden Bericht von Richards Erscheinen am Flughafen aus und verwarf entschieden die Möglichkeit, Richard könnte jemals etwas anderes als ihre Vernichtung im Sinn gehabt haben. Die Schlaftabletten seien erst gestern Nacht im Klo heruntergespült worden. »Jetzt ist er weg und kann mich nicht mehr kaputt machen.« Es klang nicht überzeugend.

Merkwürdig, dachte Marta, dass sich die Brüche ihrer Persönlichkeit bis in die Stimmlage, das Sprechtempo, die Wortwahl, verfestigt haben. Hier die Frau, die strahlend und lebendig von Kollektionen und Marketingideen zu erzählen wusste, dort die von Angst und Unsicherheit Getriebene, die mühsam Wort an Wort fügte. Eine Doppelrolle in einander widersprechenden Ausformungen. Sie hatte Sagenhaftes geleistet, daran bestand kein Zweifel, auch wenn sie mehrmals den glücklichen Zufall zitierte, aber ihre in hochpreisige Textilien eingefasste Souveränität erwies sich allzu schnell als zerbrechlich, wenn das entsprechende Stichwort fiel. Es hatte etwas anrührend Hilfloses, wie Gretas Haltung zusammensackte, wie die lebhaften Bewegungen ihrer Arme und Hände einfroren, sobald von etwas anderem als ihrer Karriere die Rede war. Nur an solchen Stellen kam die ängstliche Frage, ob sie zu viel von sich spreche, was Marta stets verneinte. »Es interessiert mich«, sagte sie einmal und wurde sich bewusst, wie dumm die Bemerkung klingen musste. Aber es stimmte.

Sie verließen eben die Autobahn und bogen dem Hinweisschild folgend auf die Bundesstraße ab, als Gretas Redefluss zum Erliegen kam. »So, nun weißt du mehr von mir.«

Marta sagte: »Ja, danke«, und biss sich auf die Lippen.

»Eines würde mich noch interessieren: Du hattest ihn doch schon einmal verlassen, damals in Bouaké, mit Sophia und mir, wir waren in einem Hotel ...«

»Die Pässe«, fiel Greta ihr ins Wort, bevor Marta die Frage formulieren konnte.« Er hatte eure Pässe, und ich wollte das Land nicht ohne euch verlassen.«

»Du hättest dich an die Botschaft wenden können, einen Anwalt einschalten, was auch immer«, rief Marta.

Greta spielte mit dem Feuerzeug, zupfte sich den roten Seidenschal zurecht. »Hätte …«, sagte sie so leise, dass Marta Mühe hatte, sie zu verstehen. »Ich hätte so vieles anders machen sollen.«

Im Auto war es still geworden, das Quietschen der Scheibenwischer, die Marta nach einem Schauer vergessen hatte auszuschalten, wurde unerträglich, selbst das Ticken des Blinkers schlug fast schmerzlich in den Ohren an. Ein Opel hupte hinter ihnen, als sie im letzten Moment eine Abbiegung nahmen, und Marta war erleichtert, dass Greta auf die Frage »Wie ist es dir ergangen?« oder ähnliche Forderungen verzichtete.

Eine Sortiermaschine bräuchte man, dachte Marta, die Sachinformationen wohl geordnet in gut lesbarem Format in den Eingangskorb legt. Dort nimmt man sie heraus, studiert sie gründlich und trifft nüchtern die richtige Entscheidung.

Aber wer sagt, dass etwas entschieden werden muss? Ich kann sie mögen, kann es lassen, gegebenenfalls abwechselnd.

Kurz vor Frankenberg bemerkte Greta, sie habe »übrigens« sämtliche Romane von Raphaela Buchheim gelesen, vor allem der letzte habe ihr gut gefallen, soweit man das von einem dermaßen traurigen Buch sagen dürfe.

Marta erwiderte: »Ich hab's nicht gelesen.«

»Ach! Da ist eine schöne und liebevolle Widmung …«

»Wir sind bald da«, unterbrach Marta und fragte sich, weshalb sie das Gespräch nicht auf Raphaela kommen lassen wollte. Später vielleicht. Greta schien zunächst verstanden zu haben und schwieg, bis der Wagen an der Friedhofsmauer geparkt war.

»Hat Frau Buchheim dir damals eigentlich ausgerichtet, dass ich versucht hatte, mit dir Kontakt aufzunehmen?«

Marta stieg aus, beugte sich nochmals ins Wageninnere: »Ich war noch nicht so weit.«

Greta nickte und schwang ihre Beine aus dem Wagen.

Ein schabendes Geräusch, dann Rumpeln; mehrfaches Ächzen und ein dumpfer Aufschlag.

»Er ist drin«, flüstert Greta.

Zwischen Schultern wird die Sicht auf das Grab frei. Aus der Grube schauen vier Seilenden heraus, von denen zwei surrend verschwinden, an der anderen Seite wieder auftauchen und in den kräftigen Händen der Sargträger zu dicken Schlangen gewickelt werden.

Das also ist das Loch, in dem mein Vater begraben wird, denkt Marta und stellt die Abwesenheit eines wie auch immer gearteten Gefühls fest. Greta neben ihr versteift sich zunehmend, tastet nach etwas in ihrer Handtasche, fasst, nachdem sie nichts zum Festhalten gefunden hat, nach dem Schulterriemen. In dem Spalt zwischen Brillenglas und Wange meint Marta ein Zucken auszumachen.

»Greta, weinst du?«

»Quatsch! Ich bin nur erleichtert und wütend und …« Sie schiebt den Zeigefinger unter den Rand ihrer Sonnenbrille, »du bist hier.« Beinahe hätte Marta ihr die Hand auf den Arm gelegt.

Der Pfarrer tritt ins Blickfeld, spricht einige Worte, deren Bedeutung bei Marta nicht ankommt.

Schräg hinter ihm stehen zwei junge Frauen. Eine von ihnen, die Größere, hält unverwandt ihren Blick auf Marta gerichtet, die andere vermutet hinter den dunklen Brillengläsern der Frau auf der anderen Seite nicht ihre Schwester und schaut verträumt über die Trauergemeinde hinweg. Sophia und Kati. Sie sind auch hier. Natürlich.

Eine blonde Locke löst sich, steht kurz waagerecht in der Luft und fällt sanft auf Sophias Schulter zurück. Sie hebt leicht den Kopf, ihre Mundwinkel zeigen ein erkennendes Lächeln. Sollte sie überrascht sein, ihre verschollene Schwester hier vorzufinden, so weiß sie es gut zu verbergen. Marta widersteht dem Impuls, sich an Trauergästen, Pfarrer und Grube vorbeizukämpfen, und hebt langsam die Hand. Sophia erwidert den Gruß, wendet sich dann ihrer Nachbarin zu, die sich kurz darauf ruckartig in Martas Richtung dreht, zwischen ihr und Greta hin und her schaut und heftig den Kopf schüttelt. Kati ist offensichtlich schockiert.

Gretas kleiner Liebling, denkt Marta und bemerkt, dass sie vergessen hat, sich zu erkundigen, ob Greta von ihrem Kontakt zu Kati wusste und was die darüber berichtet hat. Dass Kati von Greta nicht über ihr gestriges Treffen informiert worden ist, liegt jedenfalls auf der Hand.

»Wenn du mich nicht trägst, sage ich es der Mama, die schimpft dann mit dir!« Die Drohung einer Sechsjährigen.

»Du bist mir zu schwer, Kati, ich kann nicht mehr.«

»Ich heule gleich! Dann krieg ich rote Augen, und das ist deine Schuld«, plärrte das Kind, das sich an Martas Hosenbeinen festgeklammert hatte.

»Lauf bitte ein Stück, mir tut der Rücken weh.«

»Du lügst! Das sag ich! Ich sage auch, dass wir gar nicht bei der Tante waren!«

Kati war getragen worden, und Marta hatte das Schweigen des Mädchens mit gestohlenen Bonbons zu kaufen versucht, um gleich nach ihrer Heimkehr dennoch verraten zu werden: »Marta hat sich mit einem Jungen getroffen! Marta war gemein zu mir! Marta hat mich zu spät vom Kindergarten abgeholt! Marta hat mir ihren Schal nicht gegeben!«

Sie hätte ihr damals gerne etwas angetan, dem kleinen Miststück, einen faustgroßen Stein genommen, einen Strick geknüpft, eine Schlucht im Wald aufgesucht. Ziemlich viele Mordphantasien in ihren frühen Jahren, wenn sie darüber nachdachte.

»Schämst du dich nicht, deine kleine Schwester frieren zu lassen?« Das hieß zusätzliche Arbeitseinsätze im Garten.

»Was habe ich von Katharina gehört?« Das führte, wenn es noch gut ging, zu Hausarrest und Taschengeldentzug, ansonsten zu Schlimmerem.

Wie Richards Reaktion ausgefallen war, als seine Jüngste nach drei Semestern ihr Medizinstudium abgebrochen hatte, weil sie nach eigener Aussage »lieber praktischen Umgang mit den Patienten haben wollte, als jahrelang an der Uni zu büffeln«, hatte Kati Marta bei einem ihrer Treffen ungefragt berichtet. Das sei für ihn kein Problem gewesen, er habe ihre Entscheidung respektiert. »Er wollte nicht noch eine Tochter verlieren«, hatte Kati hinzugefügt.

Die Männer vom Beerdigungsinstitut schieben sich ins Bild, verlassen gemessenen Schrittes den Ort ihres Einsatzes und stellen sich neben einem kleinen Bagger in den Hintergrund, um auf ihre nächste, diesmal weniger rituelle Aufgabe zu warten. Morgens haben sie die Grube ausgehoben, nachmittags mit einer vorschriftsmäßig eingesargten Leiche befüllt, nach Abgang der Trauergäste werden sie den Bagger anwerfen und dann schön das Loch wieder schließen, bevor noch jemand hineinfällt. Was sagen diese Leute, denkt Marta, wenn sie nach Feierabend in der

Kneipe nach ihrem Beruf gefragt werden? Kuhlengräber? Totenfeierbegleiter? Grubenmacher? Manch einer, der so leichtsinnig war, sie anzusprechen, wird abrücken, heimlich ein Zeichen hinter dem Rücken machen: mich und meine Lieben bekommt ihr nicht. Ihre berufliche Erfahrung widerspricht dem: wir kriegen euch alle. Doch sie schweigen, um die Krisensicherheit ihres Jobs wissend, und installieren in den kommenden Tagen dort, wo die Grube klaffte, ein Steinmal mit Spruch: Basalt oder Marmorplatte, Zeichen wider das Vergessen, umsäumt von ein mal zwei Meter Buchsbaum, an denen geweint werden darf, ohne dass dafür eine Erklärung nötig ist.

Man sollte vielleicht, denkt Marta, einen alten Friedhof in der Stadt als Ort für gelegentliche Spaziergänge wählen, willkürlich ein Grab aussuchen, das man regelmäßig besucht, um eine viertel Stunde davor stehen zu bleiben, einfach so.

Weiter hinten entsteht Bewegung: Rot und Weiß marschiert auf, fügt Schwarz mit blitzendem Silber hinzu und erweist sich bei genauerem Hinsehen als drei junge Männer in einer husarenartigen Aufmachung: geschwellte Brust unter verschnürter Jacke aus Samt, an Kragen, Ärmeln und Rücken mit weiteren golddurchwirkten Kordeln verziert. Eine breite Seidenschärpe in Schwarz-Rot-Gold schmiegt sich parallel zum bekannten Band über den Oberkörper, weiße Hosen verschwinden knieabwärts in schwarzen Ledergamaschen, Stulpenhandschuhe halten eine Art Degen, der in einem korbförmigen Handschutz endet. Auf jeder der drei glatten Stirnen sitzt ein asymmetrisch platziertes Ding, das Marta an eine hübsch dekorierte Camembert-Schachtel denken lässt; eine Fahne flattert im aufkommenden Wind.

»Ach du Schande«, wiederholt sich Greta halblaut, »da ist man dann doch froh, dass man keinen Sohn zur Welt gebracht hat.« Der Mann neben ihr schaut sie irritiert an.

»Wieso das ganze Schwarz-Rot-Gold?«, flüstert Marta in Gretas Ohr.

»Die haben das quasi erfunden.«

»Was?«

»Irgendwie waren sie die Ersten.«

»Aha.«

Die drei Husarenartigen nehmen in einer Reihe quer zur Grube Haltung an. »Schläger frei!«, kommandiert es überraschend leise; die Waffen werden gezogen und am ausgestreckten rechten Arm in die Luft gehalten. Marta traut ihren Augen nicht. Die Fahne senkt sich in das offene Grab, verharrt dort einen Moment und hebt sich wieder. »Schläger an den Ort!« Das nächste Kommando geht im elefantösen Schnäuzen Erikas unter. Marta vermutet, dass es »Abmarsch!« hieß, jedenfalls entfernen sich die Uniformierten wieder und reihen sich, so dezent es ihnen möglich ist, im Hintergrund in die Trauergemeinde ein.

»Was ist das für eine Aufmachung?«, raunt Marta Greta zu.

»Gab es auch bei unserer Hochzeit: Schläger gestreckt und das glückliche Paar drunter durch.« Greta sieht nicht aus, als mache sie Witze. »Erinnerst du dich etwa nicht an die Stiftungsfeste?«

»Freiwillig nicht! Außerdem liefen die da nur mit Band, Mütze und Bierflasche rum.«

»Hier handelt es sich um die Galauniform des Couleurstudenten: schmucke Jacke, ›Pekesche‹ genannt, weiße Hose, Stulpstiefel, Schärpe in den Verbindungsfarben, Cerevis auf der Stirn. Paradeschläger und Prunkfahne dürfen natürlich auch nicht fehlen.«

»Du kennst dich ja aus.«

»Das Einzige, was Richard wirklich Freude machen konnte; ich musste es auswendig lernen bis zum Erbrechen.«

»Sieht bescheuert aus.«

Ein bitteres Lachen drängt sich aus Gretas Kehle.
»Tradition eben. Übrigens: das Ganze nennt sich Vollwichs.«
»*Wie* heißt das?«
»Voll...«, Greta presst beide Hände auf den Mund. Einer der Bandträger zu Martas Rechten fühlt sich bemüßigt, weitere Erklärung abzugeben, kommt aber nur dazu,»Die Chargierten« zu sagen, weil Greta sie am Arm packt und mit sich zieht. Der Grund: Erika nähert sich. Greta stolpert über eine Unebenheit, Marta stützt sie am Ellenbogen, schwankt selbst bedenklich und sieht Gretas rot bestrumpften Fuß in feuchte Erde treten.»Scheiße!« Einige Köpfe drehen sich zu ihnen um. Greta hält sich mit einer Hand an Martas Schulter fest und hüpft auf einem Bein, bis der Pfarrer ihr lächelnd den fehlenden Schuh gereicht hat.

»Kennen wir uns nicht?«, sagt er freundlich.

»Kann ich mir kaum vorstellen«, faucht Greta, und Marta denkt: Das ist also die zickige Seite, zur Notwehr durchaus brauchbar. Den Pfarrer scheint es wenig zu beeindrucken. Er behält sein Lächeln bei und wendet sich anderen zu, entweder in der Absicht, keinen zu verpassen, der womöglich doch des pastoralen Trostes bedürfen könnte, oder um nach getaner Arbeit rasch an die heimische Kaffeetafel zu gelangen. Vielleicht ist er auch einfach nur ein diskreter Mensch.

Greta zwängt ihre nassen Zehen in den Schuh, an der Seite quillt Schlamm heraus, den sie fluchend mit einem Papiertaschentuch abzuwischen versucht.

»Ich muss durch!« Neben ihnen drängelt jemand durch die Reihen, ausgewachsene Männer lassen sich beiseiteschieben wie Pappfiguren, kapitulieren angesichts der zornigen Körpermasse, die ihre Botschaft verkünden zu müssen glaubt: »Dass du es wagst, hier aufzutauchen!« Erika hat sich vor ihnen aufgebaut, an die hundert Kilo bebende Empörung: »Hast du gedacht, ich erkenne dich nicht mit dieser schwarzen Brille? Ich erkenne dich in jeder Aufmachung! Du hast ihn in den Ruin getrieben! Was für eine Frechheit, ihn noch im Tod mit deiner Anwesenheit zu beleidigen! Du trittst hier als feine Dame auf, willst uns allen zeigen, dass du etwas Besseres bist, aber das bist du nicht! Ein treuloses, ehebrecherisches Weib, das bist du!«

Gretas Taschentuch bleibt im Gras liegen.

Marta hätte nicht gedacht, dass es heutzutage noch Menschen gibt, die ein solches Vokabular ernsthaft benutzen. Und was meinte die fette Alte mit »ehebrecherisch«? Um sie herum scharen sich einige Leute, Greta steht stocksteif da, presst die Lippen aufeinander und gibt keinen einzigen Laut von sich.

Nach der kleinen Pause, die Erika einlegen muss, um eine Portion Kummer in ihr Taschentuch zu schnäuzen, ist sie noch lange nicht am Ende: »Schämen solltest du dich! Du hast eine intakte Familie zerstört und einen Mann in seinen besten Jahren um sein Liebstes gebracht!«

Der Herr, der Greta vorhin die Hand reichen wollte, tritt an Erika heran, fasst sie am Arm und bittet sie, sich zu beruhigen.

»Beruhigen soll ich mich? Nein, ich werde nicht schweigen, bis alle wissen, was diese Person meinem Bruder angetan hat!« Sie hebt die Faust, fuchtelt vor Gretas Gesicht herum, der Mann redet leise auf sie ein, versucht sie von Greta wegzuziehen. »Fassen Sie mich nicht an! Ich lasse mir den Mund von niemandem verbieten! Von Ihnen schon gar nicht! Ich werde ...«

Marta schiebt die Sonnenbrille ins Haar und macht einen Schritt nach vorn. »Tante Erika!«

Die Faust senkt sich schlaff.

»Marta? Mein Gott! Bist du es, Kind?«

»Hau ab!«

Erika öffnet den Mund, schließt ihn wieder, schnappt nach Luft.

Sophia steht plötzlich an Martas Seite. »Geh, Tante, geh weg, und lass uns in Ruhe!«

»Das ist doch die Höhe!«, bricht es zwischen den fleischigen Lippen hervor. »Ihr seid doch nur scharf auf sein Geld, ihr Erbschleicher! Ihr habt ihn *alle* auf dem Gewissen!«

Marta spürt den Druck eines anderen Oberarms an ihrem; er fühlt sich nicht fremd an.

Der Pfarrer nähert sich von hinten, fasst Erika um die Schulter. »Kommen Sie, Frau Wagner, Ihre Trauer lässt Sie Dinge sagen, die Ihnen später leidtun werden.« Sanft führt er sie weg und macht im Abgang Zeichen, dass sie besser gehen sollten. Erikas Schluchzen entfernt sich über die Hinterseite des Friedhofs. Der Pfarrer wird sie wohl noch eine Weile aufhalten.

»Verlogene blöde Mistkuh!«, flüstert jemand. Als Marta sich umdreht, steht Kati hinter ihr. Sophia hat Greta in den Arm genommen, wiegt sie hin und her wie ein Kind und schiebt sie dann in Richtung Ausgang, ohne auf Marta und Kati zu achten, die stumm im Abstand von einigen Schritten folgen. Auf dem Parkplatz tippt Kati Marta auf die Schulter und zwingt sie, stehen zu bleiben. »Was machst du hier?«

»Dasselbe wie du, würde ich sagen.«

»Wohl kaum.«

Katis Gesicht hat sich gerötet, Tränen laufen ihr die Wangen herunter, dennoch sieht sie eher wütend als traurig aus.

Marta versucht eine hilflose Geste, die Kati nur noch mehr zu reizen scheint.

»Du hast es nicht einmal für nötig befunden, mich zurückzurufen, und jetzt tauchst du lässig auf Papas Beerdigung auf und tust so, als sei das eine Selbstverständlichkeit?«

»Nein«, sagt Marta, »weder lässig noch selbstverständlich.«

Kati starrt sie an. »Bist du wirklich mit Mama hier? Ihr habt nebeneinandergestanden.«

Marta nickt und zuckt zusammen, als Kati explodiert. »Du erscheinst hier Seite an Seite mit unserer Mutter, ohne mir vorher etwas davon zu sagen? Und das, nachdem ich tausendmal deinetwegen lügen musste? Du hast mir verboten, bei ihr auch nur zu erwähnen, dass es dich gibt, über sie zu sprechen war tabu, du hast mich jedes Mal abgekanzelt, als wäre ich ein lästiges Insekt! Kannst du mir sagen, was ich jetzt *davon* halten soll?«

»Was du willst.«

Eine Sekunde lang überlegt Marta, ob Kati sie ohrfeigen wird. Vielleicht wäre das die einfachste Lösung.

Sophias schaltet sich ein, kommt mit schnellen Schritten auf sie zu, packt beide am Ärmel wie ungezogene Kinder und zieht sie zum Auto, wo Greta wartet. Stimmen nähern sich.

»Wir sollten jetzt erst mal von hier verschwinden.« Sophia lässt Martas Ärmel los, läuft mit Kati weiter. »Fahrt ihr hinter uns her?«, ruft sie über die Schulter, und bevor Marta weiter darüber nachdenken kann, ist sie neben Greta ins Auto gesprungen und folgt Sophias grünem Polo, der einige Meter weiter vorn aus der Parklücke stößt. Am Friedhofstor drängt sich eine Gruppe von Männern, einer von ihnen hebt grüßend den Arm, als sie vorbeifahren. Greta drückt den Knopf, der den Wagen von innen verriegelt, und schluckt eine sinnlose Entschuldigung herunter. Im Rückspiegel ist ein Stück Fahne zu sehen.

Sie folgen Sophia auf die Hauptstraße, biegen hinter ihr in die Münzgasse, die zum Marktplatz führt. Sophia lenkt ihren Wagen auf den Parkstreifen und wartet, bis sie alle vor einem Café ausgestiegen sind. Greta schaut Sophia fragend an.

»Ich dachte, wir könnten zusammen etwas trinken.«

»Aber sicher nicht hier, mitten im Ort«, entgegnet Greta, »womöglich kehrt gleich die halbe Beerdigungsgesellschaft hier ein.«

Kati tritt von einem Bein auf das andere. »Das ist wirklich keine sehr gute Idee, Sophia. Ich habe wirklich keine Lust auf einen weiteren Auftritt der Tante«.

»Und du? Was ist mit Dir?« Sophia schaut Marta an, schüttelt lächelnd den Kopf, als Marta mit den Schultern zuckt.

»Soll jetzt von Marta abhängen, was wir machen?«, faucht Kati.

»Sei still, Katharina!« Gretas Stimme klingt zornig. Sophia breitet versöhnlich die Arme aus, lässt sie wieder sinken, als Kati einen Schritt zurückweicht. »Ich stelle fest: Keiner will sich in der Stadt auf einen Kaffe hinsetzen?«

Dreifaches Schweigen, nur Greta nickt entschieden und wendet sich ihrem Wagen zu.

»Gut«, sagt Sophia, »dann fahren wir eben gleich zum Haus.«

»Zu welchem Haus?«

»Unserem. Ich meine: Vaters Haus. Dort haben wir garantiert unsere Ruhe.«

Greta schnellt herum: »Sophia! Das ist nicht dein Ernst!«

»Wieso nicht? Der Gedanke ist mir vorhin am Grab gekommen: Ich will mit euch da hin.«

Kati vergisst vor Erstaunen, dass sie zu beleidigt ist, um ein weiteres Wort von sich zu geben, und fragt: »Wie sollen wir denn reinkommen?«

Sophia klopft auf ihre Manteltasche. »Ich habe den Schlüssel.«

»Wieso hast *du* den Schlüssel?«, fährt Kati auf und blickt sich zu Greta um, die ihr von hinten die Hand zwischen die Schulterblätter gelegt hat. »Katharina, beruhige dich.« Kati schüttelt sich mit einer unwilligen Bewegung und schaut Sophia herausfordernd an.

»Ich habe ihn eben«, sagt Sophia und öffnet, ohne eine weitere Bemerkung abzuwarten, ihre Autotür. »Kommt ihr mit?« Sie schaut Marta an.

Marta grinst. »Es ist tatsächlich dein Ernst.«

»Ich weiß nicht, ob ich das kann«, flüstert Greta.

»Ihr seid doch total verrückt«, murmelt Kati und sieht sich ängstlich nach einer dunklen Limousine um, die gerade in die Gasse einbiegt.

Eine viertel Stunde später stehen sie in dem verwahrlosten Vorgarten, in dem sich das Unkraut über die Wege rankt und die Wicken den Sieg über die Rosenbeete davongetragen haben.

Marta hat das Haus größer in Erinnerung. Im Obergeschoss hängt ein Rollladen schief im Fenster, ein zerbrochener Blumenkübel liegt neben den Eingangsstufen, aus dem Briefkasten schaut das Ende einer zusammengerollten Zeitung hervor. Dies hier, denkt sie, könnte ein interessantes Experiment werden.

Sophia steckt den Schlüssel ins Schloss, stemmt sich gegen die Tür und stößt sie mit Schwung auf. »Voilà!«

»Ich frage mich, was das bringen soll.« Kati stürmt an ihr vorbei. Greta ist auf der ersten Stufe stehen geblieben, Sophia wartet auf der Schwelle. Marta, dicht neben ihr, überlegt, ob eine Mutprobe pro Tag nicht ausreichend ist. Greta sieht aus, als hätte sie genug für heute.

»Komm schon, Mama, da drin gibt's keine Gespenster.« Sophia ist zwei Stufen zu Greta hinuntergestiegen und streicht ihr über die Wange.

»Da bin ich mir gar nicht so sicher«, sagt Greta, lässt aber zu, dass Sophia ihren Arm um sie legt und sie ins Innere führt. So vertraut werden wir nie miteinander umgehen, denkt Marta und schließt hinter sich die Haustür.

Drinnen empfängt sie die abgestandene Luft eines für lange Zeit verlassenen Wohnraums. Auf den ersten Blick fühlt Marta sich angenehm fremd. Nach ihrem Weggang muss gründlich umgestaltet worden sein: andere Möbel, Tapeten, Böden, selbst die Raumaufteilung hat sich geändert. Ob Richard versucht hat, diesem Haus doch noch seine Handschrift aufzuzwingen? Wie auch immer: Dies hier erzählt im Wesentlichen von Zeiten, an denen sie keinen Anteil mehr hatte. Aber der Mann, der hier zuhause war, sein Geruch hängt noch in den Vorhängen, Gegenstände, die er täglich in der Hand hatte, liegen herum, Informationen, die er niemandem zukommen lassen wollte, sind über die Räume verteilt, womöglich finden sich Dinge, die Marta nicht finden will. Oder soll.

Ich dringe in dein Reich ein, toter alter Mann.

Sophia ist in die Küche gegangen, zieht die Rollläden hoch, öffnet die Fenster. Aus dem oberen Stockwerk ist das Schlagen einer Tür zu hören. Ein Poltern auf der Holztreppe lässt Marta und Greta gleichzeitig zusammenfahren. Als sie die Küche betreten, schaut Sophia sie lächelnd an. Wie eine Gastgeberin, die harmlosen Besuch erwartet, denkt Marta, das ist merkwürdig.

»Ich mache Kaffee. Mama, zieh doch den Mantel aus.«

Greta macht eine abwehrende Handbewegung.

»Setzt euch wenigstens.« Sophia zieht zwei der Stühle vom Küchentisch zurück und macht sich an den Schränken zu schaffen. Marta hängt ihre Jacke über die Lehne und lässt sich mit Blick auf das Fenster nieder. Eine dicke gefleckte Katze scharrt mit den Pfoten im ehemaligen Blumenbeet, dreht dem Haus das gesenkte Hinterteil zu und verrichtet mit zuckendem Schwanz ihr Geschäft.

»Wie kommt es, dass es hier so ordentlich ist?« Kati ist im Türrahmen erschienen und schaut sich in der Küche um.

»Das war ich«, sagt Sophia.

»Die ganzen Flaschen, der Müll, die dreckigen Klamotten?«

»Habe ich weggeräumt.«

»Wie kommst du dazu?«

»Er hat mich darum gebeten.«

»Dich?«

»Ich war vorletzte Woche bei ihm im Krankenhaus, das weißt du. Wir haben länger miteinander geredet, und anschließend habe ich seiner Bitte entsprechend hier übernachtet und aufgeräumt.«

Drei Augenpaare, weit aufgerissen, schnellen zu ihr und bleiben in jeweils einer anderen Nuance fragend an ihrem Gesicht hängen.

»Was starrt ihr mich so an? Ich hab's halt gemacht, na und?« Sophia dreht sich aus den Blicken heraus und beginnt Kaffeepulver in die Kanne zu füllen. Mit jedem Löffel klirrt Silber auf Glas, ein Wunder, dass keine Scherbe aus der Kanne platzt.

Greta, noch immer im Mantel, lehnt sich bleich und müde an den Kühlschrank, zieht langsam die Sonnenbrille vom Gesicht. »Sophia, warum?«

Marta hält den Atem an, als Sophia sich nach einer Weile wieder Greta zuwendet. Sie hat die Veränderung im Gesicht der Schwester gesehen, die kurz das Kinn auf die Brust sinken ließ, die Augen schloss und für einen Moment der früheren Greta so ähnlich war, dass man Angst bekommen konnte. Jetzt richtet sie sich auf, die offene Kaffeedose in der Hand. »Dies ist unser Haus, wir alle haben einen Teil unseres Lebens hier verbracht.«

Kati schnauzt Sophia an: »Sie will wissen, warum du so vertraut mit ihm warst, dass du sogar bei ihm übernachtet hast, inmitten seiner Sachen. Und hast auch noch den Saustall ausgemistet, seinen Dreck weggemacht! Warum du? Ich habe ihn öfter besucht! Jetzt kochst du lässig Kaffee, als wohntest du hier.«

»Ich war nicht seine Vertraute, falls du das glaubst, ich habe ihn nur in einem schwachen Moment erwischt, und: Ja, er hat mir leidgetan, der weinende alte Mann. Kati, du hast keine Ahnung, was es bedeutet, wenn ich das sage, du kannst dich kaum an die Zeit vor Martas Flucht erinnern. Frag sie doch, oder nein, lass sie in Ruhe und misch dich nicht in Sachen, die du nicht verstehst.«

»Das ist nicht fair«, heult Kati, und Marta ist geneigt, ihr recht zu geben.

Greta schüttelt den Kopf. »Warum sind wir hier, Sophia?«

Kati verlässt den Raum, ihre Schritte sind auf der Kellertreppe zu hören.

»Um zu vergessen«, sagt Sophia.

»Du liest die falschen Bücher«, murmelt Greta.

»Kann sein. Ich dachte … ach, was soll's.«

Sophia beginnt, kochendes Wasser in die Kanne zu füllen, öffnet den Küchenschrank, stellt ein Schraubglas mit Milchpulver auf die Anrichte, greift nach den Kaffeebechern im offenen Regal, zieht die Besteckschublade auf. Ihre Handgriffe sind gezielt und ruhig, kein Zittern, kein Zögern, sie kennt sich aus.

Draußen ist die Katze auf einen Pfosten am Gartentor gesprungen und leckt ihre Pfoten. Marta spielt kurz mit dem Gedanken, den Aschenbecher nach ihr zu werfen, lässt es dann aber. Richards Aschenbecher, sauber gespült, keine Spur.

Greta stößt sich vom Kühlschrank ab. »Ich schaue mal nach Katharina.« Ihre Handtasche bleibt auf dem Boden zurück.

Sophia kommt mit zwei Kaffeetassen an den Tisch, reicht Marta eine davon.

»Sophia, ich ...«

»Du brauchst nichts zu erklären. Ist schön, dass du hier bist.« Sie nimmt einen Schluck, verzieht das Gesicht, schüttet den Rest in den Ausguss. »Scheußlich, trink das bloß nicht!« Marta lacht und stellt ihre Tasse zu der anderen in die Spüle.

»Und jetzt?«

»Du musst ja nicht gleich wieder auf Jahre verschwinden«, sagt Sophia, während sie sich am Wasserhahn zu schaffen macht.

»Nein, muss ich nicht.«

Sophia lächelt ins Spülwasser. Marta greift sich ein Handtuch vom Haken und nimmt das nasse Geschirr von Sophia entgegen.

»Hast du gelegentlich in Berlin zu tun?«

»Möglicherweise.«

Marta legt das Handtuch beiseite, geht zu ihrem Rucksack und holt ihr Notizbuch hervor. Sie schreibt rasch ein paar Zeilen, reißt das Blatt heraus und hält es Sophia hin. »Kannst dich ja mal melden.«

Sophia betrachtet das Stück Papier, nickt, faltet es zusammen, steckt es in die Tasche ihrer Jeans.

In der Zeit am Anfang der Zeiten starb ein Mann auf seinem Weg durch die glühende Mittagshitze. Seine beiden Frauen eilten zu dem am Boden liegenden Körper und brachen in jammerndes Wehklagen aus. »Lass uns rasch im Wald Arznei holen, bevor es zu spät ist«, sagte die eine, aber die andere weigerte sich, von ihrem Mann abzulassen: »Hierbleiben will ich und dafür sorgen, dass sich kein Ungeziefer auf ihm niederlässt!« Da rannte die erste Frau in den Wald und traf einen Kobold. »Was bringst du in mein Reich ein?«, fragte er sie streng. »Gib mir die Medizin, die die Toten wieder lebendig macht«, bat die Frau, »ich benötige sie für meinen Mann.« Der Kobold hatte

Mitleid mit der bekümmerten Frau und gab sie ihr. »Aber ich warne dich«, sagte er streng, »die Arznei wirkt nur, wenn sich noch kein Ungeziefer auf dem Toten niedergelassen hat!« Die Frau dankte dem Kobold und eilte zu dem Toten und der anderen Frau zurück. »Wie gut«, rief sie schon von weitem, »du hast dafür gesorgt, dass die Medizin wirken kann!« Sie gaben dem Mann von der Zauberarznei, und er erhob sich und war wieder unter den Lebenden. Der Gatte fragte seine beiden Frauen, wem er nun seine Rettung zu verdanken habe. »Mir!«, schrie die eine, »nein, mir!«, rief die andere, und sie gerieten in einen so heftigen Streit, dass er sie für immer zu Feindinnen machte, obwohl sie zuvor Freundinnen gewesen waren.

Die Kobolde im Wald hörten von dieser Sache und beschlossen, von nun an die Toten bei den Toten zu lassen und sie nicht wieder ins Leben zu holen, denn dies führte zu Streit und Hader.

Aus diesem Grund gibt es heute kein Mittel mehr gegen den Tod. Die Kobolde aber zogen sich tief in den Wald zurück, um dem Gejammer der Trauernden zu entfliehen. Niemand kennt den Ort, an dem sie zu finden sind.

»Erinnerst du dich an das Buch mit den Baoulé-Geschichten?«

Sophia nickt. »Ja, natürlich. Es ist bei Greta.«

»Nicht mehr. Sie hat es mir gestern Abend gegeben.«

»Wirklich?« Sophia wirkt nicht überrascht, räumt Geschirr in den Schrank, betrachtet nachdenklich die zwei unberührt gebliebenen Tassen. »Kati und Mama werden sich wohl nicht mit uns an diesen Küchentisch setzen und sich mit scheußlichem Kaffee bewirten lassen?«

»Sieht nicht so aus«, sagt Marta.

»War wohl keine gute Idee, euch hierherzulotsen.«

»Hattest du viel Kontakt zu ihm?«

»Nein.«

Mit einem Knall wirft Sophia die Schranktür zu, wischt mechanisch die Spüle trocken. »Der ganze Kram, ich wollte, ich hätte das schon alles ausgeräumt.«

»Musst *du* das machen?«

»Du solltest sehen, wie es unten aussieht. Vor ungefähr zwei Jahren hat er sämtliche afrikanischen Sachen von Wänden und Regalen genommen, in Kisten verpackt und in den Keller geschafft: Masken, Figuren, Stoffe, Schmuck, alles in die Verbannung. Keine Ahnung, warum. Vielleicht konnte er das Zeug nicht mehr ertragen. Hier oben befindet sich ohnehin noch genug anderer Plunder.«

»Wieso fühlst du dich verantwortlich?«

Sophia wehrt die Frage mit einer Bewegung ihrer Hände ab, dreht beide Handflächen nach außen, wirft sie nach hinten bis an die Schultern und verschränkt sie vor ihrem Bauch. Wie früher, denkt Marta, sie nannte es Sophias »Bleib-mir-weg-Geste« und hatte sie zu respektieren gelernt. Also gut, keine Antwort.

Marta erschrickt fast, als Sophia doch noch etwas dazu sagt: »Wer soll sich denn sonst darum kümmern? Ich bin schließlich die Älteste.«

Marta sieht sie vor sich, wie sie vorhin auf dem Friedhof stand in ihrem dunkelblauen Mantel. Wie der Wind ihr ins Haar fuhr und sich ihre Hand langsam zum Gruß hob. Ich war lange weg, hatte Marta gedacht und sich zu der Frau auf der anderen Seite des Grabes gewünscht, die fremd und vertraut zugleich aussah. »Meine große Schwester ist die Einzige, die ich manchmal vermisse«, hatte sie Paul am Strand erzählt und die Fortsetzung des Satzes weggelassen.

Die strikte Verweigerung jeglicher familiären Bindung war ein Überlebensprinzip gewesen. Wenn Marta jetzt darüber nachdachte, klang das ziemlich abgeschmackt. Mit Anfang dreißig war es wohl Zeit, lang gepflegte Schutzmechanismen in Frage zu stellen, zumal niemand mehr in der Gegend herumlief, der ein Jagdgewehr auf sie richten wollte.

Sophia setzt an, etwas zu sagen: »Du warst …« Sie hält inne, holt Luft, zieht an einem der Griffe vor sich. »Ich wollte eine andere Lösung finden als du«, presst sie hervor und beginnt in der Besteckschublade die Löffel ineinanderzulegen: fein säuberlich nach Größe, in einer Reihe. Marta möchte ihr die Schublade vor der Nase zuschmettern, sie packen, schütteln und anschreien, dass in ihrem Fall weder von Lösung noch von Finden die Rede sein kann und dass nicht sie es war, die das Bündnis zuerst aufgegeben hat, lässt den Gedanken aber wieder fallen. Was weiß sie schon über ihre Schwester?

Notwehr, denkt Marta, wir haben jede unsere eigene Form, sie zu praktizieren; belassen wir es dabei: Halbwahrheiten, mit denen sich Versionen von Erinnerung zurechtschmieden lassen, um damit leben zu können. Dafür, dass Sophia Richard mindestens ein Mal Martas Aufenthaltsort verraten hat, gibt es keinen Beweis. Viel zu früh, viel zu riskant, das gesamte Paket aufzuschnüren.

Vielleicht haben wir irgendwann einmal genug Vertrauen und Zeit dazu.

Oder die Freiheit, es zu lassen.

»Hast du dich auch um die Beerdigung gekümmert?«, fragt Marta. Sophia nickt, ohne zu ihr hinzusehen.

»Und die Inszenierung auf dem Friedhof, die hast auch du veranlasst?«

»Welche Inszenierung?«

»Fahne hoch, Fahne runter …« Marta bereut ihre Worte augenblicklich, als Sophia sich mit einer Mischung aus Ärger und

Enttäuschung zu ihr wendet. »Ich kann damit genauso wenig anfangen wie du, Marta. Aber seine alte Studentenverbindung war alles, was Richard noch hatte, nachdem sich ehemalige Kollegen, Nachbarn und sämtliche Verwandten zurückgezogen hatten. Ich war froh, dass die Bundesbrüder trotz seines Verfalls noch kamen. Einer von ihnen hat ihn sogar im Krankenhaus besucht: Bruno Schäfer. Das ist der, der sich vorhin bemüht hat, Mama zu begrüßen und Erika zu beruhigen. Ich habe ihn in der Klinik getroffen. Diese Leute haben für die Verabschiedung ihrer verstorbenen Mitglieder nun mal eigene Riten, die sind, wie sie sind.«

Marta traut ihren Ohren nicht. Sophia bemerkt ihr verblüfftes Gesicht, ihr Ärger weicht einem Schmunzeln, das Marta fast noch mehr irritiert.

»Sophia, diese Typen, wir haben sie gehasst!«
»Dabei ist es auch geblieben.«
»Wieso also sie ans Grab bestellen?«
»Vater hat das viel bedeutet, mehr als Frau und Kinder: als wir. Und es war seine Beerdigung, nicht unsere.«

Warum sich ihre Finger treffen, bleibt beiden ein Rätsel, das keine von ihnen zu analysieren gewillt ist.

Erzähle, Sophia, nenn mir den Code.
»Wir werden diesen Mann nicht entschlüsseln, Marta.«
»Kannst du Gedanken lesen?«

Sophia tritt näher an Marta heran, greift ihr ins Haar, zieht ihren Kopf am Pferdeschwanz nach hinten. »Bin etwas aus der Übung, was dich angeht, Schwester.«

Ihre Hände gleiten auf Martas Schultern, greifen zu. Marta spürt, wie sich Sophias Daumen unter ihrem Schlüsselbein ins Fleisch drücken. »Du tust mir weh!« Augenblicklich löst sich der Druck, wandert an ihren Armen herunter, lässt schließlich ganz von ihr ab.

»Hilfst du mir beim Ausräumen dieser Hölle? Tust du das?«

»Eigentlich wollte ich mich aus alldem raushalten«, sagt Marta und denkt: Wir sind komplett wahnsinnig!

Was für eine Vorstellung: Sophia und sie, hemdsärmelig mit dem Müll aus Richards Leben, ein großer Container vor dem Haus, in dem die letzten Spuren eines Vaters entsorgt werden, während die Nachmieter unruhig mit den Füßen scharren.

Sollten ausgerechnet sie beide normale Töchter darstellen, die sich um die Entsorgung der Besitztümer ihres verblichenen Erzeugers kümmern? Früher waren sie mal Grabräuberinnen; das würde es besser treffen. Zwei Frauen auf der Suche nach so etwas wie einer zusammenhängenden Geschichte?

Das Wissen, dass du nicht von mir alleingelassen werden wolltest, Schwester, hätte vielleicht auch nichts geändert; einen Versuch deinerseits wäre es allemal wert gewesen. Möglicherweise kann ich bleiben, bis die Aufgabe gelöst ist, sofern wir herausbekommen, wie sie lautet. Du wirst die Insekten nicht vertreiben, ich werde den Kobold nicht suchen, niemand wird aufgeweckt, es besteht vorerst keine Gefahr.

»Schon mal darüber nachgedacht, die Bude einfach anzuzünden?«

Sophia lacht: »Früher oft, jetzt ist es nicht mehr nötig. Ordnungsgemäße Abwicklung und dann: vorbei!«

Vorbei, denkt Marta, alles und nichts. Verbrannte Asche hätte weniger Indizien hinterlassen und wäre als Metapher enorm tauglich gewesen. Kinderkram! Sie sind erwachsen, sie sollten gelernt haben, ohne Feuersbrünste auszukommen.

Sing ich dir ein Lied,
denk ich dir ein Haus ...
Weißt du noch, Liebste, ich hab in deinem Auftrag getötet.

Der unerklärliche Wunsch, Greta möge wieder auftauchen, bringt Marta fast mehr aus der Fassung als die Melodie, die ihr plötzlich wieder in den Sinn kommt. Am Meer war sie ihr eingefallen, bei einem Aufenthalt in Assinie. Sie waren nachmittags mit Vollgas an einem Buschbrand vorbeigefahren, hatten sich feuchte Taschentücher vor den Mund gehalten, das Knistern und Krachen war bis ins Wageninnere zu hören gewesen und hatte den Motor übertönt. Als sie später den Strand erreicht hatten, befahl Richard ihnen, sich im Meer zu säubern, bevor sie sich an der Rezeption des Clubs blicken lassen durften. Das wütende Spucken des Feuers noch im Ohr, hatte sich Marta im gleichmäßigen Wogen des Wassers treiben lassen. In der darauffolgenden Nacht war Sophia zu ihr ins Doppelbett des Ferienappartements gekrochen, und Marta hatte aus den verschiedenen Rhythmen von Feuer und Wellen das neue Abenteuer gewoben: Schnell, langsam, hart, weich, zerstörerisch, sanft ... bis Aura Poku sich verabschiedet hatte und Sophia endlich eingeschlafen war.

»Was willst du mit dem Haus machen, wenn es leer ist?«
»Ich alleine gar nichts«, antwortet Sophia, »wir werden es verkaufen, denke ich. Drei gleiche Teile: Katharina, Marta, Sophia, so steht es geschrieben. Ich habe das Testament gesehen.«
Marta starrt sie an. »Unmöglich! Warum sollte er mir, der Verräterin, einen Teil seines Besitzes vermacht haben?«
»Schwarz auf weiß und notariell beglaubigt.«
»Was sagt Kati dazu?«
Sophia verdreht die Augen.
Jetzt besitzen wir doch noch gemeinsam ein Haus!
»Komm, ich will dir etwas zeigen.« Sophia winkt Marta, ihr zu folgen, und verlässt die Küche. Aus dem Untergeschoss tönen Stimmen herauf. Sophia läuft den Flur entlang, zieht die

oberste Schublade einer Kommode auf und holt unter einem Stapel Stoffservietten einen Schlüssel hervor, den sie in die angrenzende Tür steckt. Richards Arbeitszimmer ist gefüllt mit Aktenordnern, Bildbänden, Papierrollen. Hier hat sich wenig verändert, als wäre dieser eine Raum zum Zeitpunkt der Umgestaltung dem Haus schon nicht mehr zugehörig gewesen. Der gleiche alte Schreibtisch aus Eichenholz, Regale bis zur Decke, die Afrikakarte an der Wand, auf der sich an der Westküste bunte Stecknadelköpfe ballen. Eine Ecke hat sich von der Holzvertäfelung gelöst und rollt sich bis zum Sudan herunter. Daneben einige gerahmte Fotografien: Richard mit dem Gewehr in der Hand, den rechten Fuß auf den Kadaver einer Antilope gestellt; Richard am Steuer eines offenen Jeeps, eine Elefantenherde im Hintergrund; Richard mit Schutzhelm, umringt von Afrikanern in zerschlissenen Latzhosen; Richard, lachend, einen jungen Affen im Arm; Richard beim Händedruck mit Präsident Houphouët-Boigny; Richard vor der Villa in Bouaké. Der letzte Rest Afrika in Richards Umgebung, auch der bereits ausgedünnt: Helle rechteckige Flecken an der Wand bezeugen, dass Rahmen, die hier ursprünglich gehangen haben, entfernt wurden: Aufnahmen von Gattin und Töchtern.

Marta schaut nach Sophia, die sich auf dem Schreibtischstuhl niedergelassen hat und mit einem kleinen silbernen Schlüssel die Hängeregistratur zu öffnen versucht. Sie schlägt mehrmals mit der Faust gegen das Schubfach, versetzt dem Schreibtisch von unten einen Tritt, kippt beinahe nach hinten, als ihr der Schub entgegenfliegt.

Überall Staub und Schmutz: fünfunddreißig aufgegebene Quadratmeter.

Da ist die Erinnerung an einen Tag, an dem Marta von dem würzigen Geruch angezogen wurde, der geheimnisvoll aus diesem Zimmer drang, sie überlegte, was hinter der dunklen Holztür vorgehen mochte, lauschte, als Klänge von Musik zu hören waren, verschwand rasch um die nächste Ecke, sobald die Klinke sich bewegte. Die Kinder betraten diesen Raum selten; allenfalls warteten sie an der Schwelle, um Einkäufe abzuliefern, zu denen der Vater sie beauftragt hatte: Tabak, Zigaretten, Bleistifte. Sie versuchten dann, einen Blick auf das Innere zu erhaschen, und tauschten sich später darüber aus, wenn sie etwas Bemerkenswertes entdeckt hatten. Jedenfalls solange sie sich noch in so etwas wie einem Austausch befanden.

Auf dem Zeichentisch liegen vergilbte Pläne, Richard hat mit rotem Filzstift Linien durchgestrichen, SCHROTT, MIST, UNBRAUCHBAR! ist in Großbuchstaben an den Rand gekritzelt. Das letzte Projekt des großen Baumeisters ist eine Bushaltestelle gewesen. Um den Tisch herum: zusammengeknülltes Papier, Fetzen zerrissener Fotografien, leere Briefumschläge, Tabakkrümel, Pfeifenreiniger, silberne Schraubdeckel, *Absolute Wodka*. Whiskey ist wohl irgendwann zu teuer geworden. Traurige Reste einer implodierten Verzweiflung oder die natürliche Unordnung des Säufers, am Schluss vielleicht beides. Auf der Fensterbank findet sich ein Lebenszeichen, mutmaßlich jüngeren Datums: Richards Pfeife, achtlos hingeworfen, Tabakreste sind herausgerieselt. Er muss gelegentlich doch noch hier gewesen sein, zu Besuch im Mausoleum seiner ersoffenen Träume. Gleich kommt er zur Tür herein, das kleine schwarze Lederetui in der Hand. Er wird sich suchend umblicken, »ah, da ist sie ja« sagen, auf dem Sessel am Fenster Platz nehmen, mit flatternden Fingern die Pfeife stopfen und sich in ihrem Dunst auflösen.

Dein Totenschein berechtigt nicht dazu, mich in der Sicherheit deines Verschwindens zu wiegen.

Eine Amsel landet hinter dem Fenster auf einem Ast, der bis

an die Hauswand reicht. Sie hält ihren Kopf schief, beäugt die Bewegungen jenseits der Scheibe. Unterhalb ihres Landeplatzes ist ein Holzkästchen zu erkennen, das an einem Draht in die Zweige gehängt wurde. Es sieht nicht aus, als hinge es länger als einen Winter dort: Das Holz ist in gutem Zustand, die kleinen Dachschrägen sind grün gestrichen, der Stab, der unter dem Loch herausschaut, wurde mit dünner Kordel umwickelt. Marta tritt näher ans Fenster, die Amsel fliegt davon. Das Gras im hinteren Garten steht kniehoch, Büsche wuchern ins Gelände. Hier ist seit langem kein Gärtner gewesen. Aber Richard als Vogelfreund? Schwer denkbar.

»Hier.« Sophia hat einen Pappordner in den Händen, aus dem sie einen Stapel Fotos holt. »Sieh dir das mal an.«

Marta ist instinktiv zurückgewichen. Richard wäre vollkommen ausgerastet, hätte er sie hier beim Schnüffeln erwischt. Sie will raus aus diesem Zimmer, zurück in Flur oder Küche, die Sophia bereits von seinen Spuren gereinigt hat, dorthin, wo man besser atmen kann. Hier drinnen ist es entschieden zu voll, jeden Moment könnte sie über Dinge stolpern, die besser mit ihm begraben worden wären; was beim Eintritt noch neugierige Spannung war, ist verflogen. Antworten sind kaum zu erwarten.

Habe ich dich doch schon vor einer Ewigkeit über den Totenfluss geschickt; nur Greta ist zurückgekommen, obwohl niemand in den Wald ging, für sie den Trank zu holen.

Schlafmangel, denkt Marta, hat bei mir noch nie zu größerer Klarheit der Gedanken geführt.

Als sie das oberste Bild erkennt, greift sie doch nach dem Packen in Sophias Hand und schiebt langsam ein Bild hinter das andere. Die Aufnahmen sehen professionell aus, mit dem Teleobjektiv gemacht, grobkörnig und in Farbe. Auf allen ist Marta zu sehen: in Raphaelas Garten, auf der Straße, vor der Buchhandlung, am Fenster von Raphaelas Haus. Weiter unten sind Bilder aus Berlin: Valentins Café, Marta davor mit der schwarzen Kellnerschürze und der großen Geldbörse in der Hand, eine Aufnahme von Paul und Marta beim Verlassen des Hauses, Marta mit Yannis im Park, Marta inmitten einer Gruppe von Freunden, Valentin, der sie auf den Mund küsst, Marta beim Einsteigen in den alten Peugeot.

»Was soll das …?« Sie hält Sophia die Abzüge hin, die keine Anstalten macht, danach zu greifen.

»Er hat sie wohl in Auftrag gegeben.«

»Wem?«

»Weiß ich nicht. Es waren keine weiteren Informationen dabei, obwohl es die gegeben haben muss. Von Greta existiert übrigens eine ähnliche Serie, auch über Jahre hinweg erstellt.«

»Weiß sie davon?«

»Glaube ich nicht. Vor seiner Einlieferung hat Vater eine Menge privater Unterlagen vernichtet. Ich habe säckeweise Papier, das durch den Zerkleinerer gegangen ist, im Flur gefunden. Fast schon ein Wunder, dass es Momente gegeben haben muss, in denen er noch handlungsfähig war.«

Marta lässt sich auf einen der Sessel fallen. Richard hatte jemanden auf sie angesetzt, sie beobachten lassen, ihre Aufenthaltsorte auspioniert. Das Gefühl, ihn nicht abschütteln zu können, war demnach nicht rein paranoid gewesen. Weder bei ihr noch bei Greta. Richard war da, oder jemand, der in seinem Auftrag handelte, was fast auf das Gleiche rauskommt. Nochmals schiebt sie die Aufnahmen durch ihre Finger, schüttelt heftig den Kopf. »Gruselig.«

»Ich dachte, du solltest das wissen«, sagt Sophia sanft, »es kann alles Mögliche bedeuten. Vielleicht erfahren wir mehr, wenn wir das alles hier geordnet haben.« Sophia lässt ihren Arm durch den

Raum fliegen, Marta hebt zweifelnd die Augenbrauen. »Ich für meinen Teil bin allenfalls bereit, das Zeug unbesehen in Müllsäcke zu stopfen.«

Sophia zupft sie am Hemdkragen, tritt dicht vor sie hin und flüstert: »Komm schon, gib zu, dass der Gedanke etwas hat, Richards Papiere zu sichten und aus den Stücken, die dem Aktenvernichter entgangen sind, Puzzleteile von heimlichen Geschichten herauszufiltern.«

»Lieber nicht.«

Was stöberst du in meinem Hirn herum, Schwester, drehst und wendest meine Gedanken, bis ich nicht mehr weiß, wo rechts und links ist?

Marta stößt den Stapel mit den Fotos auf dem Tisch zu einem sauberen Block zusammen, nimmt sich den Aktenordner und schiebt die Resultate von Richards Spionageauftrag, oder was auch immer das gewesen sein sollte, in die Plastikhülle zurück. Kranker Irrer, denkt sie und lügt: »Ich habe gehofft, er hätte mich irgendwann einfach vergessen.«

»Sieht nicht so aus.«

Man könnte eine Firma anheuern: *Schmitt und Söhne*, professionelle Haushaltsauflösungen, die vernünftige Alternative zu Benzinkanister und Streichholz.

Was ist mit den Teilen des Puzzles, die sich in deinem Besitz befinden, Sophia? Du willst nicht über euer Verhältnis sprechen, aber mit mir seine Geheimnisse erforschen?

Erinnerst du dich an mein Lied von der Hyäne, die zu viel wissen wollte? Niamye schickte sie in die Steppe, wo sie fortan nur Aas fressen durfte. Der Leopard aber, der mit frischer Beute zufrieden war, ohne nach dem Woher zu fragen, wurde belohnt mit schnellen Pfoten und Glück für die Jagd. Ich hatte eine wilde Melodie für die letzte Passage gewählt.

Dass jedoch weder Hyäne noch Leopard preisgeben wollten, wo sich ihre Höhlen befanden, machte sie zu Verbündeten, und der Leopard rannte das eine ums andere Mal durch die Steppe, wo ihm wie zufällig tote Beute aus dem Maul fiel. Ob das Fleisch der Hyäne bekommen ist? Ich weiß es nicht mehr.
Dann sind die beiden Raubtiere von uns gezähmt worden und in unseren blutigen Dienst getreten.
Du hast ihn eingefordert, den gesungenen Doppelmord.
Jetzt mach schon: Hol dir auch diesen Gedanken!

Plötzlich ist Gretas Stimme zu hören, die ihre Namen ruft. Krachend wird das Schubfach zugeworfen, Sophia ist mit einem Satz wieder an Martas Seite, als Greta den Kopf ins Zimmer steckt. »Ach, hier seid ihr.« Sie lässt den Blick durch den Raum wandern, sieht ihre Töchter fragend an, entscheidet sich nach einer stummen Weile, ihrerseits deren verlegenes Lächeln zu erwidern. »Seht mal, was ich gefunden habe!« Greta hebt den Arm, hält eine eingestaubte Flasche Wein in die Höhe. »Einen 1989er Château Haut-Brion!«

Sophia reißt die Augen auf. »Hast du eine Ahnung davon, was der wert ist?«

»Ja, habe ich«, sagt Greta. »Und ich will den jetzt mit euch trinken.«

»Du spinnst ja!« Sophia ist sichtlich amüsiert; auch Marta kann sich ein Grinsen nicht verkneifen. Was auch immer im Keller vor sich gegangen ist, das Ergebnis gefällt ihr.

Kati schmiegt sich von hinten an ihre Mutter und wirft den Schwestern einen herausfordernden Augenaufschlag aus rot verquollenem Gesicht zu. Gretas Arm wandert um sie herum, bringt die Flasche an Katis linker Hüfte wieder zum Vorschein, die sich noch enger an sie drückt. Unsicher sucht Greta Martas

Blick, lächelt schließlich dankbar, als sie keine Spur von Missbilligung darin erkennt, und wendet sich mit Kati im Arm in den Flur. »Nicht da drinnen«, ruft sie über die Schulter, »draußen, auf der Terrasse, dort hat er sich nur ungern aufgehalten. Kommt ihr? Wir brauchen Gläser und einen Korkenzieher!«

Sophia schüttelt den Kopf. »Was wird das denn jetzt?« Sie macht sich auf den Weg in die Küche, Marta folgt ihr, lässt sich zwei Weingläser in die Hand drücken und sagt: »Vielleicht passt so eine groteske Form von Abschied ganz gut zu unserer Familie.«

»Hast du gerade *unsere Familie* gesagt?«

»Nun mal langsam ...«

Sophias Ellenbogen landet hart in Martas Seite.

Greta strahlt die beiden an, als sie albern prustend auf die Terrasse treten, wo neben Blumentöpfen und Plastikplanen fünf hölzerne Gartenstühle vor sich hin modern. Kati schaut demonstrativ in den Wald. Sophia nimmt Greta die Flasche aus der Hand, wischt mit dem Ärmel darüber, betrachtet das Etikett: »Nicht zu fassen!«

»Mach schon auf!«

Mit einem Plopp zieht Sophia den Korken heraus, Greta verzieht das Gesicht. »Ein wenig mehr Respekt, Sophia!«

»Ach, ja?«

Marta stellt die Gläser auf einen kleinen Palisandertisch, Sophia beginnt auszuschenken. Gluckernd rinnt der Wein in Richards Kristallgläser, einige Tropfen gehen daneben, versickern im ausgelaugten Holz.

»Also gut: kein Respekt!«, sagt Greta. Für einen Moment ist die Fröhlichkeit in ihrer Stimme einem bitteren Beigeschmack gewichen. Die drei Töchter sehen ihre Mutter an, jede von ihnen wüsste jetzt gerne, was im Kopf dieser Frau vor sich geht.

Greta bemerkt die Verwirrung. »Entschuldigt, ich habe auch bloß Nerven.«

Kati rückt ihren Stuhl näher an Gretas heran, beäugt Marta, die Anstalten macht, sich auf der anderen Seite der Mutter niederzulassen. Marta fängt den Blick der Schwester auf, rutscht etwas ab, die Stuhlbeine knirschen schrill über den Terrakottaboden.

Greta richtet sich auf, beginnt die Gläser zu verteilen. Jede ihrer Töchter streckt eine Hand aus und nimmt ein Glas mit dem kostbarsten Tropfen aus Richards verwaisten Alkoholbeständen entgegen.

»Kein Trinkspruch!«

Sie heben die Gläser.

Kati sieht traurig und verloren aus, als sie am Wein nippt, Marta und Sophia nehmen jede einen kräftigen Schluck, Greta leert ihr Glas in einem Zug, stellt es auf den Tisch zurück und lässt beim Zurücklehnen ihren Arm zu Katis Rückenlehne wandern.

Sophia verteilt den Rest der Flasche zwischen Greta und Marta, Kati hält die Hand über ihr Glas. »Ich muss noch fahren.«

Vier Frauen im blauen Licht der hereinbrechenden Dämmerung hinter einem Totenhaus, denkt Marta; Raphaela hätte das gefallen. Sie hätte ihr Schreibheft gezückt, sich versonnen lächelnd Notizen gemacht und die Szene später irgendwo eingebaut, wo keine der Beteiligten jemals mehr als einen Verdacht bezüglich ihrer Vorbildfunktion für die Erzählung hätte haben können. Marta nimmt sich vor, Greta irgendwann zu erzählen, wie es war mit Raphaela: wie diese mitunter für Wochen in den Strängen eines Romans verschwand, nur zum Essen auftauchte, das sie abwesend und stumm zu sich nahm, um gleich wieder an den Schreibtisch zu verschwinden. War das Buch fertig, gingen sie groß aus, tranken Champagner, und Raphaela versicherte

Marta, dass sie der einzige Mensch sei, den sie in solchen Phasen um sich herum ertragen könne. Von den Zeiten während Raphaelas Auslandsaufenthalten wird sie erzählen, in denen Marta dieses schöne alte Gemäuer nur mit einigen Tieren zu teilen brauchte, und von der Ruhe, die dann über sie kam. Dass Raphaela hilfsbedürftige Wesen magisch anzog: Katzen ohne Schwanz, streunende Hunde, Krähen mit gebrochenen Flügeln, ein heimatloses Mädchen, das länger bei ihr kleben blieb als ursprünglich vorgesehen. Sie würde Raphaelas Liebe verraten und Greta zu beruhigen versuchen, falls sie Beruhigung wünschte: Nein, Mutter ist sie mir keine gewesen. Dass dies Greta einschloss, vielmehr ausschloss, würde sie ihr verschweigen, einfach aus dem Grund, dass sie sich dessen nicht sicher war.

Auf dem Nachbargrundstück geht eine Lampe an, Schritte sind zu hören, eine Autotür wird zugeschlagen, das Brummen des Motors verliert sich in der feuchten Abendluft.

»Raucht ihr?« Marta hält ihre Zigarettenpackung in die Runde, Kati schnaubt verächtlich, Greta nimmt eine, Sophia schüttelt freundlich den Kopf.

»Feuer?«

Gretas Hand legt sich um Martas Rechte. Eine ganz normale Berührung, rein praktisch motiviert, wie sie vor Kneipen zwischen wildfremden Menschen stattfindet, die einander beim Anzünden einer Zigarette behilflich sind, ohne dass dies weitere Konsequenzen hätte. Gretas Hand ist warm und trocken.

»Danke!«

Sie schließt ihre Finger um Martas Handgelenk, streicht mit dem Zeigefinger über die frische Narbe.

»Warum haben wir einander nicht geholfen, die wir da drin gefangen waren?«, flüstert Greta heiser. »Warum hat sich jede von uns in ihren eigenen Kerker zurückgezogen?«

Marta entzieht ihr die Hand und denkt: Sie hat kein Recht, diese Frage zu stellen. Greta fährt fort: »Lange habe ich in dem Glauben gelebt, die Hölle hier sieht sauber aus von außen, keiner bemerkt etwas. Erst später habe ich Nachbarn getroffen, die sagten: ›Wie gut, dass Sie von dort weg sind, Sie und die Mädchen. Wir haben sie gehört, die Schreie, das Weinen, Geräusche, die uns Sorgen machten. Wir dachten: die arme Frau!‹ Auf die Frage, warum sie nicht versucht haben zu helfen, wussten sie nicht zu antworten. Ich habe sie angeschrien, sie sollen sich zum Teufel scheren! Da sind sie betreten abgezogen, doch ich habe gedacht: mich selbst hätte ich anschreien sollen. *Ich habe es viel zu lange mit dem Teufel gehalten.*«

Kati läuft eine Träne die Wange herunter, Sophia und Marta schweigen.

Die Wolken sind die Decken Niamyes. Sie fliegen schnell, wenn es Regen gibt. Damit zeigt er den Menschen an, dass sie achtgeben sollen. Unten sind die Wolken weiß und oben rot. Wenn sie erscheinen, dann bedeutet es, dass Niamye mit den Menschen zufrieden ist und ihnen rechtzeitig die Warnung zukommen lassen will.

Der Himmel ist völlig klar, der Blick auf die leuchtende Sichel über dem Waldrand ungetrübt.

Der Mond heißt Niamye-ba, wir vermuten, der Sumpf war seine Mutter, aber wir wissen es nicht.

»Da hat er uns doch etwas Gutes hinterlassen«, bricht Greta in die Stille ein und lässt den letzten Schluck Wein in ihrem Glas kreisen. »Ich hätte dableiben sollen«, murmelt sie versonnen, »bis ich mit eigenen Augen gesehen habe, wie das Grab geschlossen wird. Den Friedhofsgärtnern dabei zusehen, wie sie die Erde feststampfen, mit den Absätzen ihrer Stiefel die letzten Brocken einebnen, zack, zack, zack ...«

Sophia fällt ihr ins Wort: »Ich glaube, heutzutage schonen die ihre Schuhe und benutzen Maschinen, Mama. Auf dem Friedhof stand so ein kleiner Bagger.«

»Noch besser.«

»Also wirklich!« Kati verzieht angewidert die Mundwinkel, Greta klopft ihr versöhnlich auf den Rücken. »Lass mich, Kind, ich werde dir vieles erzählen. Aber nicht heute.«

Wir werden vielleicht wieder auseinanderfallen, denkt Greta. Erleichterung angesichts einer frisch verscharrten Leiche könnte als Verbindungsglied nicht ausreichend sein, und ob wir über Material verfügen, um andere Verknüpfungen herzustellen, bleibt äußerst fraglich. Kollektive Hilflosigkeit ist ein schlechter Nährboden für die neue Saat, von der ich nicht einmal weiß, ob sie eine ist. Frostkeimer womöglich, das würde zur Hoffnung berechtigen und einiges erklären.

Aber jetzt sind wir hier.

Wir sind zusammen auf dieser Veranda, die er als »in ihren Proportionen völlig daneben« verabscheute. Auch Marta ist noch nicht wieder in die Flucht geschlagen. Sie hat mit Sophia gesprochen, sie haben gemeinsam gelacht, und meine Jüngste hat sich von mir trösten lassen.

Sieh mich an, Richard: Mich und meine Kinder!

Ich habe gewonnen!

Und sei es nur für diesen Moment.

V

Café de la Madeleine im Oktober

Zwei Frauen, die gestern schon einmal hier gewesen sind, betreten das Café an der Ecke Rue Chauveau-Lagarde/Rue Tronchet. Der Kellner nickt ihnen einen Gruß zu, den die Jüngere freundlich erwidert. Frühstück auf Französisch: Kaffee, Croissants und für die Ältere einen frisch gepressten Saft. Sie sitzen an einem der runden Marmortische am Fenster mit Blick auf die Straße, wo sich der Verkehr, wie immer am späten Vormittag, allmählich zum Chaos ballt. Im Café herrscht Hochbetrieb: Touristen legen auf dem Weg zwischen Champs–Élysées und Boulevard Haussmann eine Pause ein, einheimische Damen jenseits der fünfzig telefonieren, während sie petit café ohne Zucker bestellen, Männer in Anzügen lassen die Schlösser ihrer Aktenkoffer auf- und zuschnappen und beteuern ihren Tischnachbarn, dass sie längst irgendwo anders sein müssten.

Die beiden Frauen am Fenster scheinen es nicht eilig zu haben. Sie breiten französische Zeitungen neben ihren Kaffeetassen aus, *Le Monde* die Jüngere, *Vogue Paris* die Ältere, und wechseln gelegentlich deutsche Sätze. Der Kellner bemerkt es ohne Verwunderung. Dass sie sich mit ihm auf Französisch verständigen können, genügt ihm. Eine Mutter verbringt mit ihrer Tochter ein ruhiges Wochenende in Paris. Das ist nichts Besonderes.

»Schau mal die da hinten«, sagt Greta.

Marta blickt von ihrer Zeitung auf. »Wo?«

»An der Säule, die Dame in Hellblau.«

»Was ist mit der?«

»Das ist die Sorte Pariserin, die sich in der Sicherheit des 8. Arrondissements wohl fühlt.«

»Ach ja?«, sagt Marta und wendet sich wieder der Lektüre zu.

»Bon chic, bon genre«, fährt Greta fort, »Twinset, Perlen, Hermès-Tuch und die Taschen mit der Beute vom Raubzug durch die Rue du Faubourg um den Sitzplatz drapiert.«

»Was erbeutet man denn in der Rue du Faubourg?«, fragt Marta und schaut sich die vermeintliche Pariserin genauer an.

»Gucci, Prada, Chanel, Armani, Burberry, Salvatore Ferragamo.«

»Alle in einer Straße?«

»Quasi.«

Marta zuckt mit den Schultern. »Wenn's hilft.«

Greta lacht leise und blättert in ihrer Zeitschrift. Issey Miyake hat eine neue Adresse in Paris, Liv Tyler wirbt für Givenchy, Angelina Jolie dreht einen Film mit Clint Eastwood.

»Wir könnten auch ins Kino gehen«, sagt Greta, »ich meine, in die Nachmittagsvorstellung.«

»Warum nicht?«

Als der Kellner an ihrem Tisch vorbeikommt, bestellt Greta zwei weitere Tassen Kaffee.

»Du wolltest doch noch eine, oder?«, fragt sie.

»Ja«, antwortet Marta und vertieft sich in einen Artikel.

Am Nachbartisch installiert sich ein junges Paar, beide schön und aufgeregt in ihren hilflos übertriebenen Gesten. Sie reiben Nasen und Hände aneinander und bemerken kaum die Bedienung, die mit dem Block in der Hand neben ihnen steht und sich dezent räuspert.

Greta trinkt ihren Kaffee in kleinen Schlucken, fegt Blätterteigkrümel von Schoß und Kragen, streckt ihre Beine unter dem Tisch aus und gibt einen Seufzer des Behagens von sich.

»Paris ist laut, hektisch, überfüllt und schmutzig. Ich weiß nicht, warum ich diese Stadt so mag. Aber wahrscheinlich geht es dir mit Berlin genauso.«

»Die Ecke, in der ich wohne, ist eigentlich ganz friedlich«, sagt Marta und faltet einen Teil ihrer Zeitung zusammen.

»Und«, fragt Greta, »unternehmen wir nachher was?«

Marta zögert, zieht dann einen Stadtführer aus ihrem Rucksack.

»Laut Plan ist es nicht weit zum Louvre. Wir könnten laufen.«

»Louvre? War ich noch nie drinnen.«

»Nur so eine Idee. Wir müssen keine Kunst gucken.«

»Wir müssen eigentlich gar nichts.«

»Genau.«

Greta nickt zufrieden, nimmt zwei Zigaretten aus der Packung und hält Marta eine hin. Der Kellner kommt vorbei, tauscht den halbvollen Aschenbecher gegen einen frischen. Marta schiebt Greta das Feuerzeug zu und schlägt den Literaturteil auf.

»Was bedeutet *crépusculaire*?«, fragt sie nach einer Weile.

»Ich glaube, Dämmerung«, antwortet Greta und betrachtet ihre Tochter, die sich mit gerunzelter Stirn über die Zeilen beugt. Neben ihnen wedelt eine Frau um die vierzig demonstrativ die Rauchschwaden, die zu ihr herüberziehen, weg. Greta nimmt einen tiefen Zug und ignoriert die tadelnden Blicke. »*Non Fumeur* ist weiter hinten«, murmelt sie und bemerkt Martas amüsiertes Grinsen.

»Warum lachst du?«

»Nur so, ich habe gerade an Paul gedacht; er findet, dass Raucher rücksichtslose Wesen sind.«

Die Frau am Nachbartisch rafft ihre Einkaufstüten zusammen, verlässt kopfschüttelnd den Tisch.

»Wie recht er hat«, sagt Greta, während sie genussvoll den Rauch ausbläst.

Marta greift erneut zu ihrer Zeitung und liest.

Greta schiebt ein Stück Bitterschokolade in den Mund und lässt es langsam auf der Zunge schmelzen.

»Hast du jetzt entschieden, was wir heute Nachmittag machen?«, fragt Marta nach einer Weile.

»Kaffee trinken. Rauchen. Zeitung lesen. In Paris. Das ist doch was.«

»Ja«, sagt Marta, »das ist schon was.«

Einige der Motive, Geschichten und Fabelwesen, die im Roman auftauchen, verdanken ihren Ursprung dem Buch:
AURA POKU
Mythen, Tiergeschichten und Sagen, Sprichwörter, Fabeln und Rätsel.
Auf einer völkerkundlichen Forschungsreise an der Elfenbeinküste aufgenommen und in Auswahl herausgegeben von Dr. Dr. Hans Himmelheber.
Erschienen 1951 im Erich-Röth-Verlag/Eisenach

„Veronika Peters trifft den Nerv der Zeit."
FRANKFURTER ALLGEMEINE SONNTAGSZEITUNG

256 Seiten
€ 8,95 [D] | € 9,20 [A]
CHF 16,90* (*empf. VK-Preis)
978-3-442-15511-8

„Das Buch offeriert einfach alles, was man sich wünscht: Es ist spannend wie ein Abenteuer-Schmöker, unterhaltsam wie ein Liebesroman, interessant wie ein Sachbuch." STERN

www.goldmann-verlag.de